中華民國新聞史

方漢奇題

（1912～1949）

倪延年　主編

第1冊

| 第一卷 |

民國創建前後及袁世凱時期的新聞業

（1912～1916）（上冊）

倪 延 年 等著

花木蘭文化事業有限公司

國家圖書館出版品預行編目資料

民國創建前後及袁世凱時期的新聞業（1912～1916）‧第一
卷／倪延年 等著—初版—新北市：花木蘭文化事業有限公司，
2020〔民 109〕
目 4+226 面；19×26 公分
（中華民國新聞史（1912～1949）：第 1 冊）
ISBN 978-986-518-131-4（上冊：精裝）
1. 新聞業 2. 民國史
890.9208   109010351

ISBN-978-986-518-131-4

中華民國新聞史（1912～1949）

第 一 冊　第 一 卷　　　　　ISBN：978-986-518-131-4

民國創建前後及袁世凱時期的新聞業
（1912～1916）（上冊）

作　　者　倪延年等著
叢書主編　倪延年
出　　版　花木蘭文化事業有限公司
發 行 人　高小娟
總 編 輯　杜潔祥
副總編輯　楊嘉樂
編　　輯　許郁翎、張雅淋　美術編輯　陳逸婷
聯絡地址　235 新北市中和區中安街七二號十三樓
　　　　　電話：02-2923-1455／傳真：02-2923-1452
網　　址　http://www.huamulan.tw 信箱 hml810518@gmail.com
印　　刷　普羅文化出版廣告事業
初　　版　2020 年 9 月
全書字數　397540 字
定　　價　共 10 冊（精裝）新台幣 30,000 元

中華民國新聞史（1912～1949）
第一卷·民國創建前後及袁世凱時期的新聞業
（1912～1916）（上冊）

倪延年　等著

作者簡介

倪延年，筆名嚴曉。南京師範大學教授，博士研究生導師；南京師範大學民國新聞史研究所所長；中國新聞史學會理事。國家社科基金重大項目「中華民國新聞史」首席專家。已出版《中國現代報刊發展史》（和吳強合著）、《知識傳播學》、《中國古代報刊發展史》、《中國古代報刊法制發展史》、《中國報刊法制發展史》（5 卷 6 冊）、《中國新聞法制史》和《中國近代新聞國際交流史》等新聞傳播學專著；主編《中國新聞法制通史》（6 卷 8 冊，兼第一卷著者）、《南京師範大學民國新聞史研究所叢書（第一輯）：民國新聞史人物研究系列》（5 種）；個人文集《新聞傳播理論與實踐之史學觀照》和《民國新聞史論稿》。先後獲國家教育部普通高校優秀研究成果（人文社會科學）二等獎二次；江蘇省人民政府頒發的社會科學優秀成果一等獎一次和三等獎二次；南京師範大學年度「十大科學研究進展」一次。

提　　要

　　本書系國家社科基金重大項目「中華民國新聞史」（編號：13&ZD154）最終成果《中華民國新聞史》（5 卷本）第一卷。旨在以「中華民國新聞史」起源、孕育、發展、成熟和變化為基本路徑，探討民國創建前後中國新聞事業產生的社會環境及互動關係和民國新聞業在這一時期的發展軌跡。

　　本卷由對全書整體有關問題作總說明和介紹的《中華民國新聞史·緒論》和本卷七章正文及附圖組成。第一章：孕育民國新聞事業的社會環境。闡述孕育民國新聞事業的政治環境、文化環境、經濟環境、和科技環境；第二章：資產階級革命與民國新聞業孕育。探討民國新聞業的起源時間，研究了革命黨人在興中會、同盟會時期的反清新聞宣傳活動；第三章：民國創建與民國新聞業誕生。研究辛亥首義後軍政府時期的新聞報刊業和民國南京臨時政府時期的新聞報刊業；第四章：民國袁世凱時期的新聞報刊業。研究民國袁世凱時期的官辦、政黨、民營的新聞報刊及這一時期輿論熱點及形成和結束的原因。第五章至第七章為特約專題稿。分別研究民國創建前後的新聞通訊業、圖像新聞業、少數民族新聞業、軍隊新聞業、外國在華新聞業、新聞管理體制和新聞業經營等內容。

此項研究得到國家社會科學基金重大項目
「中華民國新聞史」（編號：13&ZD154）資助

總 目 錄

《中華民國新聞史》學術顧問委員會

主任委員

方漢奇　中國人民大學榮譽一級教授，中國新聞史學會創會會長，中國人民大學新聞學院教授，博士研究生導師。

執行主任委員

趙玉明　中國傳媒大學教授，博士生導師，中國新聞史學會第二任會長，北京廣播學院原副院長。

副主任委員

朱曉進　南京師範大學教授，博士生導師，副校長，中國民主促進會江蘇省主委，政協江蘇省副主席。

程曼麗　北京大學教授，博士生導師，中國新聞史學會會長，北京大學華文傳媒研究中心主任。

委員（按姓氏漢語拼音為序）

顧理平　南京師範大學教授，博士生導師，南京師範大學新聞與傳播學院院長。

黃　瑚　復旦大學教授，博士研究生導師，復旦大學新聞學院常務副院長，中國新聞史學會副會長。

李　彬　清華大學教授，博士研究生導師，清華大學新聞與傳播學院學術委員會主任。

劉光牛　新華通訊社高級編輯，新華社新聞研究所副所長。

劉　昶　中國傳媒大學教授，博士研究生導師，中國傳媒大學新聞傳播學部新聞學院院長。

馬振犢　中國第二歷史檔案館副館長，研究員，中國近現代史史料學會副會長。

倪　寧　中國人民大學教授，博士研究生導師，中國人民大學新聞學院執行院長。

秦國榮　南京師範大學教授，博士研究生導師，南京師範大學社會科學學術委員會秘書長，南京師範大學社會科學處處長。

吳廷俊（常設）華中科技大學二級教授，博士生導師，中國新聞史學會副會長，中國新聞史學會新聞教育史分會會長。

二〇一四年三月

《中華民國新聞史》編纂委員會

主任委員

吳廷俊　華中科技大學二級教授，博士研究生導師，中國新聞史學會副
　　　　會長暨新聞教育史分會會長。項目常設顧問。

執行主任委員

倪延年　南京師範大學教授，博士研究生導師，中國新聞史學會特邀理
　　　　事，南京師範大學民國新聞史研究所所長。主編《中華民國新
　　　　聞史》（第 1 卷），協助主任委員完成項目研究組織協調工作。

副主任委員

張曉鋒　南京師範大學教授，博士研究生導師，中國新聞史學會常務理
　　　　事，中國新聞史學會臺灣與東南亞華文新聞傳播史研究會副會
　　　　長，南京師範大學新聞與傳播學院執行院長。協助主任委員完
　　　　成項目組織協調工作。

委員（以姓氏漢語拼音為序）

艾紅紅　中國傳媒大學教授，博士研究生導師，中國新聞史學會常務理
　　　　事，主編《中華民國新聞史》（第 5 卷），負責全書「民國時期
　　　　的新聞廣播業」特約專題稿和《民國新聞專題史研究叢書・民
　　　　國時期的新聞廣播業》分冊撰稿。

白潤生　中央民族大學教授，中國新聞史學會特邀理事，負責全書「民
　　　　國時期的少數民族新聞業」特約專題稿和《民國新聞專題史研
　　　　究叢書・民國時期的少數民族新聞業》分冊撰稿。

鄧紹根　中國人民大學教授，博士生導師，中國新聞史學會副秘書長。
　　　　負責全書「民國時期的外國在華新聞業」特約專題稿和《民國
　　　　新聞專題史研究叢書・民國時期的外國在華新聞業》分冊撰稿。

方曉紅　南京師範大學教授，博士研究生導師。負責全書「民國時期的
　　　　新聞管理體制」特約專題稿和《民國新聞專題史研究叢書・民
　　　　國時期的新聞管理體制》分冊撰稿。

郭必強　中國第二歷史檔案館研究室主任，研究員，中國近現代史史料
　　　　學會常務理事、副秘書長。負責協助有關史料的查閱和審核工
　　　　作。

韓叢耀　南京大學教授，博士研究生導師。負責全書「民國時期的圖像新聞業」特約專題稿和《民國新聞專題史研究叢書‧民國時期的圖像新聞業》分冊撰稿。

何　村　渤海大學教授。協助首席專家完成相關工作。

李建新　上海大學教授，博士研究生導師，中國新聞史學會常務理事。負責全書「民國時期的新聞教育」特約專題稿和《民國新聞專題史研究叢書‧民國時期的新聞教育》分冊撰稿。

李秀雲　天津師範大學教授，博士生導師，新聞傳播學院副院長，中國新聞史學會常務理事。參加全書「民國時期的新聞學研究」特約專題稿和《民國新聞專題史研究叢書‧民國時期的新聞學研究》分冊撰稿。

劉　亞　南京政治學院教授，博士研究生導師。主編《中華民國新聞史》（第4卷），負責全書「民國時期的軍隊新聞業」特約專題稿和《民國新聞專題史研究叢書‧民國時期的軍隊新聞業》分冊撰稿。

劉繼忠　南京師範大學副教授，博士。南京師範大學民國新聞史研究所副所長。主編《中華民國新聞史》（第3卷）。

徐新平　湖南師範大學教授，博士研究生導師，中國新聞史學會常務理事。負責全書「民國時期的新聞學研究」特約專題稿和《民國新聞專題史研究叢書‧民國時期的新聞學研究》分冊撰稿。

萬京華　新華通訊社新聞研究所研究員，新聞史論研究室主任，中國新聞史學會常務理事。負責全書「民國時期的新聞通訊業」特約專題稿和《民國新聞專題史研究叢書‧民國時期的新聞通訊業》分冊撰稿。

王潤澤　中國人民大學教授，博士研究生導師，新聞學院副院長，中國新聞史學會副會長兼會刊《新聞春秋》主編。主編《中華民國新聞史》（第2卷）。

張立勤　華南師範大學副教授，博士。負責全書「民國時期的新聞業經營」特約專題稿和《民國新聞專題史研究叢書‧民國時期的新聞業經營》分冊撰稿。

二〇一八年十二月

中華民國新聞史・緒論

　　「中華民國時期新聞史」（簡稱「民國新聞史」）是以再現中國新聞業數千年歷史進程中的「中華民國時期新聞業」（簡稱「民國新聞業」）產生、發展、變化的歷史進程及其內在規律為出發點和歸宿的專門學科。既是與「中國新聞業通史」對應的「中國新聞業斷代史」組成部分，也是與綜合性「中華民國史」對應的「中華民國專門史」組成部分。作為國家社會科學基金重大項目「中華民國新聞史」（編號：13&ZD154）最終成果（5 卷本）《中華民國新聞史》全書的「緒論」，主要就涉及全書整體的有關問題作一總的說明和介紹。

一

　　「民國新聞史研究」是對民國時期新聞事業發展變化的歷史及其內在規律進行的學術研究。由於漢語語義的豐富和多解性特點，「民國新聞史研究」在日常話語表達中似乎有兩個解釋（理解）：其一是「學術界對民國時期新聞史的研究」。其中從事研究活動的主體（行為實施者）是包括中國學術界在內的世界各國學術界（主要是新聞史學界），研究的客體（對象）是「民國時期新聞事業發展變化的歷史」。這是本書「民國新聞史研究」概念的基本涵義。其二是「民國時期學術界對新聞史的研究」。其中從事研究活動的主體（行為實施者）是「民國時期的學術界（主要是新聞史學界）」，研究的客體（對象）則是「整體的新聞史」即包括中國在內的世界各國（民族）新聞事業發展變化的歷史。兩種解釋（理解）在研究對象「民國時期新聞史」上形成交叉。這或可視為日常表達中語言簡略表述產生的衍生性理解。第一種解釋（理解）

中儘管實施研究行為主體包括中國在內的世界各國（民族）學術界（主要是新聞史學界），但其研究對象為「民國時期的新聞史」。第二種解釋（理解）中儘管研究對象是整體「新聞史」，但實際包含「民國時期學術界」對「民國時期新聞史」的研究。有關文獻表明：起步階段的「民國新聞史研究」是苗頭性現象，有關成果的內容僅涉及到一點點「民國時期新聞業」現狀或歷史的內容（如姚公鶴《上海報紙小史》）。隨著民國時期新聞事業不斷發展進步和民國新聞事業歷史的不斷延伸，「民國時期新聞史」研究逐漸受到學術界關注，敘述民國時期新聞事業歷史和現狀的內容在一些學術著作內容中的比例不斷提高。查檢以北京圖書館（國家圖書館）、上海圖書館和重慶圖書館館藏圖書為基礎編纂的《民國時期總書目》以及有關新聞傳播學專題書目，尚沒有發現自孫中山在南京領導創建中華民國臨時政府的 1912 年元旦，到中華人民共和國中央人民政府在北京舉行開國大典的 1949 年 10 月 1 日前（即「中華民國時期」），包括新聞史學界在內的中國學術界出版過以「中華民國新聞史」為題名的學術專著，即使是以「民國新聞史研究」為題名或題名關鍵詞的學術論文也很少。但是有一點是毫無疑義的，即民國時期眾多學者「民國新聞史研究」的研究成果為後人的「民國新聞史研究」奠定了堅實的史料基礎，成為後人研究「民國新聞史」的學術積澱。本研究正是在中國新聞史學界數十年「民國新聞史研究」的學術積累基礎上繼續前進的，項目組全體同人對此表示崇高的敬意和真摯的謝忱。

回顧我國學術界（主要是新聞史學界）「民國新聞史研究」的起源和發展歷程，自 1912 年元旦孫中山領導在南京創立「中華民國臨時政府」至今為止的 100 多年間，「民國新聞史研究」大致經歷了如下四個階段：

一、民國新聞史研究的起步發展階段

這一階段大體是從我國第一部涉及「民國時期新聞業」內容的著作問世到 1937 年 7 月中華民族進入全面抗戰階段以前。以民國新聞史為對象的學術研究始於袁世凱死後的民國北京政府時期。第一部涉及民國新聞史內容的著作是姚公鶴所撰並於 1917 年公開發表的《上海報紙小史》。該書內容的時間跨度上自《申報》創辦的 1872 年，止於袁世凱稱帝失敗病逝的 1916 年。作者在書中對「上海報界實體上變遷沿革盛衰興廢之大要」做了圖景式的描繪與分析，尤其是書中關於「上海報紙的經營與印刷情況」、「上海報人地位的演變」、「上海新聞報紙報導形式的發展」、「民眾對上海報紙的態度」及「上

海報界公會」等內容的敘述，已具有明顯的「研究」色彩而不僅僅是史料的匯總和「閑話」式的記錄。

自《上海報紙小史》開先河後，記載和研究民國新聞業或特定新聞媒介歷史的著作就連綿不斷。主要成果有：申報館編印《申報館紀念冊》（上海申報館 1918 年）、陳冷主編《時報館紀念冊》（上海時報館 1921 年）、上海新聞報館編《新聞報卅週年紀念冊》（上海新聞報館 1922 年）、黃炎培編《最近五十年：申報館五十週年紀念》（申報館 1923 年）、汪英賓著《中國報刊的興起》（英文，紐約哥倫比亞大學新聞學院 1924 年）；蔣國珍著《中國新聞發達史》（上海世界書局 1927 年）、戈公振著《中國報學史》（上海商務印書館 1927 年）；張靜廬著《中國的新聞紙》和《中國的新聞記者》（上海光華書局 1928 年）；黃汝翼著《新聞事業進化小史》（上海中央日報社 1928 年）、上海日報公會編《上海之報界》（上海中華書局 1929 年）；黃天鵬著《中國新聞事業》（上海聯合書店 1930 年）；項士元著《浙江新聞史》（杭州之江日報社 1930 年）、杜超彬著《最近百年中日兩國新聞事業之比較》（上海復旦大學新聞學會 1931 年）、趙敏恒著《外人在華新聞事業》（中國太平洋國際學會 1932 年）、燕京大學新聞系編《中國報界交通錄：新聞學研究第 2 號》（編者 1932 年印）、胡道靜著《上海的日報》、《上海的定期刊物》和《上海新聞事業之史的發展》（上海通志館 1935 年）、楊家駱著《中國期刊社報社通訊社一覽表：民國史稿副刊之一》（南京中國辭典館 1935 年）；郭步陶編著《本國新聞事業：申報新聞函授學校講義十一》和謝六逸編著《國際新聞事業・申報新聞函授學校講義十二》（上海申報館 1936 年）、林語堂著《中國報刊與輿論史》（英文，上海凱利爾和威爾士有限公司 1936 年）、馬蔭良著《中國報紙簡史》（英文，上海申報館 1937 年）、邵介著《中國報史述略》（福州中央日報社 1937 年）和吳成著《非常時期的報紙》（上海中華書局 1937 年）等。

這一階段既是民國新聞史從起源到起步的階段，也是民國時期新聞史研究的迅速發展階段。從南京國民政府宣布成立的 1927 年 4 月到 1937 年日本為發動全面侵華戰爭製造「七・七事變」前的十年間，學術界對民國新聞史的研究出現了一個高潮：1918 年至 1926 年間 8 年間共出版（印行）與民國新聞史有關的書籍 6 種（5 種大報「紀念冊」及汪英賓《中國報刊的興起》）；1927 年到 1937 年的 10 年間共出版（印行）民國新聞史研究成果 34 種，除 3 種大報「紀念冊」外，其他都是研究性質著述或編著。這一階段民國新聞史研究

的主要特點有三：一是在宏觀研究「中國新聞史」的著作中順延介紹到民國時期的新聞業發展歷程，如戈公振的《中國報學史》。該書撰於 1925～1926 年間，全書 6 章約 28 萬字。其中第五章「民國成立以後」和第 6 章「報界之現狀」即是對民國時期新聞業（對今人而言屬於「民國新聞史」）的研究，其篇幅占全書一半。二是一些著名大報如《申報》、《新聞報》、《時報》等紛紛編輯出版「紀念冊」延伸介紹各報在民國時期的發展歷程，勾勒出了中國進入民國時期近二十年間新聞業的發展歷程；三是出現了一批以研究新聞史爲學術特長的學者。最著名的是戈公振，其《中國報學史》是 20 世紀有外文譯本、享譽國內外的中國新聞史代表作之一。

二、民國新聞史研究的「戰時」發展階段

這一階段大致從中華民族全面抗戰爆發的 1937 年 7 月到中國大陸完成中央政府更迭的 1949 年 9 月底。在我國新聞史學界對民國新聞史研究方興未艾的 1937 年，中國政治軍事外交態勢發生了重大變故。這一年爆發的「七‧七事變」迫使中國從原先的國民政府主導國家發展的軌道轉向「戰時」狀態下全民族抗日救亡階段。新聞史學界的研究活動也隨之進入戰亂動盪下的發展階段。

這一階段的民國新聞史研究成果僅僅在數量就大不如前一階段。主要的如：趙君豪著《中國近代之報業》（香港申報館 1938 年）、胡道靜著《報壇逸話》（上海世界書局 1940 年）、戈公振著《新聞學》（長沙商務印書館 1940 年初版）、（法）淮爾（G.Weill）著、宋善良譯述《日報期刊史》（長沙商務印書館 1940 年版）、中美日報讀訊會編《新聞史綱》（上海羅斯福出版公司 1941 年）、余戾林編《中國近代新聞界大事記》（成都新新新聞報館 1941 年）、章丹鳳著《近百年來中國報紙之發展及其趨勢》（上海開明書局〔桂林〕1942 年）、蔡寄鷗的《武漢新聞史》（1943 年）、容又銘編著、馬星野校訂《世界報業現狀》（桂林銘眞出版社 1943 年）、管翼賢著《新聞學集成》（中華新聞學院 1943 年）、趙君豪著《上海報人的奮鬥》（重慶爾雅書店 1944 年）、程啓恒著《戰時中國報業》（桂林銘眞出版社 1944 年初版）、程其恒編《各國新聞事業概述》（重慶國民圖書出版社 1944 年初版）、龍之鵬編著《各國新聞事業透視》（重慶大華書局 1944 年）、蔡天梅編著《新民報社史》（新民報社 1944 年）、吳憲增編著《中國新聞教育史》（石門新報社 1944 年）、史梅岑編著《新聞學綱要》（河洛日報社 1945 年版）、胡道靜著《新聞史上的新時代》（上海世界

書局 1946 年）等等。

　　這是一個戰亂不斷的動盪年代──「抗日救亡」成為全民族延續 14 年的
共同目標，「抗戰勝利後中國走什麼道路」是國共兩黨三年決戰的本質取捨。
戰事頻繁對社會生產力和社會文化積澱的嚴重破壞，決定了這一階段是學術
研究極端困難的年代，不少處於學術成果盛產期的學者投筆從戎報效祖國，
使新聞史研究的學術力量大為減弱；這也是一個魚龍俱下的社會階段──既
有為民族獨立和解放不屈奮鬥的仁人志士堅持民族氣節披荊斬棘；更有那些
認賊作父的漢奸文人（報人、學人）借「學術」為名恬不知恥地為主子效勞，
為自己臉上貼金。這一階段民國新聞史研究成果的特點有四：首先是一批新
聞史研究者堅持研究，使民國新聞史研究在困難環境下保持了研究脈絡的延
續。由於「九・一八事變」發生在相對邊陲的東北地區，在日本發動全面侵
華戰爭前，內地的新聞史研究所受影響並不明顯。1932 年到 1937 年的 6 年間
出版了 17 件成果（學術性著述 11 種，占 64.7%）。二是這一階段新聞史研究
成果烙下了清晰的時代印記。一些成果名稱或成果生產者署名中出現的「戰
時」、「非常時期」、「戰時新聞檢查」等，為這一階段的「戰時」氛圍和管理
機制留下了時代烙印；一些眾人皆知的漢奸文人（報人、學人）如管賢翼《新
聞學集成》、吳憲增《中國新聞教育史》等「學術著作」得以出籠則是這一階
段的特有現象。三是由於中國的抗日戰爭是世界反法西斯戰爭的一部分，中
國抗日戰爭一方面需要世界各國支持和聲援，另一方面也為世界反法西斯戰
爭取得勝利做出了重大貢獻，所以民國新聞史研究也出現了一批把民國新聞
史放在世界新聞史中研究或是把中國新聞史和外國新聞史進行比較研究的成
果，如《世界報業現狀》（容又銘編著、馬星野校訂）、《各國新聞事業概述》
（程其恒）和《各國新聞事業透視》（龍之鵬）等。四是以 1946 年 6 月 26 日
國民黨軍隊突襲駐馬店地區的共產黨部隊為標誌，國共全面內戰爆發。共產
黨領導人民解放軍經歷了從戰略退卻到戰略反攻、國民黨軍隊則從全面進攻
到重點進攻再到全面潰敗的歷史進程，1949 年 4 月 21 日人民解放軍渡過長
江，4 月 23 日佔領國民政府首都南京即標誌著以蔣介石國民黨集團主導的「民
國南京政府」實際被推翻了。民國南京政府在首都南京被解放軍佔領後一遷
再遷，最後在祖國東南沿海臺灣島落腳。在全面內戰環境中，國統區的「和
平建國」及學術救國成為泡影，共產黨主要致力贏得戰爭勝利和解放、接管
大中城市。故這一階段的民國新聞史研究成果少之又少。

三、民國新聞史研究的曲折發展階段

這一階段大致從 20 世紀中葉的 1949 年 10 月開始，到「民國新聞史」作爲學術概念在學術界出現的 21 世紀初。20 世紀中葉的中國，臺灣海峽兩岸實行兩種政治體制和社會制度，意識形態嚴重對立，經濟方面互不往來，軍事外交劍拔弩張。這邊宣示「一定要解放臺灣」，那邊發誓要「以三民主義統一中國」，對新聞史研究造成了直接影響。

播遷到臺灣的「中華民國國民政府」仍然實行國民黨主導的政治制度。一方面，國民黨臺灣當局爲穩定政權實行以軍警憲特爲主導的「戒嚴狀態」和以高壓政治爲核心的「威權統治」，嚴重禁錮學術界的思考和探索；另一方面是生活在「中華民國」氛圍中的臺灣地區新聞史學界按照「隔代修史」慣例，不對「民國新聞史」進行專門研究，只是在「中國新聞（通）史」、「臺灣地區報業史」或報人們回憶性類著作中敘述到這一歷史階段新聞史的部分內容。1962 年6 月，曾虛白在美國亞洲協會主持者巴克資助下，約請在臺灣政治大學新聞研究所任教的同仁李瞻、陳聖士、閻沁恒、黎劍瑩及政治大學新聞系畢業的校友常崇寶、卞水峯、張玉法等分章進行研究（朱傳譽後來也參與其中），1965 年 1月完成《中國新聞史》初稿，1966 年 4 月由臺灣三民書局股份有限公司初版。此後出版的新聞史著作有：馮愛群著 1967 年臺灣學生書局出版的《華僑報業史》；賴光臨著 1971 年由臺灣商務印書館出版的《中國近代報人與報業》；1977 年臺灣三民書局出版的《中國新聞傳播史》和 1981 年臺灣中央日報社出版的《七十年中國報業史》；李炳炎著《中國新聞史》1986 年由臺灣陶氏出版社（再版）、李瞻主編由臺灣學生書局 1993 年出版的《中國新聞史》，則是從臺北市新聞編輯人協會 1951 至 1973 年創辦的《報學》半年刊 40 期中選輯有關中國新聞史的 26 篇文章彙編而成，從時間角度包括宋代、清代和民國時期，從地域角度則涉及到上海、廣東、東北和臺灣等地報業。程之行著 1995 年 3 月由臺灣亞太圖書出版社出版的《新聞傳播史》；鄭貞銘著由遠流出版社 2001 年出版的《百年報人》（系列著作）；王天濱著《臺灣新聞傳播史》和《臺灣報業史》分別由臺灣亞太圖書出版社於 2002 年 8 月和 2003 年 4 月先後出版。從臺灣地區出版的上述新聞史著作中，我們可以發現臺灣地區新聞史學者對民國時期新聞史的研究包含在「中國新聞史」和「臺灣地區新聞史」研究中。直到現在，臺灣地區還沒有出版以「中華民國新聞史」爲題名的新聞史專著，我們認爲，可能是一方面受制於特定社會文化背景，另一方面是傳統文化認知習慣所致。

地處臺灣海峽對面中國大陸地區的民國新聞史研究則是另一種情況。因爲共產黨領導的人民政府是在國民黨政權廢墟上建立起來的，由於對國民黨潰敗前所潛伏特務的破壞和地主資產階級「復辟」的警惕，執掌政權的共產黨人高度重視意識形態領域的「鬥爭」，一方面是全力宣傳新政府的方針政策，打擊對新政權的破壞活動，全力宣傳共產黨及其領導的革命新聞業光輝歷程，以增強人民政府的合法性基礎；另一方面通過一系列思想政治運動，改造舊社會過來的知識分子思想，尤其是 20 世紀 60 年代開始出現並迅速發展的「階級鬥爭年年講、月月講、天天講」的極「左」社會氛圍，更使得學術界人人自危，「民國新聞史」乃至與「中華民國」有關聯的研究成爲人們不願也不敢碰的研究對象。那些從舊社會過來的知識分子或者是有這樣那樣「歷史問題」的知識分子對民國新聞史研究避之不及，從解放區出來的共產黨知識分子則因在大多身在領導崗位無暇從事學術研究。因此這一階段大陸地區的民國時期新聞史研究主要是對這一階段共產黨和民主新聞業發展史的研究。只是全國政協和各地政協從 1959 年開始編印的《文史資料選輯》收錄的民主人士回憶錄中涉及到這一階段新聞業，以及一些業務單位編印的內部刊物上登載了一些爲數不多的研究文章。中國人民大學新聞系教師方漢奇 1965年完成的《中國近代報刊簡史講義》（1973 年 1 月北京大學中文系印製）也基本是在「以我爲主」原則指導下產生的。這種現象一直延續到 20 世紀 80 年代大陸地區經過「眞理標準」討論並開始「改革開放」後才漸次改變。

儘管大陸地區學術界「思想解放」不斷深入，學術視野不斷開闊，但一是數十年積壓下來中國新聞史領域需要研究的問題太多，二是在學術界唱主角的仍是從民國時期過來或建國前十七年間培養的知識分子，思想觀念的轉化不是一朝一夕可以完成；三是新的學術隊伍形成需要一個時間過程，所以直至 20 世紀結束時，大陸學術界仍然沒有出現以「中華民國新聞史」爲著作題名的學術專著。但大陸學術界對民國新聞史的研究並沒有完全停滯，只是一些研究「中華民國時期新聞史」的成果不以「民國新聞史」的標題出現：有的在「中國新聞史」框架內從古代一直延伸到「中華民國時期」甚至再延伸到「中華人民共和國時期」。如方漢奇主編《中國新聞事業通史》（三卷本）、白潤生編著的《中國新聞通史綱要》、吳廷俊著《中國新聞史新修》、劉家林的《中國新聞通史》及方曉紅的《中國新聞簡史》（再版時改名爲《中國新聞史》）等；有的是在「中國近代新聞史」或「中國現代新聞史」中包含有「中

華民國新聞史」或其中某一階段內容，如王洪祥主編的《中國新聞史》（古近代部分），其中第五章「北洋軍閥初期的新聞傳播和名記者的出現」介紹了民國創立到五四運動前的新聞史；方漢奇所著《中國近代報刊史》最後一章（第七章）「民國初年和北洋軍閥統治初期的報刊」介紹到中國 1919 年「五四運動」前的報刊。倪延年和吳強合著的《中國現代報刊發展史》研究了自五四運動開始到新中國成立前（1919～1949）的「中國現代報刊」發展歷史，則不但研究了國民黨報刊、共產黨報刊和民營報刊在這三十年中的發展歷程，也敘述了日僞時期的敵僞報刊。也有的是在研究中國近（現）代史及其他專門史的著作或教材中作爲背景或陪襯的內容出現。在 1972 年全國出版工作會議後，中國科學院近代史研究所（現中國社會科學院近代史研究所）成立了中華民國史研究室，由李新、孫思白牽頭開始編寫《中華民國史》。1981 年出版了 1949 年以後中國大陸公開出版的第一部「民國史」《中華民國史》第一卷，至 2011 年 12 卷全部出齊。在這期間，由中國第二歷史檔案館編的《中華民國史檔案資料彙編》和《中華民國史檔案資料叢刊》自 1979 年開始陸續出版；徐友春主編的《民國人物大辭典》1991 年出版；韓信夫、姜克夫主編的《中華民國大事記》1997 年出版；南京大學張憲文等主編《中華民國史大辭典》2001 年出版；接著張憲文等著《中華民國史》（四卷本）2005 年 12 月出版；朱漢國、楊群主編的《中華民國史》（十卷本）2006 年 1 月出版，這些「民國時期」史學著作中多有涉及「民國新聞史」的內容。

四、「民國新聞史」成為學術概念的階段

這一階段大致從「民國新聞史」作爲學術概念在專業刊物上出現的 21 世紀初，到目前爲止，並且還將延續下去。上海《新聞記者》2007 年第 8 期雜誌刊載了時爲中國人民大學新聞學院博士生王詠梅撰寫的書評《研究民國新聞史的新資料——讀〈胡政之文集〉》，這是目前所知在 1949 年 9 月後大陸學者發表的文獻標題中最早出現「民國新聞史」這一學術概念的文獻。2008 年 12 月，胡小平所著《民國新聞史》由青海人民出版社正式出版，這是 1949 年後大陸學者撰寫出版的學術著述中最早出現「民國新聞史」概念的專著。全書包括「第一編 北洋時期新聞業的成長」、「第二編 國民政府時期的新聞業」、「第三編 抗戰時期的新聞業」、「第四編　內戰時期的新聞業」)等四編；每「編」設「章」。其中第一編 12 章，第二編 8 章；第三編 10 章，第四編 5 章。每章不分節。附有「主要參考書目」（記載 21 種圖書有關信息）。2011 年

1 月出版的《安徽大學學報：哲學社會科學版》第 1 期發表倪延年《論民國新聞史研究的意義、體系和實施》一文，這是大陸學術刊物上發表的第一篇以「民國新聞史研究」為主題的專業論文（中國人民大學《複印報刊資料：新聞與傳播》同年第 5 期全文轉載）。同年 3 月，作為北京大學新聞與傳播學院成立十週年系列紀念活動之一，由中國新聞史學會、臺灣世新大學舍我紀念館和美國柏克萊加州大學東亞研究院共同主辦的「成舍我與民國新聞史國際學術探討會」在北京大學舉行，是目前所知大陸地區新聞史學界舉辦且在活動名稱中出現「民國新聞史」概念的第一個學術交流活動，也是臺灣地區新聞史學研究單位參與主辦的第一個與「民國新聞史」研究直接相關的學術交流活動。

　　2013 年是大陸新聞史學界民國新聞史研究的重要年份。該年 6 月，國家社會科學規劃辦公室公布本年度國家社會科學基金資助立項，南京師範大學倪延年申請的重點項目「中華民國新聞史（1895～1949）」名列其中。同年 7 月國家哲學社會科學規劃辦公室公布社會科學基金重大項目招標指南，「《中華民國新聞史》」名列其中；經過同行專家匿名評審和會議評審，南京師範大學作為責任單位的研究團隊於同年 11 月獲准立項。該項目據說既是民國新聞史研究方面的第一個「重大項目」，也是中國新聞史研究領域的第一個國家社會科學基金重大項目。參加競標的以安徽大學作為責任單位的研究團隊，在重大項目競標中落標後獲准立項國家社會科學基金重點項目「中華民國新聞史專題研究」。在「民國新聞史研究」方面，國家在一年之中批准立項一個重大項目和兩個重點項目，資助經費達 140 萬之巨，真可說是史無前例。2014 年 5 月，由中國新聞史學會和南京師範大學聯合主辦、南京師範大學新聞與傳播學院和南京師範大學民國新聞史研究所承辦的「再現歷史，探尋規律：首屆民國新聞史高層學術論壇」在南京師範大學舉行，這是中國新聞史學會舉辦的、立足大陸地區新聞史學界、以「民國新聞史」為主題的第一次全國性的專題學術研討活動，出版了會議論文集《民國新聞史研究（2014）》（收錄從 62 篇應徵論文中評審邀請參會作者的 48 篇），2015、2016 及 2018 年又先後舉辦了第二屆、第三屆和第四屆「民國新聞史高層論壇」，出版會議論文集《民國新聞史研究：2015》和《民國新聞史研究：2016》以及《民國新聞史研究：2018》（待出版）；2014 年 12 月，中國社會科學院新聞與傳播研究所創辦的「中國社會科學學科文摘系列」之一的《新聞學傳播學文摘》創刊出

版 2014 年卷（總一卷），選取論文的時段爲 2013 年 7 月至 2014 年 12 月。「這本文摘分爲三大板塊：其一是全文轉載，即我們認爲這些論文值得你花時間認眞閱讀的；其二是觀點摘登，即我們認爲這些文章中的觀點有新意，值得你瞭解一下的；其三是論文題錄，即我們認爲這些論文有一定價值，值得向你推薦，如果你有興趣，可以按圖索驥地查找原文」。該文摘第一板塊第二類「新聞史」全文轉載兩篇論文，其中一篇是南京師範大學新聞與傳播學院倪延年的《論民國時期的新聞史研究進程及階段特點》（原載《現代傳播》2014 年第 5 期），可見大陸新聞史學界 2013～2014 年間對「民國新聞史」研究關注之一斑。2016 年，中國社會科學院新聞與傳播研究所組織的第四屆（2015 年度）全國新聞傳播學優秀論文遴選活動，遴選對象是在 2015 年度出版的 165 種期刊上共計發表的 10831 篇新聞與傳播學論文。論文《論民國新聞事業的起源、發展歷程及歷史評價問題》（作者倪延年）被評爲 10 篇「優秀論文」之一。由中國社會科學出版社 2017 年 12 月出版的《治學例話：全國新聞傳播學優秀論文品鑒‧第 4 輯》所載的第四屆（2015 年度）全國新聞傳播學優秀論文遴選活動「組委會」《遴選意見》認爲，「該文將新聞史研究回歸到對歷史文本的客觀解讀之上，具有重要的學術參考價值」（P307）。

二

研究「中華民國時期新聞史」是爲了「再現」這一時期中國新聞事業產生、發展和變化的歷史進程並「探尋」其內在客觀規律。作爲一門專門學問，「民國新聞史」的研究對象有其特定的內涵和外延。

一、「民國新聞史」研究對象的內涵

「民國新聞史」研究對象的內涵是指「民國新聞史研究」這一特定學術活動所涉及的社會事物總和。我們認爲「民國新聞史研究」的內涵包括如下方面：

（一）民國時期新聞業發展變化的社會環境要素

新聞事業的出現和發展是人類社會發展到一定階段後的產物。民國時期新聞業是中國新聞業發展到中華民國這一特定歷史階段的產物。只有在民國時期特定的社會環境中才有可能出現民國時期新聞業。回顧民國新聞業的發展歷程，我們可以清楚地看出當時社會環境與新聞業構成要素間的密切互動——社會環境爲新聞業的產生發展提供了人力、物力、技術、理論、經驗、

需求及社會認知等基本條件和動力,新聞業的出現和發展為社會環境中的傳統文化和新的知識、技術、觀念的社會性「流動」和普及增加了新的傳播途徑和提高傳播效果的可能。

在民國新聞業起源、發展、變化的不同階段,新聞業所處社會環境中的政治、經濟、文化、軍事、外交、宗教、科學技術等構成要素也不盡相同。一方面具有歷史文化傳統的延續性,當時的變化難以改變數千年形成的民族傳統文化基因;另一方面又具有時代潮流的變化性,各種要素猶如「移步換景」,在不斷變化和運動的同時塑造「新聞史」的形象。研究民國新聞業發展歷程中不同階段社會環境的差異和變化,可以更加清楚地認識新聞業為什麼會在「那個」社會階段發生「那些」具有顯著特點的變化?為什麼會在「那個」社會階段中出現「那些」具有個性的新聞媒介和新聞人?為什麼會在「那個」社會階段出現「那些」具有重要影響的新聞事件和新聞團體?民國新聞史必須也應該回答和闡述的這些問題,但是離開對當時社會環境要素的研究則無法解答,因為它們與社會環境密不可分。

(二)民國時期不斷發展變化的新聞業物理要素

假如把民國時期新聞業產生、發展和變化的社會環境比作表演的舞臺,構成新聞業的物理要素就是在舞臺上表演的演員。人們感知民國新聞業存在的最直接體驗是構成民國新聞業的具體物理要素。這些要素主要包括:

1、民國時期的新聞人

「民國時期新聞人」是指民國時期社會成員中專門從事社會新聞活動的那一部分社會成員,是構成「民國新聞史」研究對象的所有要素中最具主動性和革命性的要素。「社會新聞活動」是一個包含眾多工作環節的完整社會活動過程,具體包括新聞消息的採訪(獲得)活動,新聞消息的選擇(編輯)活動,新聞消息的荷載(印製)活動,新聞消息的傳播(發行)活動,以及對新聞消息採訪、選擇、印製、傳播活動進行的行政性管理活動及新聞傳播活動所需特殊專業人才(採訪人才、編輯人才、管理人才等)進行專業性教育(培訓)活動等。「民國時期新聞人」群體是一個龐大的社會成員群體,涵蓋採集新聞消息的新聞記者;為報紙專欄提供文學藝術作品的作家和藝術家;對記者採集獲得的新聞消息及作者投稿的其他文字(圖像)內容進行篩選錄用和報紙版面設計的文字編輯和版面編輯;根據值班編輯編定(當然要經過報社高層管理人員審定)的報紙文稿進行排字、校對及印刷的報紙印刷

人員；把印製完成的新聞報紙通過報攤銷售或投送到訂戶等方式傳播到報紙
受眾手裏的發行人員；以及從事新聞教育及研究的專業人員，當然更少不了
爲保證上述活動正常運行而存在的各個環節的新聞業務管理人員。但客觀事
實是並不是每個人都能成爲研究對象，進入研究者視野的主要是在新聞活動
中做出突出貢獻並得到同行和學界認同、因特定新聞事件產生較大社會影
響、或是在新聞媒介運作或新聞學術研究等方面引人關注的「傑出新聞人」，
且主要是處於新聞活動鏈上游且顯示度較高的新聞採訪、新聞編輯及新聞管
理工作等環節的人物，至於新聞紙製造、新聞報紙印刷及新聞紙發行環節中
的人物則少有機會被新聞史研究人員所關注。

　　2、民國時期的新聞媒介

　　民國時期的新聞媒介是構成「民國新聞史」研究對象所有要素中僅次於
「新聞人」要素的基本要素。「民國時期」雖然不到四十年，但卻是中國新聞
媒介家族增加成員最爲頻繁也是發展較快的歷史階段。在這一時期，中國傳
統官報完成了從以朝廷新聞爲主要內容的傳統報紙向以社會新聞爲主體的近
代報紙的轉型：明末出現的以翻印朝報爲主要內容的民間《京報》在辛亥革
命後因皇帝退位自行消亡；代表不同政治理念或治國方略的政黨報紙隨著各
式各樣政黨政團的出現成爲新聞界主力；由外國在華勢力在背後支撐的少數
民營大報影響力不斷增大（北方以天津《大公報》爲牛耳，南方以上海《申
報》爲馬首）；辛亥革命期間出現的新聞紀錄電影成爲新的重要新聞媒介。20
世紀初傳入中國的照相銅版製版技術使新聞報紙得以在辛亥革命後更加廣泛
地使用新聞照片。武昌起義後由著名雜技幻術家朱連奎和美利公司洋行在前
線合作拍攝的記錄武昌新軍重大戰鬥實況的《武漢戰爭》於當年 12 月 1 日在
上海南京路謀得利戲院朱連奎的雜技節目上演時同場映出。1917 年秋商務印
書館盤進美國商人的攝影設備，1918 年拍攝該年 12 月上海焚燒大量煙土實況
的新聞紀錄電影《上海焚毀存土》，1920 年 7 月董事會決定正式成立我國第一
個專門的電影攝製機構「活動影戲部」。1922 年 12 月，美國人奧斯邦
（E.G.Osborn）在上海和英文大陸報館（The China Press）合辦中國境內第一
座廣播電臺「大陸報—中國無線電公司廣播電臺」，並於 1923 年 1 月 23 日晚
首次播音。自此基本完成了包括新聞報紙、新聞電影、新聞廣播及新聞攝影
等在內的民國時期新聞媒介體系的完整構建。對民國時期新聞媒介發展史的
研究毫無疑問是「民國新聞史」研究的重要內容。

3、民國時期的新聞活動

民國時期的新聞採訪、編輯、印製、發行和傳播等業務活動是構成「民國新聞史」的基本要素，也是「非新聞人」感知和接觸新聞的唯一途徑。「新聞」的運作路線圖是「從受眾中來，到受眾中去」。新聞採訪人員在社會生活中發現新聞線索，然後經過採訪、收集、追蹤或調查等環節寫成新聞稿件，報紙編輯經過編輯、排版、印製後成為新聞報紙，又傳播給新聞受眾。隨著社會文明程度提高、科學技術發展和人們思想進步以及新聞活動理念、技術、方法、技巧及專用設備（設施）等不斷發展和進步，使新聞活動的質量、水平和效果不斷提高。研究「民國時期」新聞採訪、撰稿、編輯、排版、印製、發行和傳播等活動在社會生活中的不斷創新和進步，自然是「民國新聞史」研究的題中應有之義。「民國時期」發生的新聞性社會事件不少是由於新聞活動引發的社會性新聞事件，因而更是民國新聞史研究的常見內容。

4、民國時期的新聞成果

民國時期的新聞成果是指在民國時期新聞活動中形成並流傳給後世的物質的或精神的、文字的或圖像的、公開出版的或檔案記載留存的等類型成果。它們也是當時歷史的見證者和親歷者，具有難以替代的史料功能。現保存在各種類型公共圖書館、學校圖書館及其他學術機構圖書館或文獻信息中心的生產於民國時期的數量巨大的新聞報紙、雜誌、畫報及其他載體的原始性文獻，是研究民國新聞史最基礎、最寶貴、最有說服力的第一手史料。現收藏在各類檔案館、博物館及個人收藏處所的產生於民國時期且與新聞有關的大量檔案文獻、照片、膠卷、電影膠片及實物等，是研究「民國新聞史」的重要史料支撐和原始信息的重要來源。收藏於民國時期新聞史人物後人手中或委託收藏於有關文獻單位的當時歷史見證人的日記、手稿、書信等，是探尋民國時期新聞人思想、心理、情感變化的重要依據，更是深度研究「民國新聞史」必不可少的參照文獻。由於各種各樣原因，民國時期新聞活動產生的數量巨大的各類成果流散於民間甚至流散於海外，成為當今研究民國新聞史的一個難以完全克服的巨大困難。只有把民國時期新聞活動成果進行綜合而又有條理的、歷史但又辯證的研究，才可能真實地再現民國時期新聞史的完整面貌，從中探尋民國時期新聞事業發展變化的內在規律。

（三）民國時期新聞活動的管理和支撐系統

民國時期新聞業是民國時期的客觀社會存在。民國時期的新聞活動是在

特定社會環境中產生、發展及變化的特定社會活動，既產生並受制約於特定的社會環境，又推動或促進特定的社會環境的改善或變化。民國時期新聞活動的管理和支撐系統則是新聞活動得以正常運行的重要條件。

1、國家新聞業管理體制、運作機制

早期的新聞活動是自發產生的。當社會統治階級覺得新聞活動對其統治權威或地位產生不利影響或威脅時，就會採用行政乃至法律資源或手段對新聞活動進行管理或限制——因而就出現了社會（政府）對新聞媒介、新聞人、新聞活動成果、新聞傳播機構進行管理和規範的法令制度。研究「民國時期」政府對社會（包括政黨）新聞活動的管理體制及其組織形態、內在構成、運作機制；研究不同階段政府新聞政策、新聞法制等產生發展的社會動因及社會效果等多種要素的發展歷程，是「民國新聞史」研究的題中應有之意。

2、新聞傳播活動形成的社會影響

新聞人及其新聞活動的社會價值體現方式主要是接受新聞傳播的受眾在思想、觀念、知識、技能等方面表現出來的適應性變化和符合預期的發展。民國時期的中國新聞業經歷了一個明顯而又巨大的轉變和進步，除了新聞事業的規模和實力得到迅速發展外，政府及社會民眾對新聞人、新聞媒介及新聞活動的社會認可度等都有了歷史性進步。以民營報紙的社會地位和社會影響力為例，明末清初出現的民營《京報》、鴉片戰爭後出現的如《萬國公報》等外國在華傳教士所辦報刊、19 世紀後期出現的《申報》和《新聞報》等外商所辦新聞紙，其影響力的確在不斷增強，但無論是《申報》還是《新聞報》和民國時期由張季鸞、胡政之、吳鼎昌三人合辦的民營新聞報紙《大公報》的社會地位和影響力相比，其間懸殊之巨不用贅言——這似乎形象地說明了民國時期新聞報業的社會認可度和影響力在政府和民眾意識中的提升，應該是民國新聞史研究不應該忽視的內容。

二、「民國新聞史」研究對象的外延

「民國新聞史」研究對象的外延是指「民國新聞史研究」這一特定學術活動所涉及的社會事物的時間、空間範圍。

（一）「民國新聞史」研究的時間範圍

關於「民國新聞史」研究的時間範圍（或者稱之為時間跨度），學術界有不同觀點。胡小平所著《民國新聞史》開篇第一章「辛亥革命後的短暫輝煌」，

首句即是「1912 年 1 月 1 日，孫中山在南京組成臨時政府，並就任臨時大總統。全國出現一個短時期的前所未有的辦報高潮」，表明作者是從「1912 年 1 月 1 日」開始書寫「民國新聞史」的。我們認爲「民國新聞業」不是從天上突然掉下來的；爲「創建民國」奮鬥的革命黨新聞人創辦新聞媒介及開展新聞活動也不是從「中華民國臨時政府」創立的 1912 年 1 月 1 日才出現的；構成「中華民國臨時政府」時期新聞業的重要新聞媒介如同盟會《民立報》、《大陸報》及商業性新聞報紙《申報》、《大公報》等也不是在民國創立後才創辦的。歷史不能割斷，割斷的歷史不可能揭示來龍去脈。要探尋民國新聞史之所以產生、發展、壯大及變化的歷史規律，必須從源頭上探究。孫中山領導的同盟會基本掌握民國南京臨時政府的領導權，民國臨時政府時期的新聞業基本上是以「同盟會」爲主導的「民國新聞業」。民國新聞史的起源應可追溯至同盟會成員新聞活動的開端。

在抗戰勝利後爆發的國共兩黨軍隊戰爭中，共產黨領導人民解放軍在遼瀋、平津、淮海、渡江等戰役中完勝國民黨軍隊，「中華民國國民政府」的首都南京 1949 年 4 月 23 日被人民解放軍佔領。自 1927 年 4 月 18 日成立「中華民國國民政府」後就一直在南京市長江路 292 號「總統府」門樓上飄揚了二十多年的「青天白日旗」被解放軍戰士扯下，升起了象徵革命勝利的紅旗，標誌著作爲「中華民國時期」中國中央政府的「中華民國國民政府（總統府）」已被共產黨領導的人民解放軍推翻。中國共產黨領導的中華人民共和國中央人民政府 1949 年 10 月 1 日在北京天安門廣場舉行隆重的開國大典，標誌著管治中國大部分領土和人民的中央政府更迭過程順利完成。儘管播遷到臺灣的蔣介石國民黨集團依舊打著「中華民國國民政府」招牌，蔣介石 1950 年 3 月 1 日又復任「中華民國總統」，但所管治地區也僅僅有臺灣、澎湖、金門和馬祖等島嶼，與中華民國締造者孫中山 1912 年 3 月 11 日簽署公布實施的《中華民國臨時約法》規定「中華民國領土，爲二十二行省、內外蒙古、西藏、青海」的國家領土疆域相比較，僅僅管治「臺灣」一省和福建部分區域的臺灣「中華民國國民政府（總統府）」，實在也只能稱爲地方政府了。因此本研究時間下限爲「以工農聯盟爲基礎、以工人階級領導的人民民主專政共和國」（《中國人民政治協商會議共同綱領》語）即「中華人民共和國中央人民政府」在北京舉行開國大典的 1949 年 10 月 1 日前。

（二）「民國新聞史」研究的地域範圍

中國自古以來是開放交往的國度，中華民族自古以來是與人爲善的民族，我們先人憑藉四大發明把中華文明傳播到世界各地，華人華僑遍布世界各國。他們在融入當地社會生活、爲所在國經濟文化發展做出積極貢獻的同時，仍然心繫祖國和鄉親，與祖國和民族的命運緊密相連。從孫中山在南京領導創立「中華民國臨時政府」，到蔣介石國民黨主導的「中華民國國民政府」因其首都南京被人民解放軍佔領垮臺、「中華人民共和國中央人民政府」在北京成立前的長達近四十年間，中國發生了二次革命、袁世凱稱帝、護法戰爭、北伐戰爭、國共十年內戰、抗日戰爭、國共三年決戰等關係到國家和民族前途命運的重大事件。爲爭取海外華人華僑聲援和支持國內的政治運動，國內各政治派別的新聞人紛紛到海外創辦中文報紙進行政治宣傳，國內重大事件也對世界各地海外華人華僑產生重要影響。不少海外華人華僑也紛紛創辦以關注國內政治形勢、宣傳國內政黨方針、動員華人華僑關注或參與國內政治運動以及向華人華僑傳播國內政治動態爲宗旨的中文報紙；自古以來就是中國固有領土而在鴉片戰爭後被英國割占的香港地區、被澳門殖民者趁火打劫佔據的澳門地區和在甲午戰爭後被日本割占的臺灣地區，因當時中國政府不能行使國家主權，不同政治力量得以利用特殊社會政治環境創辦宣傳不同政治觀點的中文報紙。這些「中文報紙」儘管不是產生於當時「中華民國國民政府」主權所達地域，但它們一是由海外中國人或與中國有天然聯繫的華人華僑創辦而不是由外國人創辦；二是他們創辦中文報紙的宗旨是爲國內政治軍事運動服務而不是爲當地經濟文化發展服務；三是他們創辦的中文新聞報紙隨著在國內特定政治運動的興起或消退而次第興衰，內容表現出鮮明的「中國」特徵。所以本項目把海外中國新聞人、中文報紙及這些中文報紙的新聞活動納入研究的對象範圍。

「中華民國時期」的中國政治格局劇烈動盪、政治力量消長多變、外敵入侵和民族反抗達到頂峰。儘管經歷了外患內憂、政治紛爭、軍事血拼、外交失敗乃至日本軍國主義全面入侵，政府官員和利益集團的腐敗無能的確讓人怨恨不已，但對當時政府在延續中華民族數千年的傳統文化文明、培養具有現代意識的知識分子和社會精英、對不平等的國際政治秩序進行力所能及抵抗，促進國內經濟文化和科學技術發展進步、面對強敵全面入侵實行國共合作抗日政策，維護了國家統一和領土完整的歷史功績也絕不應採取歷史虛無主義。中國共產黨誕生前後在北京、上海等地就開始出現以馬克思主義爲指導思想的新聞

媒介、新聞人和新聞活動等組成的中國無產階級新聞業。1927 年國共合作破裂，共產黨屢屢舉行反對國民黨政府的武裝起義並建立革命根據地後，中國大陸就一直存在與國民黨主導的「中華民國國民政府」在政治立場、意識形態、建國方針、治國方略等處於階級對立地位，由共產黨領導的革命根據地（十年內戰時期稱爲紅色根據地，抗日戰爭時期稱爲抗日根據地，國共內戰時期稱爲解放區）誕生、存在、發展於這些地區的人民新聞業，和國民黨主導的官方新聞業以及在政府支持下以新聞和言論與政府合作、爲政府服務的民營或半民營新聞媒介間表現爲階級意識對立的關係。共產黨在「民國時期」不同歷史階段領導創建的紅色根據地新聞業、抗日民主根據地新聞業和解放區人民新聞業，在和執掌「中華民國國民政府」蔣介石國民黨集團及其新聞業的艱苦曲折浴血鬥爭中不斷發展壯大，成爲中華人民共和國新聞業的精神和物質基礎。共產黨新聞業產生、發展、壯大於「民國時期」，理應是「民國新聞史」研究中不可缺少的內容。1931 年「九‧一八事變」後，日本軍國主義在東北地區扶植建立僞「滿洲國」，出現了由中國人主持但公開聽命於日本人、爲日本侵略政策和戰爭利益服務的傀儡新聞業。1937 年「七‧七事變」後，在日本軍隊佔領的敵佔區出現以聽命於日本軍部報導部、爲日本侵略戰爭塗脂抹粉和欺騙淪陷區中國民眾的漢奸新聞業。「民國新聞史」以「中華民國」政府國家主權和行政權所達地區新聞業爲研究主體，但日本人操縱建立「滿洲國」的遼寧、吉林、黑龍江等省（地區）均是「中華民國」的「固有疆域」，「七‧七事變」後日本軍隊佔領的地區被國民政府稱爲「淪陷區」。無論是溥儀的僞「滿洲國」傀儡新聞業還是汪精衛的僞「民國」漢奸新聞業都出現在「民國時期」中國的「固有疆域」內，所以應把它們納入「民國新聞史」的研究範圍。

三

從 1912 年元旦孫中山在南京領導創建「中華民國臨時政府」到「中華民國國民政府（總統府）」首都被人民解放軍佔領、中華人民共和國中央人民政府 1949 年 10 月 1 日在北京天安門廣場舉行開國大典前的近四十年間，「中華民國時期」的中國新聞業發展歷程大致可以分爲如下幾個階段。

一、民國新聞業的起源孕育階段

這一階段從 1893 年孫中山在澳門參與他的土生葡萄牙籍朋友飛南第創辦的《鏡海叢報》發行活動開始（參見費成康《孫中山與〈鏡海叢報〉》），到由

孫中山任臨時大總統的「中華民國臨時政府」在南京宣告成立的 1912 年元旦前爲止。中國同盟會領袖孫中山先生 1912 年元旦在南京宣誓就任「中華民國臨時大總統」，既標誌「中華民國臨時政府」正式成立並進入實質性運轉狀態，同時也標誌著以資產階級自由民主理念爲主要特徵的「民國新聞業」正式誕生。我們認爲，以 1912 年元旦爲誕生標誌的「民國新聞業」是在經歷了起源、孕育、成長、發展、成熟才正式誕生的結果。由於「中華民國臨時政府」是革命黨人爲領導和主體，聯合立憲派和部分具有自由傾向的地主反滿派組成的資產階級革命政權，孫中山自 1893 年參與《鏡海叢報》發行活動爲開端的反清新聞宣傳活動目標，就是他在興中會誓詞中所明確的「驅除韃虜，恢復中華，創立合眾政府」。因而從孫中山投入反清新聞宣傳活動到實現創建資產階級「合眾政府」性質的「中華民國臨時政府」的過程，就是民國新聞業起源、孕育、成長到正式誕生的過程。

二、民國創建前後的新聞業

這一階段從革命黨人在湖北重鎮武昌發動反清「武昌首義」取得勝利並成立以「中華民國」爲國號的第一個省級地方政府「中華民國鄂（湖北）軍政府」開始，到孫中山任「臨時大總統」的「中華民國臨時政府」在南京停止運行的 1912 年 4 月爲止。1911 年 10 月 10 日，革命黨人在舉行反清起義取得勝利並於次日成立「中華民國鄂軍政府」，拉開了「中華民國」的序幕。武昌起義很快得到全國各省響應。不到兩月，內地十八省中就有十四省舉起了義旗，宣告獨立，使清政府迅速陷於土崩瓦解的局面。12 月 29 日，孫中山在十七省代表會上當選爲臨時大總統，並於 1912 年元旦在南京舉行了就職宣誓，標誌中華民國中央政府正式成立。鑒於「前使伍（廷芳）代表電北京，有約以清帝實行退位，袁世凱君宣布政見，贊成共和，即當推讓（總統之職務）」，加之「此次清帝退位，南北統一，袁（世凱）君之力實多」，孫中山於 1912 年 4 月 1 日踐諾到南京參議院履行解臨時總統職之法定程序，中華民國的歷史正式進入「民國袁世凱時期」。無論是「武昌首義」後成立的湖北軍政府，還是其他省宣布光復或獨立後成立軍政府，或是孫中山在南京創建的「中華民國臨時政府」，大部分都創辦有各種形式的政府機關報以宣傳資產階級革命政府的方針政策，成爲既與清末政府官報，也與後來袁世凱時期所辦官報具有本質區別的新聞媒介。因而這一階段儘管短暫，但卻是「中華民國新聞業」誕生後不可或缺的一個歷史階段。

三、民國袁世凱時期的新聞業

這一階段從袁世凱於 1912 年 3 月 10 日在北京宣誓就任中華民國第二任「臨時大總統」開始，到袁世凱公開稱帝後遭致全國上下一致反對，最後眾叛親離於 1916 年 6 月 6 日病死為止。袁世凱為了就任中華民國第二任臨時大總統，於 1912 年 3 月 8 日向南京參議院發出了「世凱深願竭其能力，發揚共和之精神，滌蕩專制之狹穢，謹守憲法，依國民之願望，蘄達國家於安全強固之域，俾五大民族同臻樂利」的電傳誓詞，南京參議院於次日通過《承認袁大總統受職電》，袁世凱即於 3 月 10 日在北京舉行正式就職典禮。因國務院總理和新國務員中的「交通總長」直到 4 月 1 日才「奉袁總統電令由唐紹儀代理」並得到南京參議院認可。袁世凱於當日即以「臨時大總統」名義頒布各部總長的任命令，自此由袁世凱任總統、唐紹儀任總理的新一屆「民國臨時政府」組閣基本完成。自此直至袁世凱於 1916 年 6 月病亡，我們稱之為「民國袁世凱時期」。有些著作把「袁世凱時期」劃入「北洋軍閥政府時期」，主要是考慮它們共同的「北洋軍閥」特徵。但我們認為兩者有明顯的區別：首先是袁世凱在北洋軍閥群體中的特殊地位。袁世凱是「北洋軍閥」，但卻是最大的「北洋軍閥」，北洋軍就是他袁世凱創建的，所以他是指揮分布在全國各地北洋軍隊的「全國性首領」，而不是僅掌管一個地域、統帥一個派系北洋軍隊（如奉系、皖系、桂系）的「區域性首領」；其次，袁世凱既是手中握有槍桿子的北洋「軍閥」，但同時又是北洋軍閥集團的「政治代表」──清廷官至「內閣總理大臣」，民國當選第二任「臨時大總統」，政治地位和活動能量遠超段祺瑞、馮國璋、曹錕及張作霖等人。再則，袁世凱之所以能接孫中山任「臨時大總統」職，與他迫使清廷宣布退位有直接關係，他在結束中國封建專制君主統治過程中有一定歷史貢獻，因此孫中山才「約以清帝實行退位，袁世凱若宣布政見，贊成共和，即當推讓」。最後，袁世凱出任「臨時大總統」職務是民國南京參議院 1912 年 2 月 15 日公議召開臨時大總統選舉會，用記省名投票法經與會代表投票選舉的。也就是說袁世凱獲得「臨時大總統」權力的過程，是在民國南京臨時政府的法制軌道上完成的。和袁世凱之後其他北洋軍閥首領擔任「總統」（或「執政」、「國務總理」及「安國軍大元帥」等）的任職過程是有明顯區別的。因此，本書把「民國袁世凱時期的新聞業」作為民國新聞史中的歷史階段之一。

四、民國北京政府時期的新聞業

這一階段是從袁世凱去世、黎元洪正式接任民國大總統開始，至北京「中華民國軍政府」大元帥張作霖之子張學良宣布易幟的 1928 年 12 月 29 日止。1916 年 6 月 6 日，稱帝失敗後復稱「中華民國總統」的袁世凱身亡於病恐。副總統黎元洪依據《中華民國約法》次日接任大總統。袁世凱死後的北洋軍系統失去了核心領袖。直系、皖系、奉系、桂系等北洋軍派系首領躍躍欲試，個個想稱王，「中華民國」進入北洋軍閥各派首領憑藉軍隊實力爭奪並掌握政府權力的時期──俗稱「北洋軍閥政府時期」。一些著作把「民國北京政府時期」劃到蔣介石國民黨集團製造上海「四‧一二政變」後在南京宣布成立「國民政府」前，這種劃分不無道理。但儘管蔣介石國民黨集團 1927 年 4 月 18 日在南京舉行國民政府成立典禮並開始辦公，但廣大北方地區仍在北洋軍閥勢力控制下。1927 年 4 月的民國北京政府稱爲「中華民國臨時執政府」。皖系軍閥首領段祺瑞 1924 年 11 月 24 日出任「執政」，後來成爲漢奸的梁鴻志同一天出任「秘書長」。段祺瑞於 1926 年 4 月 20 日出逃天津後由「國務院攝行臨時執政職務」。「四‧一二政變」後的 1927 年 6 月 18 日，奉系軍閥張作霖成立「中華民國軍政府」並自任「中華民國海陸軍大元帥」。後因與北伐軍作戰失敗，1928 年 6 月 4 日攜帶著「中華民國軍政府」大印等回退東北，途中在皇姑屯被炸身死。作爲北洋政府的機關刊物《政府公報》也一直出版到 1928 年 6 月（4353 號）才停刊。此後遼、吉、黑及熱河等省在奉系軍閥新首領張學良掌控下，直到他同年 12 月 29 日宣布「遵守三民主義，服從國民政府，改旗易幟」，才標誌著被北洋軍閥各派首領先後掌控的「民國北京政府」實際終結。南京國民政府 12 月 31 日特任張學良爲東北邊防軍司令長官，張作相、萬福麟爲副司令官，這時的「中華民國國民政府」（即民國南京政府）才從形式上實現了全國「政令」、「軍令」統一。因此民國北京政府時期應到 1928 年 12 月爲止。

五、民國南京政府前期的新聞業

這一階段從張學良宣布易幟後的 1929 年 1 月開始，到國共兩黨軍隊結束敵對狀態進入合作抗日的 1937 年 8 月底爲止。中華民國「安國軍政府」大元帥張作霖之子張學良 1928 年 12 月 29 日宣布「改旗易幟」標誌著被北洋軍閥掌控的民國北京政府實際終結，實際意義上的全國性政府「民國南京政府」1929 年 1 月開始正式運作。一些著作把這一階段的下限劃在日本軍國主義製造北平「七‧七事變」的 1937 年 7 月 7 日前。我們認爲儘管在「七‧七事變」

後第二天，中國共產黨就通電全國，號召「全中國同胞、軍隊和政府團結起來，築成民族統一戰線的堅固長城，抵抗日本的侵掠！國共兩黨親密合作抵抗日寇的新進攻」。國民政府行政院長兼軍事委員會委員長的蔣介石於 7 月 17 日在廬山發表關於解決事變最低限度條件和表示中國政府抗戰決心的談話。但民國南京政府在日本政府所謂「不擴大方針」和「就地解決」煙幕影響下，希望把盧溝橋事變作為「局部事件」通過外交途徑求得和平解決，所以對共產黨提出並積極促進的國共合作和全民抗日主張並不熱心，還企圖通過國共合作吞併共產黨軍隊，致使國共合作談判延宕無果。直到平津淪陷、上海「八・一三事變」爆發後的 8 月 22 日，兩黨才就合作抗日達成一致，由國民政府軍事委員會正式發布命令，將西北紅軍主力改編為國民革命軍第八路軍，任命朱德、彭德懷分別任正、副總指揮。中共中央軍事委員會隨之於 8 月 25 日發布紅軍改編為八路軍及朱德、彭德懷等人任職的命令。這才標誌國共兩黨軍隊由敵對狀態正式進入合作抗日階段。因此本階段的下限應到 1937 年 8 月底。

六、民國南京政府中期的新聞業

這一階段是從國共兩黨正式宣布合作抗日的 1937 年 8 月下旬到到中國人民抗日戰爭勝利結束的 1945 年 9 月初為止。一些著作把這一階段的下限定在日本天皇廣播「終戰詔書」宣布無條件投降的 1945 年 8 月 15 日。我們認為，日本天皇廣播「終戰詔書」後中國的抗日戰爭並沒有實際結束，一是日本天皇只是「宣布」無條件投降，還沒有「完成」無條件投降；二是儘管日本天皇宣布了「終戰」，但日本軍隊仍在開展軍事行動，中國人民仍在與日本侵略軍作戰。「在日本宣布投降後，日軍並沒有立即停止作戰。中國解放區軍民的反攻仍在繼續」，「從 1945 年 8 月 11 日到 9 月 2 日，八路軍、新四軍和華南人民武裝力量在對日軍的全面反攻中，共解放縣以上城市 150 座，其中包括華北重鎮張家口等」。直到 1945 年 9 月 2 日，日本外相重光葵和日軍參謀總長梅津美治郎才在停泊在日本東京灣的美國「密蘇里號」軍艦上，分別代表日本天皇、日本政府和日本帝國大本營在投降書上簽字，世界反法西斯戰爭暨中國的抗日戰爭才正式勝利結束。

七、民國南京政府後期的新聞業

這一階段大致從標誌中國抗日戰爭勝利結束的 1945 年 9 月 2 日後始，到中華人民共和國中央人民政府在北京舉行開國大典的 1949 年 10 月 1 日前止。

抗日戰爭勝利後的中國迎來了寶貴的和平建國「窗口期」。無奈蔣介石國民黨集團及其主導的民國南京政府錯誤估計了國共雙方力量及民心所向對政治天平的影響，認為「政府可於三五個月內擊敗共軍」。國民黨軍隊在得到美國大量「軍援」後於 1946 年 6 月 26 日打響內戰第一槍，國共全面內戰爆發。不到三年後的 1949 年 4 月 21 日，解放軍「百萬雄師」渡過大江，並於 4 月 23 日佔領「中華民國」首都南京。到 1949 年 9 月底，人民解放軍各部解放了除西南滇、黔、川、康、藏及中南的兩廣以外的全國大陸大部分地區。以中華人民共和國中央人民政府 1949 年 10 月 1 日在北京宣告成立為標誌，原「中華民國」國土上的中央政府完成了更迭，歷史正式進入「中華人民共和國時期」。從中國斷代新聞史角度認識，中國新聞史也從「中華民國新聞史」時期進入了「中華人民共和國新聞史」時期。

四

在項目研究過程中，項目組全體成員認真貫徹實事求是的思想路線，堅持尊重歷史存在、尊重文化傳統、尊重不同學派的原則；遵循歷史唯物主義和辯證唯物主義原則和方法，既看到「民國新聞史上的確發生、存在過不少與現代文明和民主法制不合拍的歷史事實」，也看到「民國新聞業在科學技術普及、進步力量努力、世界民主潮流推動以及新聞事業規律的共同發力下有了長足的發展」的客觀存在；努力探尋「民國新聞業」在近四十年中的發展規律，以「新聞」、「新聞人」、「新聞媒介」「新聞活動」及「新聞事業」為中心，突出「民國新聞史」的階段和時代特點，努力再現中國新聞業在「中華民國時期」近四十年間的發展概貌。以嚴肅認真和對國家負責的態度，敬業踏實進行項目研究，經過項目組全體成員 5 年堅持不懈的努力，終於完成了項目申請書設計的全部研究任務。

項目的主體性最終成果《中華民國新聞史》（5 卷本）是國內新聞史學界眾多專家學者的聰明智慧和才能完成的精心之作。實際參加項目研究的有來自國內著名高校、國家新聞通訊社及國家級歷史檔案館等 20 多個單位 40 多位專家學者。項目專門成立了由中國新聞史學會創會會長、中國人民大學榮譽一級教授、中國人民大學新聞學院博士生導師方漢奇教授和中國傳媒大學博士生導師趙玉明教授為首的顧問委員會和由中國新聞史學會顧問、華中科技大學二級教授、華中科技大學信息與傳播學院博士生導師吳廷俊教授為首

的編纂委員會。《中華民國新聞史》（5 卷本）各卷由一位專家具體負責，主要負責有關卷次文檔的撰寫和組織、統稿任務。本項目設立了 10 個特約研究專題，邀請在「民國新聞史研究」特定領域有長期積累和重要成果的著名專家擔任負責人，其職責是專題重點研究「民國新聞史」的某一側面，負責撰寫有關專題的特約專題稿以納入最終成果《中華民國新聞史》各分卷，使本書得以集中國內專家學者的智慧，整體達到較高水平。

國家社會科學基金重大項目「中華民國新聞史」研究實施已足足五年。在項目申請和實施過程中，我們得到了各級領導和眾多同行專家學者的熱情鼓勵和幫助。以中國新聞史學會創會會長、中國人民大學榮譽一級教授、博士生導師方漢奇先生為主任委員、中國新聞史學會第二任會長、中國傳媒大學博士生導師趙玉明教授為執行主任委員的學術顧問委員會為項目重大事項號脈把關；項目編纂委員會主任吳廷俊先生自始至終實際指導本項目研究，先後主持四次編纂委員會會議和一次集體統稿會議。老一輩學者身上的崇高敬業精神和嚴謹治學品格使項目組全體同行深受教益。我國社會學、歷史學、文獻學及新聞史學各界前輩和同行眾多研究成果為本項目研究成果提供了豐富的學術營養，成為項目組同人「站在前人肩膀上」繼續前行的基石。我們深切感到，如果沒有這些有利條件，項目組如期完成這一任務面臨的困難肯定會更大更多。正因為得到眾多方面的理解、鼓勵、幫助和支持，我們才得以順利完成研究工作。項目組全體同人對此再次表示真誠的感謝！

此時我們也清醒地認識到該成果存在一些不足。由於臺灣海峽仍是兩岸學術交流的障礙，所以相當部分史料文獻因收藏在我國臺灣地區而使得在研究中難以充分利用；即便是大陸學術界的研究成果，也有的因時間久遠或流傳不廣難以覓見，成為課題組成員的遺憾；項目團隊成員自身修養和學術積累的侷限，文稿中有些觀點還不一定妥當，詳略安排不一定科學，對一些新聞人物、新聞媒介及新聞事件的評價不一定準確，對新聞業發展規律及特點等分析還不充分；加之由於作者人數較多在文風上還不很統一，當然也還可能存在一些尚未意識到的不足或欠缺等。所有這些都由於時間關係及學識和能力限制而未及使之完善和彌補。我們衷心期待學術界同行和廣大讀者的批評和指正，以便在再版或修訂時予以修正，使之不斷完善提高。

倪延年

二〇一八年十二月二十五日

目次

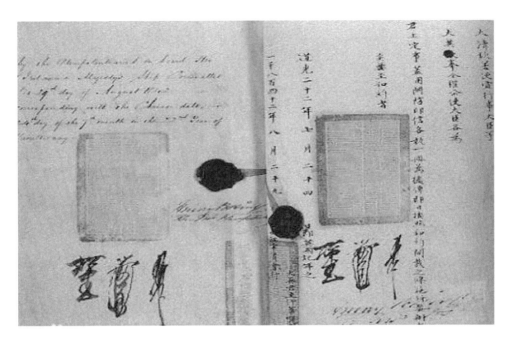

圖 1-1　中國社會開始半殖民地半封建化的中英《南京條約》

圖 1-2　標誌著中國社會徹底半殖民地半封建化的《辛丑和約》簽約現場

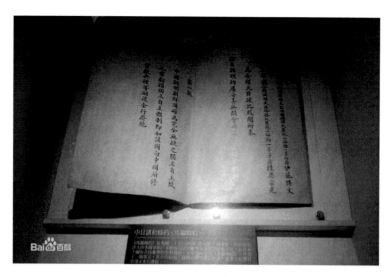

圖1-3　日本逼迫中國割讓台澎和遼東半島的《馬關條約》

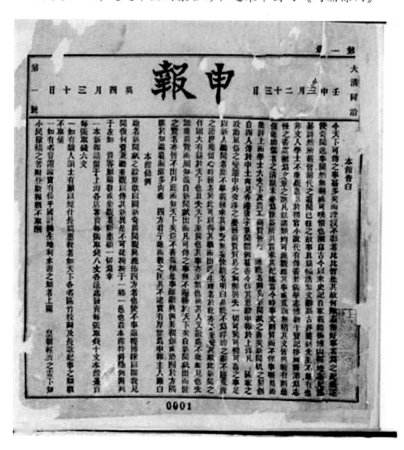

圖1-4　英商美查1872年集資創辦採用西方公司模式管理的《申報》

圖 1-5　康有為鼓吹變法維新的《孔子改制考》

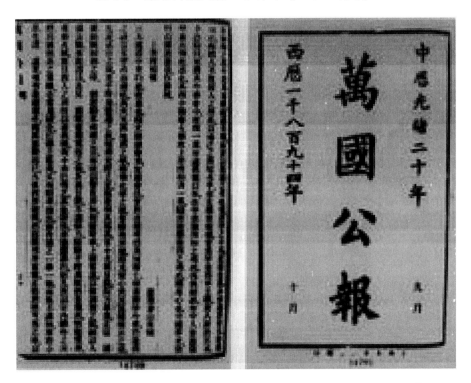

圖 1-6　被維新派強學會機關刊物模仿的傳教士刊物《萬國公報》

圖 1-7　早在 1583 年就踏上中國土地的意大利籍傳教士利瑪竇

圖 1-8　發佈《允許開辦報館諭》解除清廷報禁的光緒皇帝（愛新覺羅‧載湉）

圖 1-9　得到美國「庚子賠款」餘額資助的中國赴美留學生

圖 1-10　曾任清廷海關總稅務司 50 年的英國人羅伯特・赫德

圖 1-11　中國第一部記錄電影《定軍山》拍攝現場（復原圖）

圖 2-1　最早從事反清新聞宣傳活動的先驅者孫中山

圖 2-2　1893 年 7 月 28 日在澳門創刊孫中山參與發行活動的《鏡海叢報》

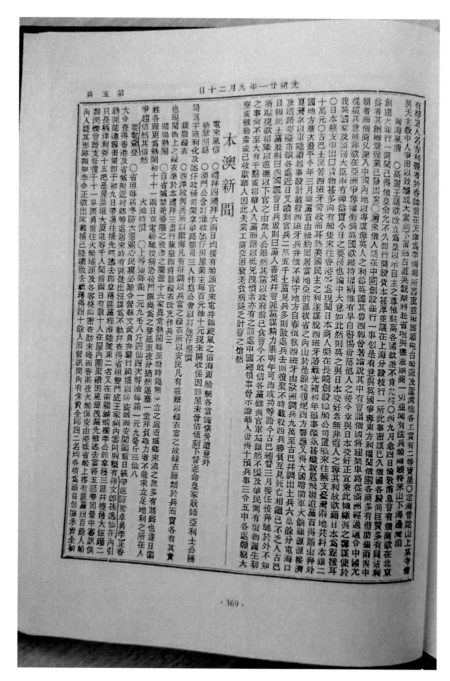

圖2-3 報導孫中山領導「廣州起義」消息的《鏡海叢報》（1895-10-30）

圖 2-4　孫中山改組並發表《駁保皇報書》等文的《隆記檀山新報》

圖 2-5　1900 年 1 月 25 日在香港創辦興中會機關報《中國日報》的陳少白

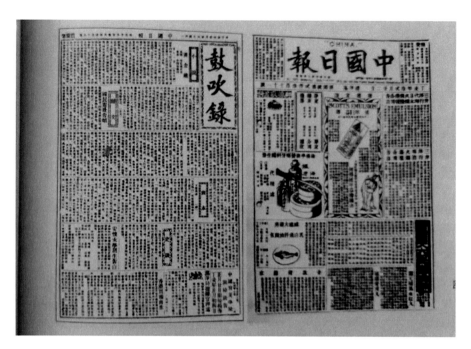

圖 2-6　中國資產階級革命團體興中會機關報《中國日報》

圖 2-7　因發表激烈反清文章被租界查封的《蘇報》

圖 2-8　1905 年 11 月 26 日在日本東京創刊的中國同盟會機關報《民報》

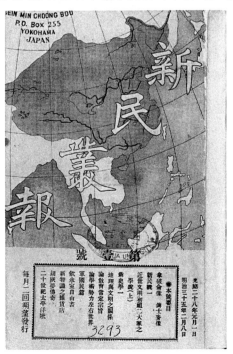

圖 2-9　和同盟會《民報》論戰的《新民叢報》

圖 2-10　先後創辦《神州日報》和「豎三民」的著名報人于右任

圖 3-1　辛亥首義後創刊的湖北軍政府機關報《中華民國公報》

圖 3-2　湖北軍政府機關報《中華民國公報》第一任經理牟鴻勳

圖 3-3　辛亥首義勝利第二天由胡石庵創刊的《大漢報》

圖3-4　辛亥首義後在武昌創辦《大漢報》的著名新聞人胡石庵

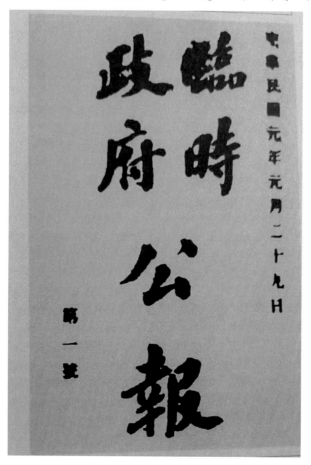

圖3-5　民國南京臨時政府機關報《臨時政府公報》

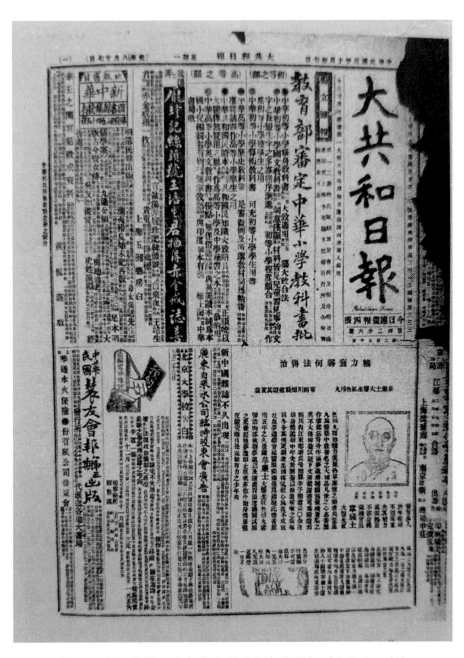

圖 3-6　章炳麟等人的中華民國聯合會機關報《大共和日報》

圖 3-7　領銜抵制「民國暫行報律」的章炳麟

圖 4-1　袁世凱籌組北京臨時政府時期創辦的《臨時公報》

圖4-2　從「全權」到「大總統」後製造「癸丑報災」的袁世凱

圖4-3　先創「時務文體」後辦《清議》《新民》及《庸言》的梁啓超

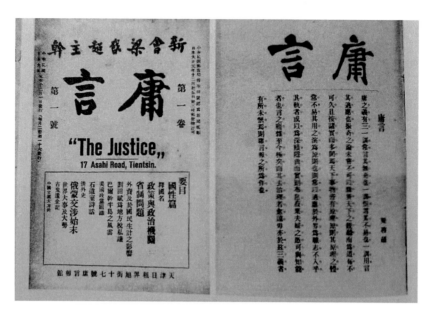

圖 4-4　梁啓超「主幹」的政論性刊物《庸言》半月刊

圖 4-4　從「質疑失望」南京臨時政府到「曲筆敢言」反對袁世凱的《大公報》

圖 4-5　因新聞言論被革命黨人錯殺的著名記者黃遠生

圖 4-6　袁世凱時期新聞熱點事件「宋案」中的被害人宋教仁

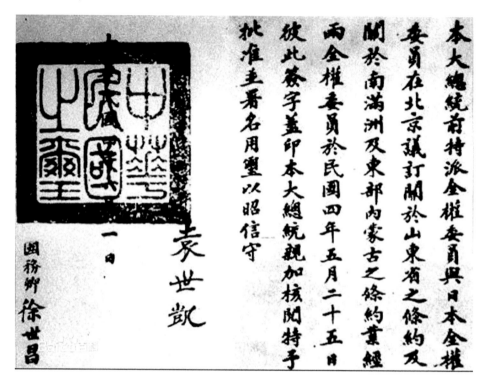

圖 4-7　袁世凱批准「二十一條」的批示、簽名及用印

圖 5-1　和王慕陶合作創辦遠東通訊社的著名報人汪康年

圖 5-2　曾想在上海創辦「環球通訊
　　　　社」的熊希齡

圖 5-3　在日本與潘公弼等創辦東
　　　　京通信社的邵飄萍

圖 5-4　在上海創辦東方通訊社的日本人宗方小太郎

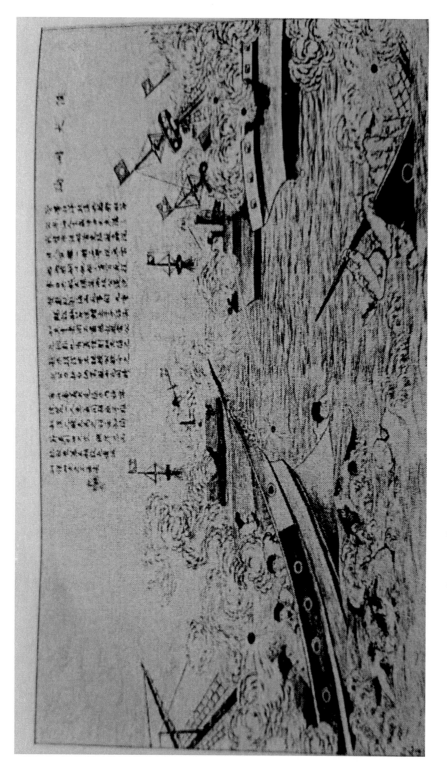

圖 5-5 《點石齋畫報》所載早期新聞畫《僕犬同殉》

圖 5-6　《時事報圖畫雜俎》所載新聞畫《秋瑾墓》

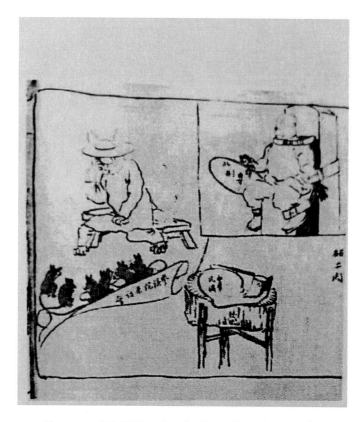

圖 5-7　《天鐸附送畫報》載新聞畫《砧上肉》

圖 5-8　上海商務印書館出版的辛亥革命攝影集《第二集　大革命寫真畫》

圖 5-9　組織拍攝我國第一部新聞紀錄電影《武漢戰爭》的著名雜技魔術家朱連奎

圖 6-1　創辦《大公報》的滿族新聞人英斂之

圖 6-2　著名回族報人丁寶臣創辦的《正宗愛國報》

圖 6-3　我國最早的藏文報刊《西藏白話報》

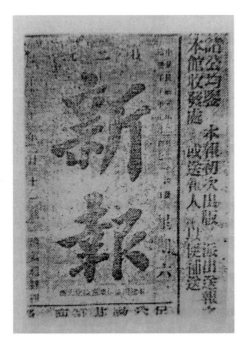

圖 6-4　中華民國軍政府新伊大都督府創辦的機關報《新報》

圖 6-5　民國北京政府蒙藏事務局創辦的《蒙文白話報》

圖6-6　民國北京政府蒙藏事務局創辦的《藏文白話報》

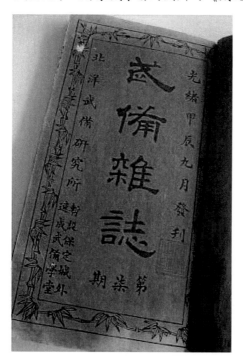

圖6-7　我國第一種軍事報刊《武備雜誌》

圖 6-8　中國留日學生在日本創辦的《武學》（第一號）

圖 6-9　在日本編輯《軍事雜誌》（兼發行人）的蔣介石

圖 6-10　1914 年 4 月在杭州創刊的軍事報刊《浙江兵事雜誌》

圖 6-11　外國人在中國創辦的第一種報紙《蜜蜂華報》（葡萄牙文）

圖 6-12　向國外報導「清帝遜　圖 6-13　參加孫中山大總統就職典禮
　　　　　位」新聞的澳籍記者　　　　　　的澳籍記者端納
　　　　　莫理循

圖 6-14　曾五次訪華的美國密蘇里大學新聞學院院長沃爾特・威廉博士

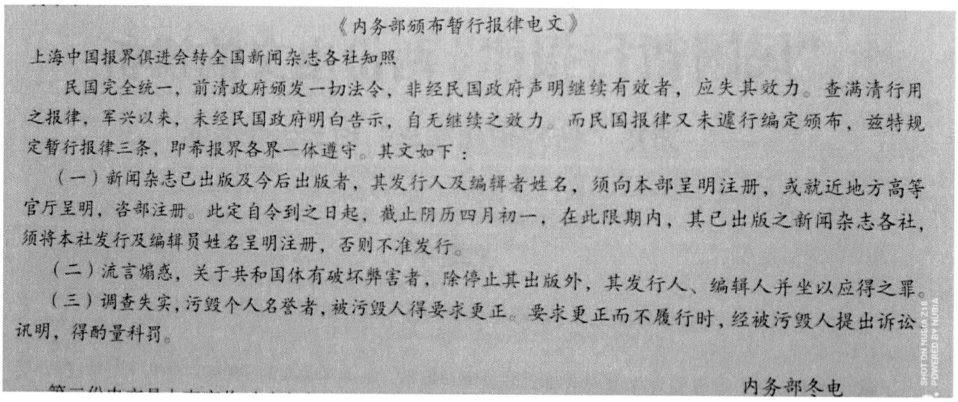

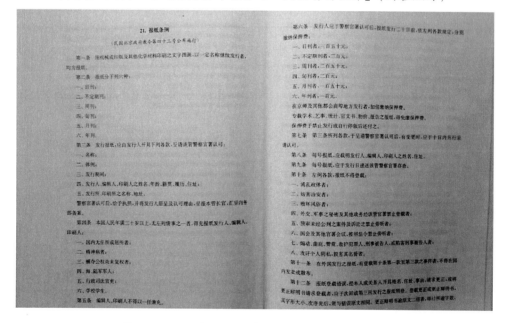

《内务部颁布暂行报律电文》

上海中国报界俱进会转全国新闻杂志各社知照

民国完全统一，前清政府颁发一切法令，非经民国政府声明继续有效者，应失其效力。查满清行用之报律，军兴以来，未经民国政府明白告示，自无继续之效力。而民国报律又未遑行编定颁布，兹特规定暂行报律三条，即希报界各界一体遵守。其文如下：

（一）新闻杂志已出版及今后出版者，其发行人及编辑者姓名，须向本部呈明注册，或就近地方高等官厅呈明，咨部注册。此定自令到之日起，截止阴历四月初一，在此限期内，其已出版之新闻杂志各社，须将本社发行及编辑员姓名呈明注册，否则不准发行。

（二）流言煽惑，关于共和国体有破坏弊害者，除停止其出版外，其发行人、编辑人并坐以应得之罪。

（三）调查失实，污毁个人名誉者，被污毁人得要求更正。要求更正而不履行时，经被污毁人提出诉讼讯明，得酌量科罚。

内务部冬电

圖 7-1　民國臨時政府内務部頒行的「民國暫行報律」（内容照片）

21. 报纸条例

（民国北京政府教令第四十三号公布施行）

第一条　用机械或印版及其他化学材料印刷之文字图画，以一定名称继续发行者，均为报纸。

第二条　报纸分下列六种：

一、日刊；

二、不定期刊；

三、周刊；

四、旬刊；

五、月刊；

六、年刊。

第三条　发行报纸，应由发行人开具下列各款，呈请该管警察官署认可：

一、名称；

二、体例；

三、发行期间；

四、发行人、编辑人、印刷人之姓名、年龄、籍贯、履历、住址；

五、发行所、印刷所之名称、地址。

警察官署认可后，给予执照，并将发行人原呈及认可理由，呈报本管长官，汇呈内务部备案。

第四条　本国人民年满三十岁以上，无左列情事之一者，得充报纸发行人、编辑人、印刷人：

一、国内无住所或居所者；

二、精神病者；

三、褫夺公权尚未复权者；

四、海、陆军军人；

五、行政司法官吏；

六、学校学生。

第五条　编辑人、印刷人不得以一任兼充。

第六条　发行人应于警察官署认可后，报纸发行二十日前，依左列各款规定，分别缴纳保押费：

一、日刊者，三百五十元；

二、不定期刊者，三百元；

三、周刊者，二百五十元；

四、旬刊者，二百元；

五、月刊者，一百五十元；

六、年刊者，一百元。

在京师及其他都会商埠地方发行者，加倍缴纳保押费。

专载学术、艺事、统计、官文书、物价、报告之报纸，得免缴保押费。

保押费于禁止发行或自行停版后还付之。

第七条　第三条所列各款，于呈请警察官署认可后，有变更时，应于十日内另行呈请认可。

第八条　每号报纸，应载明发行人、编辑人、印刷人之姓名、住址。

第九条　每号报纸，应于发行日递送该管警察官署存查。

第十条　左例各款，报纸不得登载：

一、淆乱政体者；

二、妨害治安者；

三、败坏风俗者；

四、外交、军事之秘密及其他政务经该管官署禁止登载者；

五、预审未经公判之案件及诉讼之禁止旁听者；

六、国会及其他官署会议，按照法令禁止旁听者；

七、煽动、曲庇、赞赏、救护犯罪人、刑事被告人，或陷害刑事被告人者；

八、攻讦个人阴私，损害其名誉者。

第十一条　在外国发行之报纸，有登载第十条第一款至第三款之事件者，不得在国内发卖或散布。

第十二条　报纸登载错误，经本人或关系人开具姓名、住址、事由，请求更正，或将更正辩明书请求登载者，应于次回或第三回发行之报纸照登。登载更正或更正辩明书，其字形大小、次序先后，须与错误原文相同。更正辩明书逾原文二倍者，得计所逾字数，

圖 7-2　民國袁世凱政府頒行的《報紙條例》

圖 7-3　開西方人在華經營報業之先的《字林西報》報館大樓

圖 7-4　《申報》上刊載的施突公司汽車廣告

第一章　孕育民國新聞業的社會環境

　　公元 1912 年元月 1 日「晚十時」在南京舉行的中華民國臨時大總統「蒞任典禮」[1]，既標誌著中華民國第一任臨時大總統孫中山正式履任，也標誌著「中華民國」正式誕生，標誌著中國歷史從此正式進入「中華民國」時期。正如辛亥首義勝利和建立中華民國經歷了早期孕育和長期奮鬥一樣，「中華民國新聞業」也經歷了近二十年孕育發展，到「中華民國」誕生時才正式呱呱落地。

第一節　孕育民國新聞業的政治環境

　　每個時代都是一幅獨特的歷史畫卷。自中英第一次鴉片戰爭爆發到中華民國誕生前 70 年間（俗稱「晚清」或「清末」）時代政治環境的演變歷程，對中國這個擁有數千年古代文明的國度乃至民族，真稱得上是一幅幅令時人扼腕長歎、讓今人難以忘懷的悲涼歷史畫面。在悲涼的歷史進程中孕育了民國新聞業。

一、外敵入侵與社會性質改變

　　從秦王嬴政（始皇帝）公元前 221 年攻亡齊國（衛國臣服）統一中國並建立中國歷史上第一個封建君主王朝後，儘管經歷多種形式的朝代更迭，但中國一直是主權完整的獨立國家，皇帝一直是國家的最高統治者。但自清政府在鴉片戰爭中被打敗並被迫簽訂中英《江寧條約》後，這種情形開始發生改變。

1　申報記者：《紀大總統蒞位大典》，載上海《申報》，中華民國元月三日（公元 1912年 1 月 3 日）。

（一）鴉片戰爭《南京條約》與中國半殖民地半封建化的開始

發生在 19 世紀 40 年代的中英鴉片戰爭是一場開始改變中國社會性質的戰爭。這次戰爭的直接結果是清政府軍隊戰敗，被迫於 1842 年 8 月 29 日與英國簽訂《中英修好條約》（即「中英江寧條約」）[1]。《南京條約》是一個嚴重損害中國國家主權和開始改變中國社會性質的不平等雙邊國際條約，中國的對外貿易管理權、領土完整、司法獨立權及行政運行體制受到嚴重傷害，中國開始進入半殖民地半封建社會階段。由於英國在鴉片戰爭中獲得意想不到的巨大利益，使法美和沙俄等帝國主義列強垂涎三尺，導致東西方列強於 1856～1860 年間挑起「第二次鴉片戰爭」。兩次「鴉片戰爭」後，中國喪失了大片固有國土，國家領土和主權完整遭到無情踐踏和嚴重破壞。中國在半殖民地半封建社會泥坑中又下沉了一大截。

（二）甲午戰爭《馬關條約》與中國半殖民地半封建化加劇

甲午戰爭是日本軍國主義勢力經過長期精心準備，蓄意挑動的。甲午戰爭的失敗，使中國面對的民族危機和社會危機不但是空前的，而且是全面的。[2]1895 年 4 月 17 日，清廷議和全權大臣李鴻章及其子李經方與日本首相伊藤博文和外相陸奧宗光在日本馬關（後稱下關）春帆樓簽訂的《馬關新約》（亦稱《中日馬關條約》，俗稱《馬關條約》）對中國主權和領土完整造成了根本性傷害，規定「中國認明朝鮮國確為完全無缺之獨立自主」；中國將管理下開地方：奉天省南邊地方（即遼東半島）、臺灣全島及所有附屬各島嶼和澎湖列島之權並將該地方所有堡壘、軍器工廠及一切屬公對象，永遠讓與日本」；「中國約將庫平銀貳萬萬兩交與日本，作為賠償軍費」以及「中國聽允日本軍隊暫行占守山東省威海衛」，「在威海衛應將劉公島及威海衛口灣沿岸，照日本國裏法五里以內地方，約合中國四十里以內，為日本國軍隊駐守之區」，「中國軍隊不宜（逼）近或駐紮，以杜生釁之端」等。《馬關條約》的簽訂使清政府治下的中國在半殖民地半封建化的道路上越滑越快，越陷越深，並使清政府對其生存能力產生嚴重懷疑，民眾民族自信心受到極大打擊，朝野上下面臨「無路可走」的社會危機和「亡國滅種」的民族危機。

---

1 清時「江寧」府治所在地為後來「南京市」，故史學界又稱為「中英南京條約」或《南京條約》。

2 金沖及：《二十世紀中國史綱》（簡本，上冊），社會科學出版社，2012 年版，第 3～5 頁。

（三）「八國聯軍之役」《辛丑協定》與中國徹底半殖民地半封建化

1899 年，山東、津京和直隸地區興起震驚世界的義和團運動。起因是練拳習武且受到教會欺壓的山東百姓不滿外國傳教士及教會勢力在鄉里橫行作惡，欺壓百姓，打起「天下義和團，興清滅洋」[1]旗幟聚眾反抗。1900 年 6 月進北京設壇教拳，焚燒教堂，擊殺洋人教眾。西方列強以「保護使館」為藉口組成「八國聯軍」一路打向北京。慈禧太后攜光緒皇帝倉皇出逃西安。八國聯軍 8 月 15 日攻陷北京（據說德帝威廉一世曾有「以待野蠻國之法待中國」之論[2]）。1901 年 9 月 7 日由清廷代表碩親王愛新覺羅·奕劻、李鴻章與英、美、俄、德、日、奧、法、意、西、荷、比等 11 國代表在北京簽訂《辛丑協定》[3]（俗稱《辛丑和約》[4]）。該條約規定「中國禁止進口軍火兩年」、「北京的大使館區內中國人不得居住，各國可以派兵保護」、「大沽炮臺以及北京到天津之間的炮臺一律拆毀」、「外國可以在北京至山海關之間駐紮軍隊」等都是對中國國家主權的肆意侵害，清政府治下的中國徹底淪落為半殖民地半封建國家。雖沒稱「英屬」、「法屬」或「葡屬」殖民地，但政治、經濟、軍事、外交及貿易關稅主權已被東西方列強完全控制，「封建」只剩徒具形式的「皇帝」和「朝廷」空名，皇帝須聽太后，朝廷須聽「洋人」。洋人在中國駐軍隊、設租界、掌海關，練軍隊，朝廷完全墮落為按洋人「旨意」統治國民的半殖民地半封建國家。

隨著東西方列強有理無理脅迫清政府簽訂不平等條約以及大量西方傳教士公開在中國傳教佈道的同時，一些西方傳教士開始把產生於西方資本主義國家商業經濟環境裏的「新式報刊」帶進了原本封閉的中國，成為中國近代新聞事業的開端。在經歷晚清時期數十年發展後，到中華民國誕生前已經基本形成了包括政府官報、政黨報刊以及商業報紙的新聞事業結構，成為民國新聞業誕生的物質基礎之一。

1　金沖及：《二十世紀中國史綱》（簡本，上冊），社會科學出版社，2012 年版，第 15 頁。

2　柏楊：《中國歷史年表》，海南出版社，2006 年版，第 789 頁。

3　協定的正式名稱為「Austria-Hungary, Belgium, France, Germany, Great Britain, Italy, Japan, Netherland, Russia, Spain, United States and China—Final Protocol for the Settlement of the Disturbances of 1900」（中國與十一國關於賠償 1900 年動亂的最後協定）。因中國不承認與各國有正式交戰，事件是出於「拳匪之亂」。故辛丑條約只屬於協定，而並非和平條約。

4　王鐵崖編：《中外舊約章彙編》（第 1 冊），三聯書店，1957 年版，第 1002～1008 頁。

二、列強勢力角逐與民族危機加深

西方殖民者進入中國的第一步是葡萄牙人跨出的。1557 年葡萄牙人在澳門私自擴展土地，建築炮臺，設立議事廳，使澳門成為西方殖民主義者在中國境內長期非法佔據的第一塊土地，[1] 但中國政府仍在澳門設立官署並實際行使主權和治權，直到 1887 年 12 月 1 日簽署《中葡和好通商條約》後葡萄牙人才獲允「永居管理澳門」[2]。緊隨葡萄牙並對中國主權產生根本傷害的是英國殖民者。

（一）英國對中國的侵略和掠奪

英國是第一個向中國領土舉起砍刀並如願以償的老牌殖民主義國家，也是逼迫清政府簽訂不平等條約最多的西方列強。在憑藉第一次鴉片戰爭的軍事優勢，1842 年 8 月 29 日迫使清政府簽訂《南京條約》割得香港；獲得六百萬兩白銀戰爭賠款，開放廣州、廈門、福州、寧波、上海為通商口岸，准許英國在通商口岸派駐領事，關稅由雙方共同商定等特權後，[3] 又於 1843 年 7 月強迫清政府訂立《中英五口通商章程》和《五口通商附黏善後條款》（即《虎門條約》），1860 年簽訂《中英北京條約》，1876 年簽訂《中英煙臺條約》，1898 年簽訂《展拓香港界址條約》，強租包括從深圳河以南、九龍半島限街以北地區及附近 200 多個島嶼的土地（即「新界」，占全港面積 92%）租期為 99 年。1900 年又藉口「保護使館」派兵參加「八國聯軍」打進北京。通過上述不平等條約，英國在中國獲得了巨大政治和商業利益：「鐵路權」方面擁有山海關至牛莊鐵路、滇緬鐵路；「財權」方面攫取中國「全國海關稅權」和「沿江六省釐金權」；「練兵權」方面在「威海練土軍」；「租借地及勢力範圍」佔據「威海衛」、「九龍」和「長江流域」等地。「經濟利益」最大，在 1899 年中國海關所收稅銀中，英商占四十；美德合占十三；日商占二十五；華商占九；瑞典挪威合占八，鴉片稅占四，俄商占一[4]，比美、德和沙俄的總和還要多。

---

1 白壽彝：《中國簡明通史》，江蘇文藝出版社，2008 年版，第 259 頁。

2 1887 年 12 月 1 日清政府全權大臣奕劻、孫毓汶與葡萄牙政府代表羅沙在北京簽署《中葡和好通商條約》。

3 中英《南京條約》全文（道光二十二年七月二十四日，即英國紀年之一千八百四十二年八月二十九由江寧省會行大英君主汗華船上鈴關防），見孟慶琦、董獻倉主編：《影響近代中國的不平等條約》，第 14～16 頁。

4 范文瀾：《中國近代史》（上），人民出版社，1955 年版（1962 年 9 月第 1 次印刷），第 384～385 頁。

（二）美國對中國的侵略和掠奪

在英國人通過鴉片戰爭割取中國香港，得到巨額戰爭賠款和開放沿海城市爲商埠等利益後，美法兩國乘清廷之危敲詐勒索並獲得了比英國還多的實際利益。1844 年和清政府簽訂《中美望廈條約》，除規定美國享有《中英江寧條約》及附件所有特權外，還擴大了領事裁判權和關稅協定，並規定美國軍艦可自由出入通商口岸，美國人可在通商口岸設立教堂（英國直到 1858 年簽定《中英天津條約》才獲得「自由傳教權」）。在英國 1858 年逼迫清政府簽訂《中英天津條約》時，美國又乘機逼迫清政府簽訂《中美天津條約》，全部享有清政府給予英國的所有特權：公使進駐北京、增開漢口、九江、南京等十處通商口岸，外國傳教士在中國內地自由傳教，外國人自由在中國內地遊歷經商，外國商船和軍艦可在中國長江口岸自由航行。1900 年參加簽署《辛丑和約》獲得規定的所有權利和賠償。爲了在英法德俄等國勢力範圍擴張自身利益，美國提出「門戶開放」和「利益均霑」方針，使帝國主義列強結成侵略掠奪中國的共同利益集團，使中國成爲被「群毆」和「圍攻」乃至「分而食之」的對象。

（三）沙俄對中國領土的割占

從中國攫取領土面積最多的是沙皇俄國。1858 年 5 月，沙皇俄國藉口「調停」和「助華防英」把軍隊開到黑龍江璦琿城，脅迫清廷黑龍江將軍奕山簽訂了《璦琿條約》，企圖強佔中國黑龍江以北、外興安嶺以南 60 多萬平方公里的中國領土，後因清政府拒絕批准《璦琿條約》未能得逞。同年 6 月沙俄逼迫清政府簽訂《清俄天津條約》規定「中國今後給予別國的一切政治、貿易及其他特權，毋庸再議，即與俄國一律辦理施行」，享受和英法兩國同樣的權利。1860 年，沙俄以「調停」居功逼迫清政府簽訂《中俄北京條約》，不但確認沙俄在《璦琿條約》中對中國黑龍江以北領土的侵佔，又把《璦琿條約》規定中俄「共管」的烏蘇里江以東 40 多萬平方公里中國領土劃入沙俄版圖。1862 年沙俄借落實《中俄北京條約》勘察西北邊界機會，以武力威脅清政府簽訂《中俄勘分西北界約記》，規定從沙賓達巴哈起至浩罕邊界爲止的中俄西段邊界，新界以西約 44 萬平方公里中國領土劃歸俄國。1881 年 2 月又脅迫清政府簽訂《中俄改訂條約》及中俄《伊犁界約》等勘界議定書，割占霍爾果斯河以西和齋桑湖以東等處七萬多平方公里的中國領土。通過種種不平等條約，沙俄割去中國 150 多萬平方公里領土。

（四）日本對中國的侵略野心及步步緊逼

由於地緣便利，日本從 19 世紀中葉開始就把侵略擴張目標鎖定爲中國。中日兩國 1871 年簽訂《中日修好條規》規定「嗣後大清國、大日本國倍敦和誼，與天壤無窮。即兩國所屬邦土，亦各以禮相待，不可稍有侵越，俾獲永久安全。」動人話音未落，日本 1872 年入侵中國屬國琉球。1874 年入侵中國領土臺灣。1879 年吞併琉球國改爲日本沖繩縣。1885 年與清政府簽訂《天津會議專條》取得與中國在朝鮮半島的對等地位。1894 年挑起「甲午戰爭」，次年脅迫清政府簽訂《馬關條約》。條約規定中國從朝鮮半島撤軍並承認朝鮮「自主獨立」；中國不再是朝鮮之宗主國；中國割讓臺灣島及所有附屬各島嶼、澎湖列島和遼東半島給日本（因英法俄干涉未果，又從中國敲詐 3000 萬兩白銀）；中國賠償日本軍費 2 億兩等等。1900 年的八國聯軍侵華戰爭，日本最積極也最賣力，派出超過八國聯軍總兵力一半的軍隊參戰。尤爲惡毒的是，日本藉口《辛丑和約》有關條款在北京地區駐軍，成爲後來製造北平盧溝橋「七.七事變」，實現「唯欲征服中國，必先征服滿蒙；如欲征服世界，必先征服中國」[1]侵略擴張總戰略的起點。

（五）法德等列強對中國的侵略和掠奪

在英美、沙俄和日本等依仗艦船利炮大肆掠奪中國財富和鯨吞熊噬中國領土進程中，其他西方國家如法國、德國及葡萄牙、意大利、比利時、奧地利、荷蘭等西方國家也乘亂湧進中國，像「鬣狗」一樣從帝國主義瓜分中國的餐桌上分一杯羹。法國通過強迫清政府簽訂《中法黃埔條約》（1844 年）、《中法天津條約》（1858 年）《中法北京條約》（1860 年）《中法北京新約》（1885 年）以及和其他 10 個帝國主義國家一起逼迫和清政府簽訂《辛丑和約》獲得了除割讓領土以外的所有特權。德國通過逼迫清政府簽訂《中普通商條約》[2]（1861 年）和《中德膠澳租界條約》（1898 年）等不平等條約，享有除割讓領土之外與其他西方列強同樣的特權。尤其是 1900 年八國聯軍攻陷北京後，

---

1 朱漢國、楊群主編：《中華民國史》（第一冊・論），四川人民出版社，2006 年版，第 297 頁。

2 德國當時稱爲「普魯士王國」，所以 1861 年簽訂的條約名稱爲《大清國、大布路斯國暨德意志通商稅務公會並模令布爾領水林、模令布爾領錫特利子兩邦、律百克、伯磊門、昂布爾三漢謝城和好、貿易、船隻事宜和約章程》，條約名稱中「布路斯國」即是「普魯士帝國」的音譯。因此該條約有時也被簡稱爲《布國條約》。1871年普法戰爭後建立統一的德意志帝國，該條約爲德國繼承。

德國陸軍元帥瓦德西以「聯軍總司令」身份指揮「聯軍」分兵進犯山海關、保定、正定以至山西境內，逼迫清政府全盤接受「議和大綱」，簽訂徹底喪權辱國的《辛丑和約》，使中華民族雪上加霜。其他如西班牙、比利時、奧地利、荷蘭等西方小國則跟在英、美、法、德、俄、日等國後面起哄，乘機擠進八國聯軍一方與中國簽訂《辛丑和約》，分享「大」殖民者們在中國的特權和利益。

東西方列強蜂擁進中國爭權奪利的同時，還都想占一塊地盤，於是產生了對中國讀者進行新聞宣傳的需要。由於洋人實行用中國（報）人去糊弄中國人（讀者）的辦法（美查在上海經辦《申報》就用此法並大獲成功），中國新聞界就出現了某外國使領館（或打著商人名義的政治掮客）明幫暗助的中國報紙。由於背後的洋人不同，所以就出現了都是中國人辦的中文報紙卻為不同洋人（國家）利益說話的怪現象，這種情形在晚清達到頂峰，進入民國後似乎也沒有絕跡。這大概也是半殖民地半封建國家新聞業的特色之一。

三、政局動盪與民國前新聞業演進

自第一次鴉片戰爭到中華民國誕生的 70 多年間，中國一直處於動盪之中。新聞業是人類社會生活的產物，社會的重大變化必然對新聞業產生直接影響，新聞業也必然以自身發展變化回應社會變化。中國新聞業由此出現了一些新現象。

（一）鴉片戰爭後出現由中國人實際負責日常運作的商業報紙

1872 年，中國新聞史上出現了一個標誌性事件，即由中國人實際掌握撰稿和編輯權的近代新聞報紙《申報》在上海創刊。《申報》是第一份由中國人實際掌握報紙撰稿和編輯權並採用西方資本主義企業治理結構的近代新聞報紙。

英國商人安納斯脫·美查創辦新聞報紙《申報》是其經營活動的一部分。他是把《申報》館作為經營性企業來設計治理結構和管理的。《申報》館的管理體制是：由美查、美查的友人伍華特和麥基洛三人組成相當於現代企業股東會的「合資辦報人」。這三個人中由出資最多的美查（他占其二，其他三人占其一）出任類似現代企業董事長的「申報館主人」，由他全權動用「合資辦報人」提供的資金創辦《申報》，同時須按期上交利潤以供「合資辦報人」們按投資份額進行利潤分紅。為了運作《申報》館「有限責任公司」，美查出重

金聘請中國文人趙逸如出任《申報》館「買辦」一職（相當於後來現代企業「總經理兼總會計師」），由他負責招聘報館工作人員和《申報》館的日常運作和財務管理；趙逸如得到授權後聘請蔣芷湘出任「主筆」（相當於現代企業「部門經理」），負責編輯報紙來稿兼撰稿人，即負責報紙內容生產；報紙印刷發行的「部門經理」功能則由身兼總會計師職責的趙逸如親自掌管，形成了具有資本主義報業企業特徵的治理結構。其運作機制爲：企業股東會（合資辦報人）──→董事長（《申報》館主人）──→總經理（《申報館》買辦）──→部門經理（由蔣芷湘擔任的「報紙主筆」和趙逸如兼任的「總會計師」），「報紙主筆」蔣芷湘和「總會計師」趙逸如，下面當然還有更低層級的職員（如報館的門房及初級層次的文字處理人員等）。美查出錢讓趙逸如和蔣芷湘通過辦報爲他賺錢。他只管收錢，辦報怎麼賺錢是趙逸如和蔣芷湘的責任。「因此他出錢，而把筆政完全交給中國人，這樣就形成了中國近代報紙發源時期洋人出錢，秀才辦報的一種特殊形式。」[1]

　　創辦《申報》是美查經營活動的轉向改行，目的是通過辦報賺錢發財。這和馬禮遜、偉烈亞力及李提摩太等傳教士「爲傳教」而辦報的價值取向有本質差異。美查如戈公振所言「雖爲英人，而一以營業爲前提」[2]。因「此報乃於華人閱看」，所以美查「把（《申報》）筆政完全交給中國人」並「於（報紙）言論不加約束」，以便讓中國文人以中國讀者熟悉和喜歡的風格撰稿；「有時」甚至「自撰社論，無所偏倚」[3]，使這份洋人「所有」的《申報》言論在中國讀者看來能爲國人「主持正義」或「仗義執言」。其實這並非是美查具有資產階級的「民主」、「自由」和「平等」思想，而是其商人「逐利」本性使然──爲討中國讀者歡心擴大報紙銷量。在和政府關係上，美查要求報紙「愼勿評品時事，臧否人物，以（免）纓當世之怒，以取禁止之恥」。因報紙「被禁」就辦不下去，也就賺不到錢了。因此，無論是美查把「筆政完全交給中國人」，還是言論「無所偏倚」，或者「愼勿評品時事，臧否人物」，都是爲了能賣更多的報紙發更大的財。因爲《申報》是美查以「英國人」在租界登記註冊，清政府鞭長莫及。美查利用這一特殊環境，不但創辦經營《申報》發了財，而且打敗了「不惜成本」和它競爭的《上海新報》，資本主義經濟的「鐵

1　宋軍：《申報的興衰》，上海社會科學院出版社，1996年版，第1頁。
2　戈公振：《中國報學史》，上海書店出版社，2013年版，第70頁。
3　戈公振：《中國報學史》，中國新聞出版社，1985年版，第64頁。

律」在兩家英國人所辦新聞紙的競爭中無聲但頑強發揮了作用。《申報》進行過多次革新，把近代報紙發展到了一個新的高度。它的影響不僅遍及上海和東南沿海地區，而且擴展到海外。[1]

（二）甲午戰爭後中國出現「為政治而新聞」的政黨機關報刊

1895 年 4 月 17 日，日本逼迫清政府代表李鴻章等人簽訂了割讓臺灣的《馬關條約》。祖輩居住在臺灣地區的我國同胞一夜間成了亡國奴。《馬關條約》簽訂不滿一月的 1895 年 5 月 2 日，康有為聯合在京舉人 1300 餘人進行「公車上書」要求變法，開始露出近代政黨活動的端倪。該年 8 月成立的「強學會」是中國第一個具有資產階級維新改良派政黨性質的團體。強學會所辦《萬國公報》[2]也就成了中國第一種具有近代政黨機關報性質的報刊。《萬國公報》是雙日刊，每冊刊登論說一篇，長篇論說則分期刊載。論說大多是從廣學會所出書刊上轉載，從多方面介紹當時由「西洋各國」傳進中國的近代科學知識和資本主義國家的實業發展成果。所刊載的重要論說如《地球萬國說》《學校說》《萬國礦務考》《各國學校考》《萬國郵局章程價值考》《西國兵制考》《報館考略》等，這些文章向讀者介紹了西方各國關於工業（工程）、農副業、商業貿易、軍事、交通郵政、公民教育、資源開發管理等多方面情況，給當時社會吹進了一股前所未聞的「新風」，告訴讀者在中國以外還有以往知之甚少的「嶄新天地」，維新派人士的辦報活動無意中突破了清政府對社會的信息封鎖。

儘管這些文章只是介紹西洋各國的「新事」，只講日本和西方改革（變法）的「好處」而絕不講清朝國體和社會「壞處」，但已經在讀者面前展開了一幅令人嚮往的「國富民強」圖景，對鼓動社會改良思潮，推動皇帝決心「變法」，獲得朝野各界對「維新」的同情和支持收到了積極效果。「資產階級改良派在強學會時期，自覺地運用報刊這一銳利武器，進行宣傳組織工作，極大地推動了政治改良運動的發展。」[3]既是維新派創辦報刊為宣傳政治的目標，也是維新派報刊在推動中國社會進步歷程中的積極意義。

---

1 宋軍：《申報的興衰》，上海社會科學院出版社，1996 年版，第 1～2 頁。
2 強學會機關報刊《萬國公報》出版 4 個月後，因與在上海出版的廣學會機關報刊《萬國公報》同名而遭到廣學會傳教士李提摩太反對，1895 年 12 月 16 日改名為《中外紀聞》繼續出版。後因清廷御史楊崇伊參劾並請禁，《中外紀聞》1896 年 1 月 20 日停刊（共出 18 期）。
3 方漢奇：《中國近代報刊史》，山西教育出版社，1981 年版，第 77 頁。

（三）辛丑慘敗後出現鼓吹「驅除韃虜」的政黨機關報

「辛丑和約」的簽訂首先標誌外國殖民者從「瓜分中國」政策轉變爲「保全朝廷」策略，清廷成爲其侵略掠奪中國的擋箭牌；其次標誌清政府從對洋人「公開宣戰」轉變爲「以一國之力，結各國之歡心」的徹底臣服，眞正成爲「洋人的朝廷」；同時民眾失去了對清廷的最後信任，一些知識分子從寄希望於清政府「維新」轉變爲「積漸而知和平之手段不能不稍易以強迫。」[1] 以推翻清政府爲宗旨的政黨報刊應運而生。

1894 年秋孫中山由上海赴檀香山，同年 11 月 24 日在檀香山成立中國第一個革命團體興中會。[2] 興中會成立初期的反清新聞宣傳主要是個別革命黨人通過游說、演講及向中外報刊投稿和編印、翻印小冊子的方式進行。[3] 在多次反清武裝起義失敗後，孫中山直接領導的興中會機關報《中國日報》1900 年 1 月 25 日在香港創刊。隨著義和團運動爆發，八國聯軍入侵，清政府喪權辱國，《中國日報》言論日趨激烈。[4] 先後發表章太炎斥責清朝統治者爲「東胡賤種」的《拒滿蒙入會狀》和聲稱留辮髮爲「大辱」的《解辮髮說》等有影響的反清文章；呼籲「反帝救亡」，以「革命」理論批駁「保皇」主張；譴責清政府爲「強盜政府」、「洋人的朝廷」，成爲資產階級「革命」政黨機關報。1905年 11 月 26 日，中國同盟會機關報《民報》在日本東京創刊，孫中山在《發刊詞》中提出了「三民主義」政治綱領，表示「少數最良之心理能策其群而進之，使最宜之治法適應於吾群，吾群之進步適應於世界，此先知先覺之天職，而吾《民報》所爲作也」，即創辦《民報》是爲了「抑非常革新之學說，其理想灌輸於人心而化爲常識，則其去實行也近。」[5]

儘管維新（改良）派報刊向人們展現了一幅幅「國強民富」的誘人圖景，但沒有指出如何到達「圖景」的道路。《中國日報》及《民報》明確提出「進行民族革命，推翻清政府，建立合眾共和政府」目標，向經歷甲午戰爭、洋務運動、維新改良、義和團反帝等連續失敗後對中國前途無望迷茫之中的人們，提出了進行「社會革命」實現「合眾共和」的路徑，對鼓動人們奮起打

---

1 孫中山：《孫中山全集》（第 1 卷），中華書局，1981 年版，第 52 頁。

2 張憲文等：《中華民國史》（第一卷），南京大學出版社，2005 年版，第 56 頁。

3 劉家林：《中國新聞通史》（修訂版），武漢大學出版社，2005 年版，第 169 頁。

4 吳廷俊：《中國新聞史新修》，復旦大學出版社，2008 年版，第 107 頁。

5 孫中山：（《民報》）《發刊詞》，載《民報》（創刊號），1905 年（日本明治 38 年）11 月 26 日出版。

破封建專制「君權神授」傳統理念具有歷史性的意義；通過宣傳資產階級「民族」革命，動員人們奮起改變滿族貴族「壓迫」其他民族的不平等現實，對於中國推翻封建君主專制進入資產階級共和政制具有決定性的意義，更是直接孕育了民國新聞業。

第二節　孕育民國新聞業的文化環境

從第一次鴉片戰爭到「庚子之役」，由於東西方列強的侵略和對中國領土和主權粗暴侵犯，中國從延續了上千年的完全的封建君主專制國家墮落成爲半殖民地半封建國家，社會思想文化氛圍發生了重大變化，對中國新聞業的發展演變產生了直接的影響。

一、西方傳教士與西方近代思想文化進入中國

中國的傳統宗教是以老聃（老子）爲始祖的「道教」。佛教自東漢從印度傳入中國。自春秋戰國時期形成並經過歷朝歷代發展逐漸定型的以孔（名丘，字仲尼）孟（名軻，字子輿）爲代表的儒家學派成爲中華民族道德規範的主流價值觀。自明朝末年始，西方國家傳教士開始進入中國傳教。

（一）明末清初西方傳教士的在華傳教活動

第一位踏上中國土地的意大利籍傳教士利瑪竇（Matteo Ricci）1583 年（明萬曆十一年）9 月進入中國並在肇慶建立第一個傳教駐地，開始了有記載的外國傳教士在華傳教活動。利瑪竇在經過近 20 年努力後於 1601 年走進皇帝所在的紫禁城。他在中國傳佈天主教、結交中國官員賢達、宣傳近代科學知識、和朝廷官員（如徐光啓）一起編譯近代數學書籍，成爲西風東漸的前奏。

清初西方傳教士中最有影響的是 1658 年來華的比利時人南懷仁（Ferdinand Verbiest）。他精通天文曆法、擅長鑄炮，官至正二品工部侍郎，是朝廷欽天監（天文臺）最高業務負責人，曾任康熙的科學啓蒙老師。著有《康熙永年曆法》、《坤輿圖說》、《西方要記》等，爲近代西方科學知識傳播做出了重要貢獻。

利瑪竇和南懷仁在中國的活動尊重中國國情、適應中國環境、尊重中國風俗習慣、臣服中國皇帝、爲中國政府服務，中國政府則保障安全並提供一定條件，屬於平等狀態下的宗教和文化交流活動。

（二）清朝中葉前後西方傳教士的在華傳教活動

清仁宗嘉慶十二年八月初七（1807 年 9 月 8 日），英國倫敦傳教會派往中國開闢新傳教區的傳教士、也是西方派到中國大陸的第一位基督新教傳教士馬禮遜（Robert Morrison）抵達中國廣州。他不像利瑪竇和南懷仁那樣在為中國政府服務的同時傳教，而是直接「計劃到中國從事傳教及辦報活動」[1]。他在華 25 年，為便於在中國傳教大做文化工夫：把《聖經》全譯為中文出版；編纂第一部《華英字典》；創辦第一份近代中文刊物《察世俗每月統記傳》；創辦「英華書院」開傳教士辦學先河等。他遵守清政府禁令，選擇在馬六甲印《聖經》、辦刊物、編字典、辦學校，還把《察世俗每月統記傳》的封面設計成中國線裝書模樣，刊物內文也按中國古籍方式豎寫，其目的是讓中國知識分子看得順眼，而更容易接受刊物宣傳的宗教教義。

和馬禮遜相比，德國基督教路德會牧師郭士立（Gtzlaff, Karl Friedrich August）（1803～1851）顯得赤裸裸。他 1831 年到澳門任英國東印度公司翻譯，曾七次航行中國沿海口岸，著有《中國沿海三次航行記》一書。1833～1837 年在廣州創辦《東西洋考每月統記傳》月刊，聲稱「它的出版意圖，就是要使中國人認識我們的工藝、科學和道義，從而清除它們那種高傲的排外的觀念。」郭士臘也在《東西洋考每月統記傳》上刊載西方先進「工藝、科學和道義」，但目的卻是通過「擺事實的方法讓中國人確信，他們需要向我們學習的東西還是很多的」[2]，從而「清除」中國人的民族自信心（高傲）和對西方經濟侵略的抵抗（排外），以便列強的侵略和掠奪。

（三）鴉片戰爭後西方傳教士的在華傳教活動

英國在鴉片戰爭中用大炮轟開了中國的國門。隨後美國在《中美望廈條約》中規定「合眾國民人在五港口貿易……設立醫館、禮拜堂及殯葬之地。」[3]法國在《中法黃埔條約》中規定「佛蘭西人亦一體可以建造禮拜堂、醫人院、周急院、學房、墳地各項，地方官會同領事官，酌議定佛蘭西人宜居住、宜建造之地」，「倘有中國人將佛蘭西禮拜堂、墳地觸犯毀壞，地方官照例嚴拘

---

1 方漢奇主編：《中國新聞事業編年史》（上），福建人民出版社，2000 年版，第 18 頁。

2 寧樹藩：《東西洋考每月統紀傳譯述》，載《新聞大學》，1982 年總第 5 期。

3 《中美望廈條約》（一八四四年七月三日，道光二十四年五月十八日）。轉引自孟慶琦、董獻倉主編：《影響近代中國的不平等條約》，中國人事出版社，2012 年版，第 23 頁。

重懲。」[1]在列強支持和清政府庇護下，西方傳教士蜂擁而至，在中國自由傳教。

　　來華傳教士成爲魚龍混雜而清政府管不得或不敢管的特殊群體：一些傳教士在當地創辦西式學校，培養掌握「西文」或信奉西教的中國人；一些教會組織創辦西醫醫院爲當地老百姓看病；也有傳教士名爲「傳教」實是「暗探」，利用傳教便利收集中國的情報，爲帝國主義服務；更有無良傳教士依仗教會和傳教特權，糾集當地痞流氓，胡作非爲，搶佔民產、欺壓民眾，強霸民女，包辦官司。如法國巴黎外國宣道會傳教士（天主教神甫）馬賴在廣西西林招收無賴惡棍教徒，包庇不法教徒魚肉鄉里，搶掠姦淫，胡作非爲，激成民憤。1856 年 2 月，該縣知縣張鳴鳳依法拘捕馬賴及 25 名中國教徒。3 月 5 日依法審判後將馬賴、曹貴等人處死（史稱「馬神甫事件」）。本是法國神甫在中國犯法被依法處決，但法國政府卻借「馬神甫事件」和英國發動第二次鴉片戰爭，在 1858 年 6 月迫使清政府簽訂中法《天津條約》中規定「凡奉教之人，皆全獲保祐身家，其會同禮拜、誦經等事概聽其便，凡……入內地之傳教之人，地方官務必厚待保護。凡中國人願信崇天主教而循規蹈矩者，毫無查禁皆免懲治。向來所有或寫、或刻奉禁天主教各明文，無論何處，概行寬免。」[2]外國傳教士在中國更加無法無天。

（四）西方傳教士在華傳教結果的兩面性

　　首先，西方傳教士在華傳教的目的是爲西方利益服務。1840 年 3 月，英國政府決定遠征中國發動侵略戰爭，身爲美國傳教士的裨治文竟然宣稱「時間已到，中國必須屈服或失敗。」天主教南京教主艾維克則爲英軍首領璞鼎查提供大量軍事、政治情報。在幕後，幾乎所有教會組織和傳教士都和本國或其他列強保持聯繫，有的甚至直接爲侵略服務。從郭士臘公開宣稱創辦《東西洋每月統記傳》是「使中國人認識我們的工藝、科學和道義，從而清除他們那種高傲和排外的觀念」，到英籍傳教士李提摩太在《萬國公報》上發表「企

1　《中法黃埔條約》（一八四四年十月二十四日，道光二十四年九月十三日）。轉引自孟慶琦、董獻倉主編：《影響近代中國的不平等條約》，中國人事出版社，2012 年版，第 33 頁。

2　《中法天津條約》（一八五八年六月二十七日，咸豐八年五月十七日）。轉引自孟慶琦、董獻倉主編：《影響近代中國的不平等條約》，中國人事出版社，2012 年版，第 54 頁。

圖引導清廷當局按照他們的規劃進行改良」的《新政策》一文中，建議清廷設「國家日報」，推薦英國人傅蘭雅、美國人李佳白「總管報事」及「派中國熟悉中西情勢之人爲之主筆」[1]，都是爲了掌握中國事務輿論話語權。西方傳教士在中國傳教爲擴大侵略服務，傳教士不法行爲導致「教案」發生，列強借「教案」擴大侵略，清政府屢屢簽訂不平等條約，國家主權和領土完整不斷受到損害，社會更加動亂，國家更無力抵抗列強侵略——這正是絕大部分西方教會組織和傳教士在中國傳教所追求的理想結果。

其次，西方教會組織和傳教士的一些在華傳教活動和文化公益活動，對尚在封閉狀態的中國社會客觀上起到一些「啓蒙」或「引領」作用。但這些「啓蒙」或「引領」效果並不是西方傳教士的本意設計和初始目標。他們沒有想到在華所辦的西式學校不光培養了一批「買辦」知識分子，也培養了一批反對東西方列強侵略的勇士；沒想到西方傳教士鼓吹的資產階級新聞自由思想[2]，對封建專制制度下的中國報人既是啓迪，也是鼓吹「維新」的理論武器；沒有想到西方傳教士的在華辦報活動在輸出資產階級思想觀念並大賺中國人錢財的同時，也給中國人提供了學習和模仿的對象。康有爲等在北京創辦的強學會機關報《萬國公報》，連名稱都是模仿美國傳教士林樂知創辦並主編、時由英國傳教士李提摩太任總幹事的廣學會出版的《萬國公報》，（後來經李提摩太「建議更改」，[3]改爲《中外紀聞》）。從這個意義上講，西方傳教士在華新聞活動對於中國人創辦並經營近代新聞報刊具有一定的供模仿的積極意義。

二、維新變法運動與改良思想的傳播

在東西方列強的哄騙嚇詐下，清廷完全失去了抵抗力和自信心，國家主權一步一步被西人破壞，固有領土一塊一塊被強盜割走，國庫白銀一兩一兩作爲賠款落進洋人錢袋。以「救亡」爲目標的維新變法運動悄然興起。康有爲的《孔子改制考》爲維新變法運動作了重要的思想準備。

1　方漢奇主編：《中國新聞事業編年史》（上），福建人民出版社，2000 年版，第 96 頁。

2　佚名：《新聞紙略論》，載《東西洋考每月統紀傳》1834 年 1 月出版。轉引自李彬主編：《中國新聞社會史文選》，清華大學出版社，2008 年版，第 22 頁。

3　方漢奇主編：《中國新聞事業通史》，中國人民大學出版社，1996 年版，第 543 頁，註 2。

（一）康有為《孔子改制考》與「改制」思想的傳播

《孔子改制考》是康有為[1]的政治代表作，共21卷。在《孔子改制考》中，康有為首先主張用理想的「太平世」即「大同社會」代替封建專制統治「亂世」，實際是對延續了數千年的中國封建君主專制社會制度的否定；其次是用孔孟「民主民立」思想猛烈抨擊封建專制。康有為用近代西方社會政治思想把孔子打扮成託古改制的「素王」，以西方歷史進化論附會中國傳統公羊學說，虛構出了首創「改制」的孔子，宣稱人類社會按照「據亂世」、「升平世」和「太平世」順序演變，對應君主專制、君主立憲和民主共和時代，以論證變法維新必然性。第八卷《孔子為制法之五考》中說「孟子大義云：民為貴，但以民義為主。其能養民、教民者則為主，其殘民、賊民者則為民賊。」又說「一畫貫三才謂之王，天下歸往謂之王，天下不歸往，民皆散而去之，謂之匹夫。」第三是提出「民主共和」政治理想。主張「選議郎」和「開議院」，由民選「議員」在「議院」以民主「開會」方式決定國家大事。《孔子論制法堯舜文王考》稱「春秋，詩皆言君主，惟堯典特發民主義，自欽若昊天後，即捨嗣而異位，或四嶽共和，或師錫在下，格文祖而集明堂，闢四門以開議院，……故堯典為孔子之微言，素王之臣制，莫過於此。」

康有為借《孔子改制考》向人們表達的他對現實政治制度的嚴重懷疑和強烈不滿，像一股激流沖刷著清廷思想統制的堤岸，具有明顯的暗示和啓發力量。康有為提出「選議郎（員）」「開議院（會）」政治理想展示出一幅不同於清廷統治模式的「民主」圖景，在數千年封建君主專制的治國模式外還可有「選議郎」和「開議院」的另一種治國模式，在根本上動搖了清廷執政的合法性基礎。康有為講「孔子改制」是為變法維新尋找理論根據，因此特別強調「自欽若昊天後，……闢四門以開議院（會）」，以論證他主張的「選議郎（員）」、「開議院」（會）設想符合孔子儒教，目的是為自己變法維新找件「避彈衣」。康有為鼓吹變法和改制、民主和民立及選議郎（員）和開議院（會），源於他對清末政治生態失望並得出唯有「改制」才能「升平世」的判斷。為實現其政治理想，康有為在維新變法及後來的保皇運動中不但自己辦報（如《強學報》和《中外紀聞》），還指派學生到處辦報（上海《時務報》、

---

[1] 康有為（1858～1927），原名祖詒，字廣夏，號長素，又號更生、更甡，別署西樵山人，天遊化人，世稱康南海或南海先生。廣東南海人。清末資產階級維新派（保皇派）的政治領袖。

湖南《湘學報》、澳門《知新報》等），在當時的社會環境中起了引領作用。

（二）光緒皇帝《允許開辦報館論》與新聞民主思想的端倪

愛新覺羅・載湉於 1875 年 2 月 25 日成爲清朝入主中原的第九位皇帝。經歷慈禧 15 年「訓政」控制後，光緒十五年二月初三（1889 年 3 月 4 日）舉行「親政大典」[1]。受「帝師」翁同龢的長期教育薰陶，光緒皇帝逐漸形成「愛民」、「儒家治國」、「唯才是舉」和「改風換俗」的思想。甲午戰爭失敗後「維新變法」呼聲高漲。在接讀康有爲「觀萬國之勢，能變則全，不變則亡；全變則強，小變仍亡」的《應詔統籌全局摺》即（《上清帝第六書》）後，得到慈禧太后「苟可致富強者，兒自爲之，吾不內制也」默認[2]後，於 1898 年 6 月 11 日頒布《明定國是詔》正式啓動變法維新。

「維新變法」是帶有資本主義性質涉及政治、經濟、社會等多方面的改革運動。光緒皇帝把從翁同龢、康有爲等謀士處獲得的維新思想和治國主張，通過頒布變法維新法令的形式公布於公並付諸實踐。所頒變法詔令中與新聞業密切相關的是《允許開辦報館論》（1898 年 7 月 26 日）。光緒皇帝在「上諭」中提出了「報館之設，所以宣國是而通民情，必應亟爲倡辦」、「凡有報單，……一律呈覽」、「各報體例，自應以直陳利害、開闊見聞爲上」、「中外時事均許據實倡言，不必意存忌諱」及報刊應以「副朝廷明目達聰，勤求治理之至意」等思想[3]。明確表示報紙具有宣傳朝廷政令和傳遞百姓民情的社會功能，朝廷應該鼓勵支持民眾創辦新聞報刊；所有新聞紙須全部呈送以便皇帝瞭解社情民意，不許朝臣阻隔；新聞報紙對朝政得失應有得說得，有失說失，客觀眞實，應有利於人民開闊眼界，增加才幹，不能有負報紙的社會責任；眞實新聞均可發表而不必爲朝廷和朝臣避諱掩飾；新聞報紙應能幫助朝廷瞭解眞情，幫助政府把國家治理得好。這些思想尤其是國家應該「倡辦」新聞紙和政府應讓報紙「據實倡言」的民主思想，無論是對當時新聞業發展還是擴大新聞民主思想的影響，都具有積極的意義。

三、清廷「新政」與中國近代化的肇始

以慈禧太后爲首的清廷頑固派爲了維護和鞏固其統治地位和權威反對一

---

1 劉耿生編：《光緒事典》，紫禁城出版社，2010 年版，第 23～24 頁。

2 劉耿生編：《光緒事典》，紫禁城出版社，2010 年版，第 34 頁。

3 梁啓超：《戊戌政變記》，中華書局，1954 年版，第 35 頁。

切改革，以「垂簾聽政」和幽禁光緒皇帝等手段「腰斬」了 1898 年的「戊戌變法」運動。又在八國聯軍入侵、國內外反清革命運動勃興的局面下，朝廷頑固派爲了「圖存」不得不改弦更張。1901 年 1 月 29 日，爲避難尙逃在西安的慈禧太后頒下變法詔稱「世有萬祀不易之長經，無一成不變之治法」，「蓋不易者三綱五常，昭然如日月之照世，而可變者令甲令乙，不妨如琴瑟之改弦」，因此朝廷應「取外國之長」，「去中國之短」，「壹意振興」，謀求富強。[1] 要求各軍機大臣、六部九卿、各省督撫及出使各國大臣「參照中西政治」，對有關朝章、國政、吏治、民生、軍制、財政等各抒所見，詳盡議論，在兩個月內提出意見，以便次第興革[2]。根據慈禧太后詔令，朝廷於同年 4 月 21 日成立奕劻領銜的督辦新政處以「籌辦新政」。李鴻章、榮祿、昆岡、王文韶、鹿傳霖爲督辦大臣，劉坤一、張之洞（後來還有袁世凱）爲參與政務處大臣，總攬一切新政事宜。

籌辦「新政」最積極的是那些既有實權又不受朝廷直接控制的封疆大吏。袁世凱 1901 年 5 月最先提出包括充實武備力量、改進財政制度，開通民智、選派留學生等[3]內容的「新政意見」10 條。接著劉坤一和張之洞提出「變法奏議三折」：提出廣派官員出洋考察，編練新軍、採用新工藝製造、制定各項法律和貨幣制度，多譯外國書籍等具體的「新政」舉措。朝廷 9 月下詔批准「變法奏議三折」推行清末「新政」。從 1901 年至 1905 年，清政府頒布一系列上諭推行「新政」。主要有改朝廷總理各國事務衙門爲外務部；停止捐納買官，裁汰各衙門胥吏差役；裁汰綠營防勇，編練常備、續備和巡警各軍；廢棄舊式武科，設立武備學堂；派遣留學生出洋；開經濟特科，停止鄉會試及各省歲考，廣設學堂；獎勵工商業；准滿漢通婚等等。其中化力最大的屬籌餉練兵、編練新軍。1903 年在北京設立由以奕劻總理練兵事務的練兵處，各省隨之也設立練兵所。1906 年把兵部改爲陸軍部，1907 年提出全國編練 36 鎮新式陸軍的計劃。通過幾年的努力到清廷滅亡前夕，朝廷編練成新軍 14 個鎮，18 個混成旅，4 個標另加禁衛軍（兩協），總兵力達到十五六萬[4]；創辦了新式

1　朱壽朋復輯：《光緒朝東華錄》，第 4 冊，第 4601 頁。

2　李新主編：《中華民國史》第一卷（1894～1912）上，中華書局，2011 年版，第 199 頁。

3　袁世凱：《養壽園奏議輯要》卷九，1937 年印本，第 13 頁。

4　《清史稿》（光緒三十三年）。轉引自李新主編：《中華民國史》第一卷·上，第 202 頁。

巡警，各省城書院改辦成大學堂，民族工商業得到一些發展，大批青年學生派赴歐美及日本留學。廣設學堂培養了一批讀書識字的報刊讀者，出國留學生成為創辦與傳播近代新聞報刊的有生力量，尤其是中國留日學生在興中會和同盟會時期創辦的反清或開智報刊，成為民國誕生前中國近代進步新聞報刊的重要組成部分。

四、「預備立憲」與民主思想的傳播

1904 年 2 月 8 日午夜日俄兩國軍隊在中國土地上開打的日俄戰爭，以俄國大敗並與日本在樸茨茅斯簽訂和約結束。爭奪利益的日俄「狗咬狗」戰爭在中國土地上開打本就使國人感到屈辱，沙俄失敗後把中國的「旅順口、大連灣並其附近領土領水之租借權」等「轉讓」給日本更不在情理。但大概對洋人在中國無理、非理行徑已習以為常，一些知識精英反而認為「日俄之勝負，立憲專制之勝負也」，「立憲」後「暴強」的日本由此成了中國「自強」的榜樣。

1905 年 6 月，清廷駐法公使孫寶琦、署兩江總督周馥、湖廣總督張之洞、署兩廣總督岑春煊、直隸總督袁世凱相繼奏請變更政體，實行立憲。清廷仿日本派員赴歐洲考察憲政，同年 7 月朝廷決定派鎮國公載澤、戶部侍郎戴鴻慈、兵部侍郎徐世昌（後尚其亨代）、湖南巡撫端方、商部右丞紹英（後由李盛祥代）五大臣分赴東西洋各國考察政治（成行時已 11 月）。次年，先後回國的五大臣上書建議「立憲」。清廷 1906 年 9 月 1 日（光緒三十二年七月十三日）頒布《宣示預備立憲先行釐定官制諭》稱「各國之所以富強者，實由於實行憲法，取決公論，君民一體，呼吸相通，博採眾長，明定權限，以及籌備財用，經畫政務，無不公之於黎庶。又兼各國相師，變通盡利，政通民和有由來矣」，因之決定「及時詳晰甄核，仿行憲政。」但「規制未備，民智未開」，故先「從官制入手」，「次第更張，並將各項法律詳慎釐訂，而又廣興教育，清理財務，整飭武備，普設巡警，使紳民明悉國政」。

儘管「諭旨」只畫了個空心湯糰，但公開承認「實行憲法，取決公論」可以「政通民和」，就等於宣布封建君主專制已行將就木，為朝野談論和籌備「立憲」開放了輿論環境。公開談論「立憲」的輿論環境推進了「憲政」民主思想傳播，國內預備立憲活動迅速發展。1906 年滬江浙紳商成立預備立憲公會，1907 年康有為改保皇會為帝國憲政會，同年朝廷設資政院諮議局，1908

年頒布《欽定憲法大綱》等等。在「預備立憲」風潮興起的同時，各地預備立憲團體紛紛出現，一批以鼓吹「預備立憲」的報刊大量創刊。由於立憲團體的活動和「預備立憲」報刊的推波助瀾，「憲政」思想迅速在社會中傳播，不但爲後來推翻封建君主專制清朝統治的辛亥革命營造了社會思想氛圍和民意基礎，也加快了近代新聞報刊的發展及近代新聞法制的出現，成爲構成民國時期新聞事業的基本物質形態。

第三節　孕育民國新聞業的經濟環境

從第一次鴉片戰爭開始到中華民國成立前，中國社會結構悄然發生了重要而深刻的變化：傳統的自給自足農業自然經濟迅速破產，導致農村人口流入城市求生而使城市人群結構變化；近代科技和機械的傳入催生出中國近代工業，使中國的經濟結構發生質的變化；買辦階級的出現幫助西方列強加強了對中國經濟的控制，這些都成爲孕育民國新聞業的主要經濟環境因素。

一、農業自然經濟破產與城市人口結構變化

中國歷史上是以農業自然經濟爲基礎的「自耕自足」國家，農民在「日出而作，日落而息」但自給自足的狀態中與世無爭地生活和繁衍了幾千年。這種狀況隨著西方列強入侵和廉價的「舶來品」大量湧進迅速改變。

（一）農業自然經濟破產與城市人口結構的變化

在中國傳統農村，農民一生的生活需求品都是「自給自足」：生下來喝的是母乳，日常主食在田地生產，生活穿衣由種棉紡紗織布解決，晚間點燈豆油或菜籽油照明，以及禦寒的帽冠頭巾、降溫的蒲扇冰塊及腳穿鞋襪等，都可通過自己生產和集市交流得到滿足，死後也埋在自家地裏。乾隆 1789 年給英王喬治三世上諭說「天朝物產豐富，無所不有，原不借外夷貨物，以通有無。」[1]自給自足的自然經濟成爲清政府面對西方列強入侵採取閉關自守政策的基礎。

第一次鴉片戰爭是中國經濟的轉折點。英美法等西方列強通過脅迫清政府簽訂《中英南京條約》《中英五口通商條約》《五口通商附黏善後條約》及

---

[1] 《熙朝紀政》卷六「紀英夷入貢」。轉引自李新主編：《中華民國史》第一卷（1894～1912），第 15 頁。

《中美望廈條約》和《中法黃埔條約》，在中國獲得協定關稅、海關行政、沿海貿易、內河航行、內地通商、通商口岸使用、領事裁判、修建教堂和傳教權及片面最惠國待遇等特權。借助這些特權，西方列強迅速將侵略勢力伸進中國，使中國逐漸喪失獨立自主的地位。[1]隨著西方國家剩餘工業品的傾銷和中國原材料資源的大量被掠奪，原先基本平衡的中國經濟結構被扭曲，人們為了追求利潤擴大用以出口的蠶絲、茶葉生產，其他作物產量隨之被壓縮。如「全國的梅花名勝特別是江南地區的梅產區全面萎縮。當時的情景是，國門被列強衝開，絲綢外貿迅猛發展，各地紛紛伐梅種桑，大大衝擊了傳統青梅產業的生存空間。」[2]農村土地集中化趨勢發展迅速，經濟原生態被迅速破壞，大量農民失去土地後成為農民無產者流落城市。其中一部分進入大城市的近代化工廠做工，成為中國第一代工業無產階級，隨著現代工業發展，無產階級逐漸成為中國政治舞臺的重要力量。

（二）城市發展與小市民階層擴大

由於資本主義廉價商品衝擊和西方列強的資源掠奪，中國農村經濟結構遭到根本性破壞，大批農民失去土地被迫流落城市，成為靠出賣體力謀生的城市流亡無產者。他們在城市舉目無親，身無技術，靠從事最艱苦、危險、廉價的體力勞動謀生。舊上海「揚州三把刀」說的就是江蘇長江以北地區（俗稱蘇北）民眾在上海從事被視為低下的服務業：「剃頭刀」——給人理髮，「修腳刀」——澡堂修腳，「切菜刀」——給人燒飯。經過數十年拼搏和努力，一部分城市流亡無產者逐漸成為城市小市民——有的變賣老家土地和祖產，到城裏開店當起小老闆；有的在艱難中堅持供孩子讀書，孩子學成後在西洋公司掙錢，自己在家享清閒；也有的識幾個字後從事小報撰稿等業。更多人繼續靠體力和有限一點技術，在近代化的紡織廠、棉紗廠、肥皂廠做工掙工錢養家，融入「城市小市民」群體，成為城市新聞業得以存在和發展的讀者基礎。

（三）國人出洋與城市人口結構變化

鴉片戰爭前也有國人出洋，主要是和外國人做生意。鴉片戰爭後，西方列強把「閉關鎖國」的清帝國拽上了以半殖民地半封建為特徵的近代化進程，

---

1 李新主編：《中華民國史》第一卷（1894～1912），中華書局，2011 年版，第 19 頁。
2 程傑：《中國梅花名勝考：引言》，中華書局，2014 年版，第 5 頁。

國人開始走出國門並接觸西方近代思想。

美國伊利諾大學校長愛德蒙・詹姆士1906年初在呈給總統羅斯福的備忘錄中稱「哪一個國家能夠做到教育這一代中國青年人,哪一個國家就能由於這方面所支付的努力,而在精神和商業上的影響取回最大的收穫。」在明恩溥等人推動下,1908年7月11日美國政府聲明將美國「庚子賠款」半數退還給中國,作為資助留美學生之用。其本意是在中國青年學生中培養接受美國意識形態、思維習慣和價值導向的「精神和商業領袖」即「親美派」。「庚子賠款」留學項目的實施為中國優秀青年打開了「睜眼看世界」的大門,他們得以走出國門,感受封建君主專制社會絕無的思想和思維自由氛圍,學習西方先進的物理、化學、生命科學、機械製造等科學知識,接受資產階級自由、平等、民主、人權和開放的思想薰陶,接觸資產階級國家民權、法制、公平、多元的國家政治制度等,其中一些人成為清末民初的資產階級革命思想先行者。

民間留學潮造就了一批思想開放和行為活躍的新式知識分子。這些新式知識分子是憑自己或家庭資助完成留洋求學獲得嶄新的「西學」,經濟獨立使其政治獨立,既沒有容閎「幼童留美計劃」成員的年幼和被動,也沒有庚子賠款學生在經濟和政治受制於人的擔憂,因而其政治自主性和行動獨立性更明顯,對社會自由思想氛圍和中國近代新聞事業的形成和發展具有重要作用。

(四)城市人口結構變化與民國新聞業孕育

城市小市民在政治或經濟方面發展的可能性微乎其微。可以生存但無前途希望,「享受眼前並不十分滿意的生活」成為城市小市民的普遍心態。城市小市民群體一方面是《申報》、《大公報》等向人們傳播商品廣告、行情及價格等商業信息的新聞紙得以出現並迅速的讀者基礎,更是那些格調雖不高但貼近人們生活,沒有很濃政治色彩、報價不貴可供人們消遣的都市「小報」(如李伯元所辦《遊戲報》、吳趼人所辦《寓言報》及孫玉林所辦《笑林報》[1])等得以存在的主要讀者群體,成為孕育民國新聞業的社會環境條件之一。

留學歸來的新式知識分子受到西方資本主義民主、自由、平等、獨立、法治和科學思想薰陶,一些人「通過群體的聯合來增強自身的能量,擴大社會影響,以進而實現他們的救國理想」。[2]中華傳統文化薰陶形成的愛國情結和

---

1 李楠:《晚清民國時期上海小報》,人民文學出版社,2006年版,第40~44頁。
2 歐陽軍喜、王憲明等:《共和大業:聚焦1911》,人民出版社,2011年版,第24頁。

清末社會現實的激烈碰撞，使其具有「救亡圖存」歷史使命感、「舍我其誰」的民族責任感和「唯我馬首是瞻」的自覺意識，成爲充滿生機和活力的力量。他們認識到近代資本主義優越於封建專制，產生改變社會現狀的願望，資本主義的民主、自由、平等、獨立、法治和科學思想成爲他們反對封建專制統治的思想武器。從容閎 1874 年在上海創辦《彙報》後，政治生活舞臺上就一直不斷上演政治人物（康有爲、梁啓超、孫中山、于右任等）、政治派別（洋務派、維新派、保皇派、立憲派、革命派及國家主義派等）爲鼓吹政治運動（洋務運動、變法維新運動、擁帝反后運動、反清革命運動）創辦政論性新聞報刊，傳播政治理念，批駁或攻擊政敵主張的新聞宣傳話劇——也有人創辦普及科學文化知識或進行學術研究爲宗旨的報刊。近代報刊不斷發展和完善的社會環境孕育民國新聞業。新式知識分子在民國新聞業孕育中起了助產士的重要作用。

二、近代工業出現與中國經濟結構變化

中國近代工業的第一個高潮是在鴉片戰爭後。西方列強通過鴉片戰爭打開了中國國門，資本主義國家採用近代技術和機器生產的商品很快以其「質優價廉」優勢擴大了在中國的商品市場，以洋布洋紗爲例，1880～1890 年的十年間，全國進口棉紗價值從 3645112 關兩增加爲 19391696 關兩；棉布進口價值始則爲 1600 萬關兩，繼而超過 2000 萬關兩，最高達 3094 萬關兩[1]。爲了獲取盡可能高的利潤，很快出現由外國人在中國興辦、雇傭中國工人，用中國原材料生產商品再銷售給中國人（因節省生產運輸流通成本而獲得巨大利潤）的外資工廠。西方資本在中國辦廠所需材原料急速增加，加速了中國傳統封建自然經濟基礎的毀壞。宣統二年在江蘇宿遷發生饑民焚搶永豐麵粉公司的社會事件。其原因就是「宿遷素以麥爲養命之源，同（治）光（緒）以來，小麥每石僅售錢二千數百文，民猶不堪困苦。今價漲至五六千文，推原其故，盡行運赴外洋，致麥粉兩空」；「訖至今春三月，麥價又漲至每石八千數百文，無不謂該廠廣爲收買以致糧價日劇。」[2]表明由於外國資本在中國辦廠對作爲生產原材料的中國農產品大量掠奪，導致農村糧價上漲、農業破產

1　嚴中平：《中國棉紡織史稿》，科學出版社，1955 年版，第 79 頁。
2　《黎經誥覆（張人駿關於江蘇宿遷饑民焚搶永豐麵粉公司致黎經誥箚）稟》，宣統二年三月（1910 年 5 月）。清農工商部檔案。見《中華民國史檔案資料彙編》第一輯，鳳凰出版社，1991 年版，第 38～41 頁。

和農民「不堪困苦」。

第二個高潮是清政府的「洋務運動」。洋務官員們認爲中國近代軍事工業建設「船炮機器之用，非鐵不成，非煤不濟」[1]；非發展軍事工業不能「富國」，國家發展「必先求富而後能強」，開始官辦具有兼具軍民兩用性質的工礦業。從 1872 年李鴻章在上海創設輪船招商局到「洋務運動」的標誌性成果「北洋艦隊」在中日甲午戰爭中煙消雲散，前後歷時近 20 年。影響最大的除李鴻章創設的上海輪船招商局外，還有福建船政大臣沈葆楨在臺灣創辦的基隆煤礦、上海輪船招商局總辦唐廷樞創辦的開平煤礦、彭汝琮創辦的上海機器織布局、左宗棠開辦的蘭州織呢局及張之洞先後籌設的漢陽鐵廠、湖北織布局和湖北紡紗官局、大冶鐵礦、馬鞍山煤礦、湖北繅絲局和湖北製麻局等。洋務派「爲牟利而非自用」創辦這些企業且採用當時先進的機器設備，已具有資本主義性質，但它們形成於中國半殖民地半封建的社會環境，辦廠資金爲朝廷資本，經辦者係朝廷命官，因而兼具有封建性、買辦性和壟斷性特點。

第三個高潮是清末民族資本主義工業的出現和發展。據史料記載，中國第一家民族資本近代企業是華僑商人陳啓源 1872 年在廣東南海創辦的繼昌隆機器繅絲廠，因其「出絲精美，行銷於歐美兩洲，價值之高，倍於從前，遂獲厚利」[2]。後來興辦的也大都是以中國農產品爲原材料的蠶絲繅絲和織綢廠、以棉花爲原材料的紡紗和織布廠、以小麥爲原材料的麵粉廠及以木柴和火藥爲原材料的火柴廠及造紙廠等。而諸如輪船修造、機器製造、煤礦開採及金屬冶煉等近代技術含量較高的行業裏「企業規模都比較小，只使用少量機器，主要靠人工開採。」[3]因而不可能對中國經濟結構產生根本性影響，但所產生的民族資產階級則因其經濟力量對中國政治走向有一定影響。

中國傳統工業以手工作業生產方式爲主，以與農業相結合的農村家庭紡織業及其他農產品加工業爲主體。西方資本在華興辦近代工業企業、清廷爲「自強」創辦近代軍民企業及中國民族資本主義近代工業的出現，一方面是加快了中國傳統經濟的崩潰，另一方面改變了中國的經濟結構。近代工業尤其是近代造紙、印刷業的出現爲中國近代新聞報刊的出現和發展提供了新的社會環境和物質條件，提高了新聞報刊生產的效率。

---

1 李鴻章：《李文忠公全集》奏稿，卷十九，臺北文海出版社，第 49 頁。
2 桂坫等編：《宣統南海縣志》，卷二十一，1910 年版。
3 李新主編：《中華民國史》第一卷（1894～1912）上，中華書局，2011 年版，第 46 頁。

三、買辦加洋員與中國經濟控制權的喪失

　　鴉片戰爭後的中國出現了兩類「新人」：一類是「買辦」亦稱「康百度」（葡萄牙語 comprador 音譯）。鴉片戰爭後廢止公行制度後，外國商人因不熟悉當地行情及爲和官府聯絡交涉而聘用代理買賣的當地人，「買辦」即是替外國資本家在本國市場上服務的中間人和經理人。他們在幫外國老闆賺錢的同時，以「傭金」方式從外國老闆那裡獲得豐厚回報。爲了獲得青睞和更多犒賞，他們必須爲外國老闆「忠誠服務」即「一切爲老闆著想」；又因背後有洋人撐腰，手中掌握著外國商品（時髦的洋貨），加上薪酬不菲，西裝革履進出體面，朝廷官府大小官吏對他們都高看一眼，又因能在官府說得進話，所以外國老闆也離不開他們，是一個「中外通吃」的特殊群體。

　　另一類是雖受聘於朝廷且領取傭金，但因其外國籍而在中國政府機關享有特殊權力的「洋員」，即在朝廷任職的洋人。最典型的是中國海關總稅務司。鴉片戰爭後的 1853 年，英美法三國領事以「江海關癱瘓」爲由組成關稅管理委員會，由他們「代中國政府從它們各自國家的公民那裡徵集關稅」。[1]1854年 7 月經中國海關總監督「完全同意」英國人威妥瑪、美國人賈留意和法國人史亞實出任上海海關稅務司，實際只有威妥瑪到職。威妥瑪由於「工作太累」辭職後，23 歲的英國人李泰國謀得該職位。1858 年李泰國沒和任何人打招呼就離開崗位去協助英國政府代表額爾金勳爵與清政府談判《天津條約》[2]。清政府 1859 年把「海關稅務司」改稱總稅務司署，隸屬於總理衙門，主官仍由洋人擔任。李泰國回到海關總稅務司署後被正式任命爲海關總稅務司。他「既不接受也不拒絕，而是以健康爲由返回了英國」，委託上海海關稅務師費士來和廣州海關副稅務司赫德「署理」總稅務司之職。清政府 1863 年正式任命赫德爲總稅務司。直到 1908 年回國共任職近五十年。[3]清廷總理衙門 1861年任命李泰國爲海關總稅務司時明確職責爲「總理稽查各口洋商完稅事宜，幫同各口監督委員，務將出口、入口各貨分晰清楚，勿得牽混，且約束各口

1　徐中約：《中國近代史：1600～2000 中國的奮鬥》，世界圖書出版公司，2014 年版，第 271 頁。

2　李泰國在這一過程中的表現用「十分惡劣」評價似乎也不嫌過。參見孟慶琦、董獻倉主編：《影響近代中國的不平等條約》，中國人事出版社，2012 年版，第 48～50頁。

3　辭海編輯委員會編：《辭海》（第六版縮印本），上海辭書出版社，2010 年版，第 2561頁。

稅務司及各項辦公外國人等秉公盡力。」[1]賦予李泰國及繼任者赫德在中國海關享有總理衙門主管恭親王「一人之下」全國海關所有人「之上」的絕對權力。關稅為國家財政收入重要且穩定的來源之一。《辛丑和約》第六款「戊　所定承擔保票之財源」規定「新關各進款，俟前已作為擔保之借款各本利付給之後餘剩者，又進口貨稅增至切實值百抽五，將所增之數加之，所有向例進口免稅各貨，除外國運來之米及各色雜糧麵並金銀以及金銀各錢外，均應列入切實值百抽五貨內」[2]，為的就是保證賠款有穩定的財源保障。

　　清末社會「買辦」的出現，客觀上為西方新式報刊進入中國知識分子視野並獲得回應架起民族文化交流的橋樑；「洋員」對中國海關的把持，對產於西方列強國家的包括新聞紙張以及印刷機器等產品實行「特優惠」低關稅，儘管有損國家主權和損失清廷關稅，但對中國近代新聞事業必需的新聞機械、專用新聞紙張及機器印刷技術在中國普遍使用進而加快了中國新聞事業近代化。

第四節　孕育民國新聞業的科技環境

　　戈公振早在 20 世紀 20 年代就指出「（報紙）現實性與時宜性之發展，當然與各時代之交通機關並行。如驛傳、輪船、鐵路、電報、電話、無線電話、無線電報、飛機等之種種進步，均極影響於報紙之新聞。」[3]民國新聞業的孕育與這一時期近代科學技術的發展和普及密切相關。

一、近代印刷技術與民國新聞業的孕育

　　近代印刷技術是指採用近代機械設備和技術印製印刷品的專門技術，也稱機械化印刷術，分為凸版（雕版或活字）、平板（石印、膠印和珂羅版）和凹版（雕刻凹版、蝕刻凹版和照相凹版）印刷三類，與新聞業直接相關的是凸版印刷。第一代中文報刊如《察世俗每月統記傳》、《東西洋考每月統記傳》等採用中國傳統的雕版印刷術印刷。與中國近代新聞業更多聯繫的是德國人谷騰堡發明的包括鑄造活字的鉛合金、木製印刷機、印刷油墨及一整套印刷

1　徐中約：《中國近代史：1600～2000 中國的奮鬥》，世界圖書出版公司，2014 年版，第 271 頁。
2　《辛丑條約》（全文），見孟慶琦、董獻倉主編：《影響近代中國的不平等條約》，中國人事出版社，2012 年版，第 157 頁。
3　戈公振：《中國報學史》，中國新聞出版社，1985 年版，第 10 頁。

工藝在內的西方近代機械化凸版印刷術。[1]

（一）近代印刷機械與新聞內容及時性提高

19世紀後半葉，西方凸版印刷機械傳入中國。印刷技術進步和印刷手段改進對中國新聞報紙產生了直接的影響，成為當時創辦報刊首先考慮的問題。上海《申報》創辦時就已在合股創辦《申報》合約中規定「此項股款專為投資於印刷機械、鉛字以其他附屬設備之用」。「《申報》館在新創時使用的印刷機器，是用人力手搖印機，每小時只能印數百張，單面印刷，那時每天的銷數只有六百份，這部手搖機還能應付過去。後來銷數增加，遂購置大印架單滾筒印機，用電力拖動，每小時可印一千份，以適應業務上的需要。此後一直使用這臺機器，直到公元一九一二年及辛亥革命之後才購置新機換掉。」[2]「在席子佩經營時期發行量沒有超過七千份，還能勉強應付。當史量才接辦，發行量迅速上升，每份報紙的版面擴大增加到三大張，舊機器已無法再用，改用美國雙滾筒印刷機，每小時印2000張。1914年歐戰爆發，《申報》發行量直線上升，由於1918年購置了最新式的何氏32捲筒輪轉機，每小時可以印4.8萬份。」[3]印刷速度提高對於提高報紙新聞的及時性和社會傳播廣泛性及在同業競爭中佔據優勢大有幫助，正如戈公振說「自上海報界情形言之，每遇本埠及國內發生大事時，常於最後之數十分鐘內，互爭消息之先後。故印刷愈遲，消息愈速，然非備有最高速度印機不為功。」[4]印刷技術成為決定新聞報業發展的重要因素。

（二）鉛合金活字和脂肪性油墨與報紙內容增加和印刷質量提高

發明和使用鉛合金活字對新聞報業發展尤其是報紙信息量增加具有重要意義。中國古代傳統木活字和雕版印刷，製字和製版材料均是木材。用木頭製作活字不能太小，否則會因木材吸水性使所印製的出版品筆劃模糊，這就使得傳統官報及民間《京報》每一版（板）的漢字數量受到限制，每張紙容納的漢字數和信息量直接相關。這些不足在西方合金鉛活字出現並採用脂肪性油墨替代水性油墨後得到了迅速的改觀，使得每一頁（版）報紙的新聞信息容量大為增加。《申報》為了增加廣告的容量，自清同治十二年十二月十八

1 黃鎮偉編：《中國編輯出版史》，蘇州大學出版社，2003年版，第298～299頁。
2 徐載平、徐瑞芳：《清末四十年申報史料》，1988年版，第3、73頁。
3 宋軍：《申報的興衰》，上海社會科學院出版社，1996年版，第92頁。
4 戈公振：《中國報學史》，中國新聞出版社，1985年版193頁。

日起把廣告版面的字體字號「由原來都用老四號字體，改爲部分用老五號字體，以便擴大廣告的篇幅。[1]1906 年（清光緒三十二年）一月二十八日起將各界來件、各國的翻譯新聞稿以及本埠的公堂新聞，「由四號字改爲五號字。」[2]近代鉛合金活字的使用爲民國時期新聞報業的發展提供了機械設備和印刷技術基礎。中國傳統雕版印刷和木活字印刷因使用水性油墨，水性油墨會因著墨太多或不匀在紙上出現擴散，致使文字不清。德國人谷騰堡發明的脂肪性印刷油墨傳入中國後，因爲著墨多少或不匀文字不清的現象大爲減少，對提高新聞報紙外觀的整潔美觀和方便閱讀具有重要作用。

二、近代造紙技術與民國新聞業的孕育

中國是最早發明造紙術的國家。文字的記載物體在經歷甲骨、簡牘、綿帛階段後，進入紙張階段。

（一）中國傳統造紙術與近代新聞業

20 世紀考古發現已證明在東漢蔡倫「發明造紙術」前的西漢就已出現了技術較爲成熟的紙張。如陝西 1957 年出土的西漢「灞橋紙」，1974 年甘肅居延金關出土的「金關紙」，1978 年陝西中顏村出土的「中顏紙」，1986 年甘肅放馬灘出土的「放馬灘紙」等，都產生於西漢時期。2008 年甘肅敦煌漢代懸泉置遺址發現的 200 多片紙文書殘片和麻紙，顏色和質地有黑色厚、黑色薄、褐色厚、白色薄、黃色厚等 8 種，產生的年代從西漢武帝、昭帝及宣、元、成帝至東漢初到西晉都有。中國歷史上的朝廷官報（如邸報、閣鈔）、西方傳教士創辦的第一批近代中文報刊（如《察世俗每月統記傳》等）以及早期民營報紙（如清末《京報》、《良鄉報》等）所用的紙張大多是手工作坊製作的連史紙或毛邊紙。這些紙張採用傳統土法製造，成本較低，但比較粗糙，只能單面印刷，嚴重制約了報紙的印刷質量和數量，直接制約新聞報紙的社會化普及。

（二）近代紙張與新聞業發展

18 世紀中葉後，西方近代造紙術傳入中國，爲新聞報紙的普及提供了重要物質條件。1861 年 11 月創刊的《上海新報》以「報導經濟、流通信息爲主」。

1　徐載平、徐瑞芳：《清末四十年申報史料》，1988 年版，第 343 頁。
2　徐載平、徐瑞芳：《清末四十年申報史料》，1988 年版，第 366 頁。

後「因報導清王朝與太平軍作戰消息甚詳，並不受清廷報導上的限制，因此擁有廣大讀者」而大獲其利。1872 年創刊的《申報》爲了和它競爭，除在新聞內容上採取聘請中國文人執筆以及「辦一張給中國人看的報紙」方針外，還採用中國土產的毛太紙[1]印報，所以在和「採用上等白報紙、鉛活字兩面印刷」的《上海新報》競爭中就有了低價競爭的成本優勢。果不所料，儘管《上海新報》有《北華捷報》撐腰，也把週三報「改爲日報，並削減報價，刷新內容，但由於成本較高，虧損嚴重，加之《申報》又託人游說……終於使字林洋行感到徒勞無益，決定自動停刊。」[2]《申報》採用中國土產毛太紙印報，以低價優勢打敗了早它創刊 11 年的《上海新報》。

隨著造紙技術的進步，新聞業界又採用價廉物美的「專用新聞紙」來印刷報紙。如《申報》在創刊近 40 年後的清宣統元年十二月十一日（1910 年 1 月 21 日）宣布「改用白報紙印刷報紙。」[3]「專用新聞紙」的出現一方面爲降低報紙成本、擴大報紙的印刷數量提供了條件，另一方面也提高了新聞報紙的閱讀效果和美感，直接促進了新聞報業的發展。爾後膠版印刷紙和銅版紙又相繼出現，促使中國近代新聞報紙在報紙用紙方面不斷登上新的臺階。

三、近代圖像技術與民國新聞業的孕育

傳統報紙主要以文字形式報導新聞，人們通過閱讀報紙上的文字得知新聞。因純文字新聞缺少直觀性，爲提高新聞傳播效果，慢慢出現了手繪新聞圖畫。近代照相術誕生後又出現了新聞照片。新聞電影則是把電影技術用於記錄並再現重大新聞事件。新聞照片和新聞電影的出現成爲孕育民國新聞業的重要條件。

（一）新聞圖畫繪製技術與新聞繪畫

新聞畫是用美術手段輔助新聞報導產生的圖畫。早期的新聞畫有點像工筆白描，後來出現了新聞漫畫。中國報刊最早刊登的新聞畫見於 1854 年

---

1 毛太紙又稱「毛泰紙」，仿宋紙，原產於江西，是我國手工紙種之一。由草漿和竹漿配抄而成。紙色發暗，紙面粗厚而軟和，吸水性強，《小石山房叢書》中載：「江西特造之，厚者曰毛邊，薄者曰毛泰」，兩者性能接近，可作書畫紙或書畫襯紙，也用作鞭炮紙。

2 葉再生：《中國近代現代出版通史》（第一卷），華文出版社，2002 年版，第 210～211 頁。

3 徐載平、徐瑞芳：《清末四十年申報史料》，1988 年版，第 370 頁。

1月在香港出版的中文月刊《遐邇貫珍》第一號。爲使「閱讀者可以覽之了然」所載土耳其與俄國宣戰的消息,「特繪了一張兩國形勢圖附於報導之後。」[1]中國北洋水師「致遠號」管帶鄧世昌在甲午海戰中壯烈殉國。上海《申報》館所辦《點石齋畫報》刊載題爲《僕犬同殉》的新聞畫。畫面是一張海戰實況圖,圖上有軍艦、海面、海面上有數人及一條犬,有人正在施以援手相救。該圖所配文字稱「管帶北洋志遠兵輪鄧壯節公,粵海人。去歲中日大東溝之戰,督率該船首先陷敵,轟沉日人巨艦一艘,並擊沉魚雷船兩艘。嗣以他船不肯冒死從事,日兵船又環集而攻,公遂連發數炮,赴海而死。事聞九重,賜諡「壯節」,追贈太子少保銜。知其事者,罔不肅然起敬。當公之殉難也,有義僕劉相忠隨之赴水,攜浮水木梴授公,欲令之起,公力拒勿納,罵敵而死。同時有所豢義犬尾隨水內,旋亦沉斃。一人忠義,同類感孚。雖奴僕之賤,犬馬之頑,亦知殉節。是則世之受國厚恩而臨敵畏葸不願效死者,誠此僕、此犬不若矣!」[2]該圖傳遞的主題「雖奴僕之賤,犬馬之頑,亦知殉節。是則世之受國厚恩而臨敵畏葸不願效死者,誠此僕、此犬不若矣」,一方面頌揚了「義僕」和「義犬」的「忠節」,同時怒斥那些「世之受國厚恩而臨敵畏葸不願效死者」們「犬不若」。新聞畫使新聞的直觀性和傾向性得到強化,對提高新聞傳播效果具有明顯作用,成爲新聞的重要表現形式之一。

（二）近代照相技術傳入與新聞照片的普及

1837 年銀版照相術在法國問世,不久由外國來華旅遊者帶進中國。清人周壽昌《思益堂日箚》中有「道光丙午年」旅居廣州時見到取影器的記述。所稱「取影器」即照相機。「道光丙午年」爲公元 1846 年。

1884 年 4 月 18 日創刊的廣州《述報》採用「西國映相法」拍得活躍在越南抗法前線中國黑旗軍首領劉永福的照片,印成單頁隨報附送,使讀者目睹抗法英雄風采,這是中國報紙最早刊登的新聞人物照片。爾後照相銅版製版技術傳入中國,報刊始載銅版印刷的新聞照片。1901 年 8 月,英美在華基督教組織廣學會機關報《萬國公報》以半版篇幅刊出《醇親王奉使過上海圖》的新聞照片。內容是簽訂《辛丑和約》後,清政府外交代表醇親王載灃奉命

---

1 方漢奇、李矗主編:《中國新聞學之最》,新華出版社,2005 年版,第 135～136 頁。

2 陳平原、夏曉紅編:《晚清圖像》,天津百花文藝出版社,2001 年版。

赴德國致歉，從天津乘船南下出洋，該年 7 月 16 日在上海登陸，途徑上海大馬路時當地官紳列隊迎接的場面，這是中國報刊最早的時事新聞照片。

1902 年 12 月 9 日，清末資產階級革命派創辦的《大陸》在上海創刊，創刊號刊載曾國藩、李鴻章、左宗棠等人物照片和海內外風景照片多幅，是中國報刊刊載新聞人物和風景照片之始。1904 年 3 月，商務印書館為報導發生在中國東北地區的日俄戰爭情況，編輯出版連續性新聞出版物《日俄戰紀》，從戰爭開始到議和一共出版 30 期，每期都載有雙方交戰的照片（創刊號刊載日本天皇、俄國沙皇、俄軍總督等人照片）。北京《京話日報》1906 年 3 月 29 日所載《南昌縣江公召棠被刺的照相》則是中國報紙刊登的第一張現場新聞照片。[1]隨著報紙新聞照片的普及，尤其是辛亥武昌起義到中華民國成立前國內政治局勢動盪，政治軍事鬥爭激烈，革命形勢發展迅速，報紙上的時事新聞照片數量激增，既滿足了讀者「眼見為實」「有照為證」的心理需要，也活躍了報紙版面，增加了新聞報紙的可讀性和新聞內容的直觀性。

（三）電影攝製術的傳入與新聞紀錄片出現

法國人盧米埃爾兄弟自所攝影片成功放映後，為推銷影片和拍攝新影片，雇傭助手來到中國上海，放映他們拍攝的《馬房失火》、《足踏行車》、《倒行斛斗》等記錄人們生活情況的影片。1896 年 8 月 11 日，在上海徐園「又一村」茶樓放映了「西洋影戲」《馬房失火》等短片，是我國第一次公開放映電影。[2]1896 年美國繆托斯柯甫公司拍攝的《李鴻章在紐約》是外國人所攝中國人的最早新聞紀錄電影，內容為李鴻章在格倫特墓前和乘車經過第四號街和百老匯。1898 年，美國托馬斯·愛迪生的攝影師來到中國香港、上海、廣州，攝了街景、河景、碼頭、汽輪、警察、總督府及商團活動內容，記錄下 19 世紀末中國南方的情景。[3]

中國人拍攝的第一部記錄電影是北京豐泰照相館拍攝的京劇名演員譚鑫培表演京劇《定軍山》的同名電影《定軍山》，包括《請纓》、《舞》和《交鋒》三個片斷。這三部短片都是對演員表演的原始記錄。因此中國歷史上第一部

---

1 方漢奇、李矗主編：《中國新聞學之最》，新華出版社，2005 年版，第 150，158～159，165 頁。

2 方方：《中國紀錄片發展史》，中國戲劇出版社，2003 年版，第 2 頁。

3 高維進：《中國新聞紀錄電影史》，世界圖書出版公司北京公司，2013 年版，第 5 頁。

由中國人自己拍攝的影片，是紀錄片。[1]辛亥武昌首義並成立「中華民國鄂軍政府」的消息傳到上海後，著名雜技幻術家朱連奎和洋行美利公司商定合作拍攝「武漢戰爭」新聞紀錄片。隨之組織攝影隊伍趕到戰爭前線，拍攝了1911年10月27日起義軍與清軍在漢口大智門車站的激烈爭奪戰；11月12日武昌起義新軍佔領漢口、攻打漢陽的戰鬥及11月16日起義軍自漢口反攻，再次收復漢口的戰鬥等珍貴的歷史場景畫面。朱連奎在這些新聞素材基礎上製作成時事新聞紀錄片《武漢戰爭》，1911年12月1日在上海謀得利大戲院首映，受到了觀眾的熱烈歡迎。

四、近代交通技術與民國新聞業的孕育

「交通」原指「各種運輸和郵電的總稱。即人和物的轉運輸送，語言、文字、圖像等的傳遞播送。」[2]近代交通技術則包括電報技術、郵政技術、飛機航行技術和公路鐵路技術等。這些近代交通技術的出現和應用，不僅給社會成員出行和物資流通提供了便利，也成為孕育民國時期新聞業的重要條件。

（一）電報技術與近代新聞業的發展

1837年美國人塞繆爾·莫爾斯發明了近代電報發送接收技術，對人類社會的信息交流傳播產生了革命性的影響。鴉片戰爭後，西方傳教士帶著電報機來到中國，各列強想方設法在中國鋪設電報線路，因清廷對此知之甚少而心存恐懼，一直不同意西方各國在中國鋪設電報線路。整個1860年代，英、俄、美、法等國各色外來者，分別以各種方式，或照會、或勸誘、或表演、或試探，力圖使清廷接受這一新傳播技術。[3]但收效甚微。1870年，在海底電纜即將鋪設至香港的情況下，英國公使威妥瑪向清政府遞呈「允許海底電纜從沿海各口岸鋪設至上海」的「請求函」。清政府總理外國事務衙門答覆說「中國沿海內洋，可聽其在水底安放。」[4]英國人獲得在中國近海鋪設海底電纜的

1　方方：《中國紀錄片發展史》，中國戲劇出版社，2003年版，第7頁。

2　辭海編輯委員會編纂：《辭海》（第六版縮印本），上海辭書出版社，2010年版，第903頁。

3　孫黎：《晚清電報及其傳播觀念（1861～1911）》，上海世紀出版集團，2007年版，第12頁。

4　《總署致英使威妥瑪函》，轉引自孫黎《晚清電報及其傳播觀念（1861～1911）》，第18頁。

權力。1871 年，海底電纜鋪設完工。美國旗昌洋行率先在中國建成一條租界內的陸路電報線。爾後「在租界工部局、公董局與各巡捕房、救火會、自來水塔之間，在大企業內部也都紛紛設立了專用電報線，並通過口岸碼頭與水線想通。」[1]1872 年，英國路透電報公司在上海設立了路透社遠東分社（也稱遠東路透分社），這是中國境內出現的第一家新聞通訊社。[2]「洋務運動」中，清政府 1880 年啓動籌備津滬電報線建設，開辦天津電報學堂，聘請丹麥人教授「電學與發報技術」課程。

　　1874 年 1 月 30 日，上海《申報》上刊載了一條「倫敦電」的國外新聞電訊，內容是有關英國內閣改組的消息。[3]這是中國報紙上刊載的第一條通過電報線路傳遞的新聞消息。1882 年 1 月 13 日津滬電報線路正式提供電報服務，次日（14 日）晚 11 點，上海電報局把「《申報》天津訪友」拍發的一組新聞稿送至《申報》。其中有一道關於清廷查辦雲南按察使銜候補道張承頤瀆職罪的「上諭」。因報館「新聞已排定發印」，故載於 1 月 16 日《申報》時，還特地就該條「上諭」「未及照登」在報上作了說明。從該日起連續五天在頭版刊登「本館告白」，稱「不吝重資，與津友訂定，請將每日京報上諭旨，自中國所設之電報局傳示。」[4]《申報》爲及時報導各地新聞，先後在北京、南京、天津、濟南、漢口、武昌、成都、重慶、廣州、昆明、桂林、蘭州、西安、太原、開封等城市和江蘇、浙江及東北地區廣招採訪人員，至 1887 年止，設有採訪員的城市已達 32 處。[5]這些訪員所得新聞有相當部分通過電報拍發到報館載於報紙。

（二）近代郵政發展與新聞報紙發行

　　中國傳統官報或民間小報大多是人攜報步行或騎馬（乘船）送遞，報紙的一次發行範圍非常有限。1842 年 8 月 24 日，英國在還沒有簽訂《江寧條約》（確認割讓）的中國香港設立郵局。8 月 29 日簽訂《南京條約》後，英國即以香港爲基地陸續在各通商口岸開辦郵局「客郵」。隨後法美日德俄等國以「片面最惠國待遇」爲由也先後在中國設立郵局。1861 年，清政府成立總理各國

1　郵電史編輯室編：《中國近代郵電史》，人民郵電出版社，1984 年版，第 47 頁。

2　吳廷俊：《中國新聞史新修》，復旦大學出版社，2008 年版，第 230 頁。

3　方漢奇、李矗主編：《中國新聞學之最》，新華出版社，2000 年版，第 142 頁。

4　《申報》館：《本館告白》，1882 年 1 月 16 日。

5　宋軍：《申報的興衰》，上海社會科學院出版社，1996 年版，第 38 頁。

衙門，各國公使寄遞郵件由總理衙門交驛站代寄。1866 年總理衙門將郵遞業務交海關兼辦。同年 12 月起，北京、上海、鎮江、天津海關先後設立郵務辦事處兼辦郵遞，除收寄各國駐華使館公文外還收寄海關公私信件。1878 年 3 月 9 日，清政府在北京、天津、煙臺、牛莊（營口）、上海五處仿歐洲辦法試辦郵政，並於當年發行大龍郵票。1896 年 3 月 20 日，光緒皇帝批准正式開辦清朝國家郵政即「大清郵政」。

　　近代郵政爲新聞報刊擴大發行範圍提供了條件，一些報刊經辦人利用郵政網絡把在一地出版的報刊傳遞到其他地方，以擴大報刊的流通範圍和社會影響。1893 年創刊澳門的《鏡海叢報》在它「新聞紙第一號」[1]第 1 版刊登的《代派紙之處》就有「氹仔　易興魚欄；灣仔　泉興雜貨店；前山　前山廳號房；石歧　西門外中西藥局；省城　雙門底聖教書樓；佛山　祖廟大街六經蘇杭店；香港　文武廟直街文裕堂書店；漢口　豐盛洋行。」其中氹仔、灣仔、前山等在澳門當地，而省城（廣州）、佛山、漢口、香港等地則距澳門或遠或近，刊物出版後能夠迅速出現在這些地方，近代郵政網絡應是土屬葡萄牙人費南第的選項之一。《申報》也通過郵政向外埠訂戶寄送報紙。包天笑回憶八九歲（1884 年左右）時，家裏（蘇州）已經訂閱《申報》，當時《申報》在蘇州還沒有代派處，報紙是通過信局寄送。那時蘇州到上海還沒通火車，劃民船需要三天。但因信局是用「腳划船」飛送。「腳划船」在內河中行船很快，從上海前一天夜間開船，第二天中午後就到蘇州。所以當日下午三四點，他就能在家看到《申報》。[2]近代郵政有效提高了新聞報刊的發行速度和範圍，成爲孕育民國新聞業社會因素之一。

（三）近代公路鐵路交通與新聞報刊發行

　　在洋務運動中，李鴻章、劉銘傳及丁日昌等開明官員就竭力主張修建鐵路，但因朝廷是滿族貴族說了算，修建鐵路的奏章不是置之不理，就是斥爲謬誤。開平煤礦煤炭外運的「唐胥鐵路」1881 年通車時，李鴻章爲避免保守派官員反對，甚至建議用馬拉機車並稱之爲「馬路」。1887 年，經李鴻章力爭並得到滿族洋務派恭親王奕訢支持，清政府同意修建天津到大沽口的「津沽鐵路」。自1881 年建成唐胥鐵路到 1911 年的 30 年中，全國建成京奉、京漢、

1　《鏡海叢報》「新聞紙第一號」，大清光緒十九年癸巳六月初六日，西紀一千八百九
　　十三年七月十八日，（澳門）下環正街鏡海叢報費南第刊印。
2　包天笑：《釧影樓回憶錄》，中國大百科全書出版社，2009 年版，第 106～108 頁。

京張、津浦四條官辦鐵路幹線，以及華北膠濟、正太，江南滬寧、滬杭甬，華南廣九、潮汕，西南滇越等官商所辦鐵路，總長約9200公里。儘管中國在秦朝前就有各封國修築「馳道」的傳統，秦朝統一後的「馳道」已成網狀化，保證了朝廷政令軍令暢通。但以煤炭（石油氣）或石油為機械動力的近代公路運輸直到 20 世紀初才引進中國的。1901 年從外國進口第一輛汽車，1906年在廣西修建從龍州至鎮南關的第一條公路，中國開始出現近代公路運輸。

　　鐵路公路運輸的優勢十分明顯，大都市新聞報刊逐漸通過郵政途徑向「外埠」發行報紙。具體做法是一些城鄉設置代派處，報刊出版後通過鐵路（或公路）火車（或汽車）到達的時間把報紙運到代派處所在城鎮。當地代派處在約定時間派員到火車站（或汽車站）接收報紙，然後由代派處銷售或分送到訂戶。當時《申報》的外地發行是通過鐵路和公路同時進行的。《申報》有好幾套新式捲筒機，每小時可印十幾萬份報紙，報紙出版後可從容地把報紙送到沿途車站。更遠一點的城鎮就會用專用卡車運送，開出的時間比火車還早。由於中國鐵路和公路運輸起步遲、發展慢，運輸成本較高，大多數新聞報紙是私人資本經營，發行面不廣，且人力價格相對較低，所以一般通過報販、報攤在當地（本埠）發行銷售，只有一些資本雄厚、印數較多的商業大報發行到外埠。近代鐵路和公路運輸成為孕育民國新聞業重要社會條件的意義不可忽視。

第二章　資產階級革命與民國新聞業孕育

　　1911 年 10 月 10 日晚，以「驅除韃虜，恢復中華」爲目標的辛亥反清武裝起義在湖北武昌爆發。11 日中午，一張由革命黨人起草並署「都督黎（元洪）」名的《中華民國軍政府鄂軍都督府布告》貼遍了武昌全城[1]，標誌著第一個以「中華民國」爲國號的地方政府「中華民國鄂軍都督府」（即「中華民國湖北軍政府」）正式誕生。中華民國第一任臨時大總統孫中山 1912 年元旦在南京正式宣誓就任，既標誌著「中華民國臨時政府」在南京正式成立，也標誌著「中華民國新聞業」的誕生和中國新聞事業的歷史正式進入「中華民國時期」。正如一個生命的誕生需要經過懷胎、發育和成長才能出生一樣，民國新聞業也是在中華民國成立前就開始起源、發育和成長了。

第一節　民國新聞業的起源

　　民國新聞業是特指在「中華民國」中央政府爲中國（國家）中央政府的歷史時期內存在、發展、變化和進步的社會新聞業。有關史料已經證明民國新聞業的起源與「中華民國」的創立者孫中山有直接而密切的關係。

一、孫中山早期宣傳維新思想的新聞活動

　　1886 年秋，孫中山進入亞洲最早的西醫院廣州博濟醫院（Canton Hospital）學醫，結識鄭士良和尤列。次年入雅麗氏醫院附設香港西醫書院繼續學醫。

1　李新主編：《中華民國史》第一卷（1894～1912）下，中華書局，2011 年版，第 631頁。

1889 年 10 月 18 日，香港《德臣西報》刊載香港西醫書院該年各科考試科目及學生考試成績，孫中山名列前茅。這是他的名字第一次在香港報紙出現。[1]1889 年在香港西醫書院求學期間，孫中山結識陳少白後，經常與陳少白、尤列、楊鶴齡等聚在一起大談反清言論，被時人稱為「四大寇」。

（一）在報刊上發表鼓吹改良的文章

1891 年起，孫中山開始在報刊上發表文章宣傳革命思想。這年農曆閏二月初八（3 月 27 日），孫中山在香港參與創立「教友少年會」，所撰《教友少年會紀事》[2]一文後發表在上海廣學會《中西教會報》1891 年第 5 冊。文章稱該會「之設，所以防微杜漸，消邪僞於無形，培道德於有基。集俊秀於一室，交遊盡屬淳良，備琴書於座右，器玩都成雅藝。從此耳濡目染，又不潛移默化，油焉奮興，發其苗於沃壤，結實以百倍乎」[3]1891 年前後，孫中山撰寫《農功》一文，後被鄭觀應輯入《盛世危言》流傳甚廣。1892 年澳門報紙發表孫中山《致鄭藻如書》[4]一文，這是他向曾任清廷朝官因病休居鄉的香山同鄉鄭藻如就農業、禁煙、教育等問題提出改良建議的一篇投書。

（二）棄醫從政成為職業革命家

1892 年秋，孫中山從香港西醫書院畢業後赴北京任職，因受兩廣總督衙門阻礙未果後赴澳門，得曹子基、何穗田和陳賡虞等資助，時年 12 月 18 日在澳門開設中西藥局，掛牌行醫。「在澳門開業，不及數月，求醫者日眾，不止華人信仰，即葡人亦多就先生診治。」一年多以後，因「欲物色熱心同志如鄭士良陳少白其人者，杳不可得」、「因之遂有易地廣州另創門面之意」、「當地葡醫因總理醫業興盛，遂提出禁止外籍醫生在澳門操業之議」及「總理早認澳門一地不能爲政治之活動」[5]等原因，孫中山 1893 年 9 月 25 日（農曆八月十六日）在《鏡海叢報》刊登署名「孫逸仙」的聲明廣告「啓者：本醫生

---

1 中山大學孫中山研究所、香港中文大學聯合書院：《孫中山在港澳與海外活動史蹟》，1986 年版，第 27 頁。
2 孫中山：《教友少年會紀事》，載《中西教會報》，1891 年第 5 冊。署名爲「後學孫日新稿」。
3 陳建明：《孫中山早期的一篇佚文——〈教友少年會紀事〉》，載《近代史研究》1987 年第 3 期。
4 方漢奇主編：《中國新聞事業通史》（第 1 卷），中國人民大學出版社，1996 年版，第 682 頁。
5 馮自由：《革命逸史》第 4 集，中華書局，1981 年重版，第 72～73 頁。

晉省有事，所有中西藥局事務統交陳孔屏兄代理。一切出入銀兩、揭借匯兌等件，陳孔屏兄簽名即算爲實，別無異言。」[1]標誌著孫中山放棄醫生的職業成爲職業資產階級革命家，成爲全身心投入反對封建君主專制制度實現其資產階級民主共和政治理想的開端。

二、孫中山革命活動與澳門《鏡海叢報》

　　1893 年 7 月 18 日，在葡萄牙殖民當局治下的澳門地區新創辦了一種名爲《鏡海叢報》的週刊。該刊由孫中山好友土籍葡人飛南第創辦。它既是一種普通的外國人在中國土地上創辦的新聞報刊，但又的確不是一種普通的由外國人在中國土地上創辦的新聞報刊。因爲中華民國的締造者孫中山直接參與了它的發行活動，因而使《鏡海叢報》的創辦成爲民國新聞業起源的標誌。

（一）孫中山與澳門《鏡海叢報》的關係

　　《鏡海叢報》[2]一八九三年七月十八日創刊。週刊。「叢報主人」爲澳門土生葡萄牙人佛朗西斯・飛南第（Francisco H.Fernades）。他在香港法院任翻譯時與在香港學醫的孫中山結識並成爲摯友。《鏡海叢報》同時出版中文和葡文兩個版別。中文版每期 6 頁，十六開紙印刷。鉛字排印。每號約可容納一萬餘字。葡文版名稱 ECHO MACAENSE・每期 4 頁，開本與中文版相當，用葡萄牙文報導新聞，也刊載中文商業廣告。1894 年前的葡文版刊名下印有中文「鏡海叢報」四字，「以顯示兩種版本的特殊聯繫。」[3]自 1895 年起，葡文刊名下不再印中文「鏡海叢報」漢字。《鏡海叢報》中文版於「大清光緒廿一年乙未十一月初十」（1895 年 12 月 5 日）停刊。葡文版在中文版停刊後仍繼續出版多年，停刊時間不詳。《鏡海叢報》葡文版有人譯爲《澳門迴聲報》，在著作中稱爲「飛南第創辦的《澳門土生回聲報》，即《鏡海叢報》葡文版，由飛南第家族的商務印刷公司印刷」。[4]1893 年出版的第 12 號《鏡海叢報》（中文版），第一版大欄目爲「目錄」、「代派紙之處」、「本報告白」和

1　陳錫祺主編：《孫中山年譜》（上冊），中華書局，1991 年版，第 65 頁。

2　澳門基金會和上海社會科學院出版社聯合出版的《鏡海叢報》影印本收集有 1893 年 7 月 18 日、11 月 28 日、12 月 19 日及 27 日出版的 4 號，1894 年 1 月至 9 月 19 日出版的各號俱無，1894 年 9 月 26 日至 1895 年 12 月 25 日的各號齊全。

3　費成康：《孫中山和〈鏡海叢報〉》。見澳門基金會、上海社會科學院出版社聯合出版的《鏡海叢報》（影印本）2000 年版，第 1 頁。

4　李長森：《近代澳門外報史稿》，廣東人民出版社，2012 年版，第 175 頁。

「嘉言」(每期內容不同)。第 2 版起用和第 1 版「目錄」、「本報告白」和「嘉言」字體、字號和版式的相同規格標出「中外報」、「省港報」和「本澳新聞」等新聞內容欄目,因此,《鏡海叢報》是一份綜合性的商業性新聞週刊。

1、《鏡海叢報》對孫中山行醫活動的報導

孫中山因求學、行醫等經常往來於香港、澳門和廣東香山,與《鏡海叢報》主人飛南第結下了親密友誼,因而與飛南第創辦的《鏡海叢報》也發生了密切關係。孫中山從香港西醫書院畢業後,要在澳門立足行醫,首先須得到主要由葡萄牙人壟斷醫院和醫療事業的澳門醫療界認可。《鏡海叢報》用相當篇幅和版面為孫中山在澳門醫療領域塑造影響,提升社會美譽度,以幫助孫中山獲得澳門醫療界的認可。《鏡海叢報》和《鏡海叢報》葡文版上多次刊載稱頌孫中山醫術高超、醫德高尚、醫效顯著的文字。如《鏡海叢報》創刊號在「本澳新聞:鏡湖耀彩」欄中介紹了經孫中山治癒的病人「陳宇」、「西洋某婦」、「賣麵食人某」、「大隆紙店兩件」、「某客棧之伴(妻)」、和「港之安撫署書寫人尤其棟」[1]等案例;又如駐守前山寨的廣州海防同知魏桓曾出資多次在《鏡海叢報》葡文版上刊載旨在稱頌孫中山高超醫技和醫術、對孫中山用高超醫術幫他解除「痔瘡」病痛的善行致以謝意和敬意的《神乎其技》,不僅是魏桓本人,此後他「家內男女老幼、上下人等亦皆信之不疑,請其醫治,或十數年之肝風,或數十年之腦患,或六十餘歲之咯血,均各奏效神速。」[2]還有自稱「鄉愚弟」的盧焯之、陳席儒、吳節筱、宋子衡、何穗田和曹子基等澳紳「同啟」廣而告之為孫中山在鏡湖醫院贈醫以外診治病人收費標準「釐定規條」的《春滿鏡湖》[3]等,一方面提升了孫中山在澳門醫界的美譽度,為診治更多病人創造條件,同時增加經營收入以支持革命活動,另一方面延展了孫中山在社會生活領域的美譽度,為開展革命活動增強社會公信力。另外,《鏡海叢報》自創刊號起就在第一版「代派紙之處」欄連續登載「石歧 西門外中西藥局」和「省城 雙門底聖教書樓」,這兩處均是孫中山開辦的藥店或醫館,連續刊登這兩處地點一是便於該報的發行推廣,二也是為孫中山的「中西藥局」和「孫醫館」做廣告。

1　《鏡海叢報》(新聞紙第壹號),1893 年 7 月 18 日刊印,第 5 頁。
2　魏桓:《神乎其技》,載:*ECHO MACAENSE-JULHO*. 25,1893(《鏡海叢報》(葡文版,又可譯作《澳門迴聲報》),1893 年 7 月 25 日。
3　盧焯之等啟:《春滿鏡湖》,載:*ECHO MACAENSE-AGOSTO*. 1,1893(《鏡海叢報》(葡文版,又可譯作《澳門迴聲報》),1893 年 9 月 26 日。

2、孫中山借助《鏡海叢報》宣傳社會改良思想

1895 年 11 月 6 日，孫中山在《鏡海叢報》「新聞紙第三年」第 60 號發表署名文章《農學序》[1]。文章先介紹「泰西諸國」普遍設立「耕值之會」「製器之會」、「貿易之會」的情況，然後說「今特創立農學會於省城」，「首以翻譯爲本，搜羅各國農桑新書，譯成漢文」；「設立學堂，造就其爲農學之師」；「以化學詳覈各處土產物質，著成專書，以教農民，照法耕植」，「開設博覽會，出重賞以勵農民」；「勸糾集資本，以開墾土地」[2]等，積極宣傳改良思想。

「曾在一八九二年的澳門報紙上發表」[3]的《致鄭藻如書》是《孫中山全集》第一卷首篇文章。新聞史學界也認定「現今查知的孫中山早期報刊文章，還有 1892 年發表於澳門報紙上的《致鄭藻如書》」[4]。澳門第一種近代報刊是 1827 年創辦的中英文合刊《依濕雜說》[5]，後因揭載官府陋規被政府禁辦。[6]第二種是 1833 年創辦的全英文報刊《澳門雜文篇》，僅出 4 期停刊。接著就是 1893 年創刊的《鏡海叢報》。叢報主人飛南第是土生葡人，祖輩幾代在澳門經營印刷業。如 1892 年澳門有中文報刊，《鏡海叢報》肯定不會說它是「澳門數百年來僅僅有一華報」[7]；「澳門自三百餘年以來，今始有鏡海叢報，自癸巳年六月而報始」[8]。專家認爲「《鏡海叢報》是澳門首份中文報刊之說當屬可信，一八九二年當地尚無中文報刊，孫中山的《上鄭藻如書》不可能在此時發表於澳門的（中文）報刊之上。現存《鏡海叢報》上載有數份給達官貴人的上

---

1 該文收入《孫中山全集》第一卷，文後落款爲「香山孫文上言」，篇名改爲《擬創立農學會書》。題下說明爲「此文爲興中會員區鳳墀（基督教會牧師，曾在德國柏林大學任教）執筆。當時孫中山正積極籌備武裝起義，倡立農學會含有掩護革命活動的作用。」（第 24 頁）

2 孫中山：《擬創立農學會書》。見《孫中山全集》第一卷，中華書局，1981 年版，第 1～3 頁。

3 孫中山：《致鄭藻如書》，載《孫中山全集》第一卷，中華書局，1981 年版，第 1 頁（頁下注釋）。

4 方漢奇主編：《中國新聞事業通史》（第 1 卷），中國人民大學出版社，1996 年版，第 682 頁。

5 早期如方漢奇《中國近代報刊史》（P13 頁）等對《依濕雜說》的記載多爲《依涇雜說》。據劉家林考證：「濕」字在《海國圖志》道光版作「濕」，光緒年版作「涇」，均爲「濕」之繁體。依劉說改記爲《依濕雜說》。劉家林：《中國新聞通史》（修訂版），武漢大學出版社，2005 年版，第 80 頁，注釋⑨。

6 史和等編：《中國近代報刊名錄》，福建人民出版社，1991 年版，第 227 頁。

7 黔中味味生：《危地論》。載《鏡海叢報》1894 年 12 月 26 日第 1～2 版。

8 佚名：《閒論》。載《鏡海叢報》1895 年 12 月 4 日第 1～2 版。

書，孫中山與該叢報又有極其密切的關係，如果《上鄭藻如書》確實於一八九二年左右首先在澳門的報紙上刊出，那麼就應是刊登於至今缺失了的數十號《鏡海叢報》之上。」[1]我們認爲這一分析是客觀且合理的。

3、《鏡海叢報》報導和傳播廣州反清起義消息

孫中山 1894 年 6 月由上海抵天津，投書李鴻章被「借辭軍務匆忙，拒絕延見」，「由是深知清廷腐敗無可救藥」[2]。11 月 24 日在檀香山主持成立宗旨爲「驅除韃虜，恢復中國，創立合眾政府」[3]的興中會。1895 年 2 月 21 日成立香港興中會，準備重陽節在廣州發動起義。廣州起義機關因洩密於 10 月 27 日被清廷官府破獲，陸皓東等被捕，孫中山換裝得以脫身抵澳。「廣州起義」失敗。

廣州起義失敗後第 3 天的 1895 年 10 月 30 日，《鏡海叢報》在「本澳新聞」欄用「謠言四起」的標題報導「港之華字報前禮拜復言聞有匪人謀奪廣州，由惠朝（潮）兩府招合死黨，伺機撲城。（九月）十一日（10 月 28 日）又登眾多人搭輪晉省，港差疑之阻禁，彼等多以投軍對（隊）。十二日（29 日）報又言，西報云邇日廣州紛紛謠傳，有人謀糾眾劫官爲不軌，是以港中初十晚有數十人附搭火船前赴省城，巡役見其形跡可疑，詢以往省何故，則言將赴安勇招募，其中有自言被人誘去者。巡役擬將扣留，及遍搜各人，身上均無挾帶鎗刃，始任登輪而去。」[4]眞是謠言四起，人心惶惶。

1895 年 11 月 6 日，《鏡海叢報》在「本澳新聞」欄「要電匯登」中報導「查得省垣雙門底王家祠內雲岡別墅有孫文即孫逸仙在內，引誘匪徒連籌劃策。即於初九日帶勇往捕。（孫逸仙）先經逃去，即拿獲匪黨程準陸號（皓）東二名」，「復於十一日早派勇前往貨船埔頭及各客棧嚴密查訪。未幾而香港夜火船保安由港抵省，船上搭有匪黨四百餘人。船內人疑其行跡，報知李令。正欲出隊截捕，已陸續散去，只獲得四十餘人。」客觀敘述了廣州起義準備到失敗的過程。告訴人們「孫逸仙等在省城雙門底王家祠內雲岡別墅籌劃起義，因洩密致使陸皓東被捕。一群「除暴安良」的人在頭目朱貴全和邱四帶領下從香港乘船去省城（廣州）準備起事，因風聲洩漏被官府查獲，起義因

1 費成康：《孫中山和〈鏡海叢報〉》。載澳門基金會、上海社會科學院出版社《鏡海叢報》（影印本）2000 年版，第 4 頁。
2 佚名：《中國革命運動二十六年組織史》，上海商務印書館，1948 年版，第 14 頁。
3 孫中山起草：《檀香山興中會盟書》。載《孫中山全集》第 1 卷，中華書局，1981 年版，第 20 頁。
4 佚名：《謠言四起》。載《鏡海叢報》1895 年 10 月 30 日第 6 版。

此失敗」這件事，並未誘導讀者對起義者生出惡感，客觀上幫助革命黨人宣傳了這次起義。

　　1895 年 11 月 27 日《鏡海叢報》又在「本澳新聞」欄用「事必再發」標題報導起義者在廣州起義失敗後的活動。該文第一句即是「食肉者鄙，其眞鄙矣！」然後說「現聞孫楊二人均赴外洋，餘黨散伏內地以待再舉。文有亂天下之才，所結黨眾半爲雄傑。況又有歐人助之，後患其可勝窮耶！」「又聞正法之三犯朱邱陸皆是出洋經商之人，其事也有勾串洋人同謀，在河南開張生理西商，某會由檀山來。前數日忽閉戶逃去，查其店內有空泥桶數個且有製造炸藥引遺，下人遂疑是謀逆黨人」，「又云杭州官巷口地方貼有無頭告示，皆誕妄不經，駭人聽聞，係即廣東匪黨中人來此傳播，示中蓋有印章，內有『平清王』。」[1]一方面用「食肉者鄙，其眞鄙矣」、「魏然八座尊（似喻爲泥菩薩），獨知食肉耶」等挪揄清廷各級官府和官員，另一方面則用「（孫）文有亂天下之才，所結黨眾半爲雄傑」、「朱邱陸皆是出洋經商之人」等稱頌孫中山等起義者才幹；廣州起義失敗後又「在附省近處製造炸藥」及「杭州官巷口地方貼有無頭告示」，尤其是告示「蓋有印章，內有『平清王』」。作者的「事必再發」既可理解爲「提醒」、「警示」，但對起義者而言更多是「預言」，且是充滿信心的「預言」。

三、民國新聞業起源於澳門《鏡海叢報》創刊

　　1892 年 7 月「（孫中山）先生畢業，曹（子基）、何（穗田）與港紳陳賡虞，資助先生在澳門組織中西藥局，掛牌行醫（在澳門草堆街 84 號）。」「（孫中山）先生初在廣州開業，懸牌於雙門底聖教書樓，書樓內進爲基督教堂，傳教士爲王質甫。東西藥局設於廣州西關洗基」，「（孫中山）先生又與香山南蓈鄉人程北海合資，在縣城石歧西門開設一間規模較小之藥局，亦稱東西藥局。以該藥局作爲在石歧發售西藥及診治病人的地方。」[2]

（一）孫中山參與《鏡海叢報》發行活動

　　1894 年 1 月，孫中山爲撰寫《上李鴻章書》曾「玩失蹤」十多天，使廣州東西藥局一度難以爲繼。1894 年 2 月 15 日，孫中山返回廣州，繼續在東西

1　佚名：《事必再發》，載《鏡海叢報》1895 年 11 月 27 日第 5 版。
2　嶺南大學編印：《總理開始學醫與革命運動五十週年紀念史略》，1935 年版，第 20 頁。

藥局開診。[1]《上李鴻章書》「定稿後，六月（1894 年）偕陸皓東赴天津向清朝直隸總督李鴻章投書。」[2]從此孫中山告別了苦學多年且創下良好口碑的醫學事業，走上了職業革命家道路。但他開辦的「雙門底聖教書樓」、「石歧西門東西藥局」等一直作爲《鏡海叢報》的「代派紙之處」。從 1893 年 7 月 18 日的「新聞紙第一號」到 1895 年 12 月 5 日的終刊號都是這樣。孫中山作爲當地名醫，把自己診所作爲《鏡海叢報》「代派紙之處」，表明他參與了《鏡海叢報》在廣州、香山和澳門等地的發行活動。

（二）孫中山是最早進行反清新聞宣傳的革命黨人

孫中山是最早進行反清新聞宣傳的資產階級革命黨人。他參加 1893 年 7 月創刊的《鏡海叢報》發行活動是有文獻記載的革命黨人最早的新聞實踐活動，也是他後來十數年反清新聞宣傳活動的起點。同一時期在新聞宣傳領域有較大影響的革命黨人如章炳麟，是 1896 年才因「有爲弟子新會梁啓超卓如與穗卿集資就上海做《時（務）報》，招余撰述，余應其請」[3]赴上海任《時務報》撰述始涉足新聞領域；陳少白更是 1900 年受孫中山指派到香港創辦興中會機關報《中國日報》才開始反清新聞宣傳活動，至於黃興則是 1902 年 5 月赴日本留學期間與陳天華等人創辦《遊學譯編》雜誌提倡民主主義。[4]

（三）孫中山領導的同盟會主導創建了中華民國

孫中山領導創建了「中華民國」。他在檀香山創設中國第一個資產階級革命團體興中會並制定「振興中華」宣傳口號和「驅除韃虜，恢復中國，創立合眾政府」政綱，親自領導興中會和其他革命小團體合併成立全國性資產階級革命團體中國同盟會被選爲總理，並制定「驅逐韃虜，恢復中華，建立民國，平均地權」及「三民（民族、民生、民權）主義」革命綱領，親自組織多次反清武裝起義並產生巨大影響，是公認的資產階級民主革命領袖。辛亥武昌首義勝利後成立的「中華民國鄂軍政府」基本是按照孫中山等人制定的《建國方略》組建的；湖北軍政府機關報《中華民國公報》在創刊首日即假託當時不在國內的孫中山之名發表《布告大漢同胞書》；他任「總理」的中國同盟會是創立「中華民國臨時政府」的主要政治力量，本人則在由各省代表

1　陳錫祺主編：《孫中山年譜》（上冊），中華書局，1991 年版，第 71 頁。
2　孫中山：《孫中山全集》第一卷，中華書局，1981 年版，第 8 頁。
3　章太炎：《章太炎自述》，人民日報出版社，2011 年版，第 7 頁。
4　徐友春主編：《民國人物大詞典》，河北人民出版社，1991 年版，第 1100 頁。

參加的「中華民國臨時政府首任大總統選舉會上以絕對優勢（孫中山 16 票，黃興 1 票）」當選首任「中華民國臨時大總統」。

　　「中華民國新聞史」研究的出發點和歸宿是「中華民國時期新聞業的發展歷史及其規律」。「中華民國」的誕生以孫中山當選並就任「中華民國（第一任）臨時大總統」爲標誌；孫中山不僅是中國最堅決的反清革命團體中國同盟會的政治領袖，而且是中華民國的「開國總統」（第一任臨時大總統），在長期革命實踐中一直堅定從事反清革命新聞宣傳，且他開始反清革命新聞宣傳活動遠早於其他資產階級革命黨人。因此，孫中山參與發行活動的《鏡海叢報》創刊應可視爲民國新聞業起源的標誌性時間點。

第二節　興中會時期的反清新聞宣傳活動

　　民國新聞業起源後，隨即進入孕育、成長階段。1893 年冬，孫中山與友人在廣州南園抗風軒聚會時提議創設以「驅除韃虜，恢復中華」爲宗旨的團體，得到大家贊同，但沒有組織起來。[1]1894 年 10 月孫中山赴檀香山，11 月 24 日在檀香山火奴魯魯成立中國歷史上第一個資產階級革命團體興中會。1895 年 2 月 21 日在香港成立興中會總部，確定「創立合眾政府」口號，鮮明表現了興中會反清鬥爭的資產階級性質，成爲中國資產階級民主革命的第一個綱領。[2]

一、興中會成立後孫中山的反清新聞宣傳活動

　　在檀香山期間，孫中山發起創立了中國第一個資產階級革命團體興中會，誓詞是「驅除韃虜，恢復中國，創立合眾政府，倘有二心，神明鑒察」。[3]興中會的建立標誌著近代中國民主革命運動的開始。[4]

（一）孫中山在檀香山的反清新聞宣傳活動

　　在檀香山期間，孫中山將華僑報紙《隆記檀山新報》的經理、編撰人員

1　李新主編：《中華民國史》第一卷（1894～1912）上，中華書局，2011 年版，第 83 頁。

2　李新主編：《中華民國史》第一卷（1894～1912）上，中華書局，2011 年版，第 88 頁。

3　孫中山：《孫中山全集》第 1 卷，中華書局，1981 年版，第 20 頁。

4　張憲文等：《中華民國史》第一卷，南京大學出版社，2005 年版，第 57 頁。

全部吸收進興中會，並以報館爲機關，秘密聚議，籌商進行。[1] 並在改組後的《檀山新報》發表《敬告同鄉書》一文，指出「向者公等以爲革命、保皇二事，名異而實同，謂保皇者不過藉名以行革命，此實誤也」[2]，公開向保皇派首領康有爲和梁啓超宣戰。保皇派報紙《新中國報》副主筆陳儀侃 12 月 29 日在《新中國報》發表《敬告保皇派同志書》對孫中山進行攻擊。孫中山 1904 年 1 月又在《檀山新報》上發表《駁保皇報書》長文予以反擊。

（二）孫中山在舊金山的反清新聞活動

孫中山 1904 年 4 月 6 日抵達舊金山。舊金山洪門致公堂大佬黃三德等和孫中山結爲至交，擁護反清革命，要求康有爲學生歐榘甲辭去《大同日報》總編輯，孫中山推薦馮自由爲《大同日報》駐日本記者。馮自由推薦劉成禺 1904 年初夏來到舊金山接任《大同日報》總編輯。[3]《大同日報》的「易幟」使革命派在美國大陸有了機關報。劉成禺接任總編輯的《大同日報》言論傾向發生根本轉變，「大倡革命排滿，放言無忌」[4]。該報駐日本記者馮自由提供革命派在日本活動的消息，劉成禺在報上特闢《革命橫議》一欄，專門發表鼓動反清革命言論，宣傳孫中山爲興中會確定的「驅除韃虜，恢復中華，創立民國，平均地權」政治綱領，在華僑中產生了很大影響。[5]

（三）孫中山在香港的反清新聞活動

1895 年 1 月下旬孫中山由檀香山返香港，正月初一（1 月 26 日）抵達。當晚乘夜船到廣州找到陳少白，次日晚偕之返港，覓所設立機關。[6] 2 月 21 日，香港興中會舉行成立會。[7]《香港興中會章程》提出「擬辦」的「利國益民」之事共有四件：設報館以開風氣之先，立學校以育人才，興大利以厚民生，除積弊以培國脈。其中「設報館以開風氣之先」位居其首，[8] 可見孫中山對「設

1　方漢奇主編：《中國新聞事業通史》，中國人民大學出版社，1996 年版，第 684 頁。
2　孫中山：《敬告同鄉書》，《孫中山全集》（第 1 卷），中華書局，1981 年版，第 230～233 頁。
3　方漢奇主編：《中國新聞事業通史》（第 1 卷），中國人民大學出版社，1996 年版，第 752 頁。
4　馮自由：《革命逸史》（第 4 集），中華書局，1981 年版，第 131 頁。
5　馬長虹：《民國國父孫逸仙》，九州出版社，2012 年版，第 94 頁。
6　陳錫祺主編：《孫中山年譜》上冊，中華書局，1991 年版，第 78～79 頁。
7　馬長虹：《民國國父孫逸仙》，九州出版社，2012 年版，第 35 頁。
8　孫中山：《香港興中會章程》，載《孫中山全集》第 1 卷，中華書局，1981 年版，第 21 頁。

報館」的重視。只是當時把注意力放在發動反清起義上而沒有提上議事日程。1895 年 10 月，孫中山在廣州《中西日報》上發表《擬創立農學會書》一文。文中稱「我中國衰敗至今，亦已甚矣！用兵未及經年，全軍幾至覆沒，喪師賠款，蒙恥啓羞，割地求和，損威失體，外洋傳播，編成笑談之資，雖欲諱之而無可諱也」；「若沾沾焉以練兵制械爲自強計，是徒襲人之皮毛，而未顧己之命脈也，惡可乎？意者當國諸公，以爲君子惟大者遠者之是務，一意整軍經武，不屑問及細事耶？」[1]文中「用兵未及經年，全軍幾至覆沒，喪師賠款，蒙恥啓羞，割地求和，損威失體，外洋傳播，編成笑談之資」；「沾沾焉以練兵制械爲自強計，是徒襲人之皮毛，而未顧己之命脈」；「當國諸公以爲君子惟大者遠者之是務，一意整軍經武，不屑問及細事」等語，反映孫中山對清政府強烈不滿和改變現狀的迫切願望。香港《德臣西報》認爲孫中山「政治性之文字」，「其於良政府而惡政府描寫極爲盡致，兩兩相較，自足使人知所去取，然而措詞至爲留意，雖彼狠若狼虎，善於吹求之中國官吏亦復無從指謫之。」[2]廣州起義失敗後，孫中山被迫流亡海外。先到日本神戶，後抵橫濱並組建興中會分會，還將《揚州十日記》、《嘉定屠城記》以及《明夷待訪錄》中的《原君》、《原臣》等揭露抨擊滿族貴族軍隊爲佔據中原大肆屠殺漢族人氏暴行的反清文獻，「交馮（鏡如）由文經號印刷萬卷送海外各埠」，在華僑中散發，以激起人們對清政府統治者的民族仇恨。這些活動「開了革命黨人利用小冊子宣傳反清革命思想的先河。」[3]

（四）孫中山「倫敦蒙難」及新聞活動

1896 年 10 月 1 日，孫中山抵達英國倫敦。10 月 11 日，孫中山被誘至中國公使館，遭到綁架並被幽禁。孫中山通過公使館的英國清潔工給英國好友康德黎醫生送了信。10 月 22 日，《倫敦環球報》以醒目標題披露了這一非法綁架案。英國外交部迫使清公使館翌日將孫釋放。[4]這就是孫中山「倫敦蒙

---

1 孫中山：《擬創立農學會書》，載《孫中山全集》第 1 卷，中華書局，1981 年版，第 24～26 頁。

2 香港《德臣西報》，1896 年 12 月 3 日。轉引自方漢奇主編：《中國新聞事業通史》（第 1 卷），第 684 頁。

3 方漢奇主編：《中國新聞事業通史》（第 1 卷），中國人民大學出版社，1996 年版，第 685 頁。

4 （美）徐中約：《中國近代史：1600～2000 中國的奮鬥》，世界圖書出版公司，2013 年版，第 343 頁。

難」事件。10 月 23 日下午孫中山獲釋，隨即在旅館接受各報記者十多人採訪。1896 年 10 月 26 日《倫敦與中國電訊報》（The London and China Telegraph）以《中國公使館的囚徒。一個奇異的故事——沙利斯堡勳爵進行干預》（A Prisoner at the Chinese Legation. A Strange story.—Intervention by Lord Salisbury）報導了這一政治事件。孫中山在談話中揭露了清廷爲撲滅反清革命活動採取卑鄙的欺騙、綁架、拘禁、剝奪行動自由等非法行爲；控訴清公使館對他「捆綁住」、「堵住嘴巴」、「裝入箱子」，「夜間用船運到中國」和如果不能把他偷偷運走「就在這裡把他殺死，將屍體加以防腐，再送回中國執行死刑」的無恥做法[1]。獲釋的第二天（10 月 24 日），孫中山又「投函各報館，以謝英政府及英報紙相援之情」，表示「予從此益知立憲政體及文明國人之眞價值，敢不益竭其愚，以謀吾祖國之進步，並謀所以開通吾橫被壓抑之親愛同胞乎！」[2]

孫中山從「倫敦蒙難」歷險中感受到輿論的力量，開始有意識利用報刊揭露和抨擊清政府的腐敗和惡政，爭取西方世界對他反清革命的理解和支持。1897 年 3 月 1 日，他在英國倫敦《雙週論壇》（Fortnightly Review）上發表《中國的現狀和未來——革新黨呼籲英國保持善意的中立》一文。文章認爲「歐洲人並沒有充分認識到腐敗勢力所造成的中國在國際間的恥辱和危險的程度，也沒有認識到中國潛在的恢復力量和她的自力更生的各種可能性」，而「大家經常忘記了中國人和中國政府並不是同義語詞」，所以「在對於中國人的行爲和性格做批評的時候，尤其是在估計到內部改良的機會的時候，便應當對於上面所說的事實給予應有的重視」；認爲「不完全打倒目前極其腐敗的統治而建立一個賢良政府，有道德的中國人來建立起純潔的政治，那麼，實現任何改進就完全不可能的。」呼籲「英帝國以及其他列強保持善意的中立」，「使得目前的制度讓位於一個不貪污的制度。」[3]對英國各界瞭解中國清政府的腐敗和孫中山反清革命的合理性具有積極意義，並產生了較大影響。

1 孫中山：《與倫敦各報記者的談話》，轉引自《孫中山全集》第 1 卷，中華書局，1981 年版，第 30～32 頁。

2 孫中山：《倫敦被難記》，轉引自《孫中山全集》第 1 卷，中華書局，1981 年版，第 85 頁。

3 Sun Yat Sen：《China's Present and Future; The Reform Party's Plea for British Benevolent Neutrality》，載《雙週論壇》（Fortnightly Review），新編號第 61 卷第 363 期（倫敦 1897 年 3 月 1 日英文版）。轉引自轉引自《孫中山全集》第 1 卷，中華書局，1981 年版，第 87～106 頁。

該文同年還被譯成俄文載於俄國彼得堡《俄國財富》第 5 期上。[1]「離開倫敦的時候，孫（中山）先生再也不是滿清王朝一個簡單的造反者了，他已經成了一個眞正的革命黨！」[2]「倫敦蒙難」的經歷使孫中山「對於報紙左右社會之力量，至能達成政治力量所未能完成之任務，有身受其惠之深切認識，而覺革命主義之借報紙宣傳，收效必能速於置郵，是無疑也。」[3]

二、興中會機關報《中國日報》的反清革命宣傳活動

興中會成立後，孫中山往返於粵、港、日之間，積極籌備反清武裝起義但屢屢失敗後，決定從宣傳入手擴大其革命活動影響。1900 年 1 月 25 日（光緒二十六年（己亥）十二月二十五日），興中會機關報《中國日報》在香港正式創刊。因港英當局在 1895 年廣州起義失敗後禁止孫中山入境，陳少白在創辦《中國日報》過程中發揮了重要的作用。

（一）興中會機關報《中國日報》的創刊

1899 年農曆三月（公曆 4～5 月）「少白與先生商量，不宜死守日本，欲回香港辦一間報館，以文字鼓吹革命同時兼作革命機關。先生遂以彭西所贈日金十萬元交陳少白，作爲辦報基金。[4]」即陳少白提出創辦《中國日報》動議，孫中山派陳少白去香港辦報，具體由陳少白負責。陳少白得知「港中有一新聞社，名曰《通報》[5]，今已不能支持，甚欲退手。弟已與之有成約，允接受之。」陳少白擔任《中國日報》和《中國旬報》報社社長和主編，化名「陳少南」任報紙發行人，同時作爲分管報務經營的文裕堂印務公司經理，在經費上勉力支持《中國日報》，直到文裕堂印務公司 1906 年 8 月破產、《中國日報》社改組，他才辭去社長職務[6]。「儘管新股東推選馮自由任報社社長，但他仍負監督之責。」[7]

---

1 《孫中山全集》第 1 卷，中華書局，1981 年版，第 87 頁（注釋）。
2 馬長虹：《民國國父孫逸仙》，九州出版社，2012 年版，第 53 頁。
3 胡道靜：《中國國民黨黨報溯源》，載《新聞史上的新時代》，（上海）世界書局，1946 年版，第 29 頁。
4 陳少白：《興中會革命史要》，中國文化出版社，1936 年版，第 83 頁。
5 此處所稱《通報》疑爲《香港通報》的簡稱。見史和等編《中國近代報刊名錄》，262 頁。
6 陳少白（1869～1934），廣東新會人。名聞韶，號夔石，或作葵石，後改號少白，筆名黃溪、天羽等。
7 方漢奇主編：《中國新聞事業通史》（第 1 卷），中國人民大學出版社，1996 年版，第 690 頁。

孫中山爲向世人昭告興中會「驅除韃虜，恢復中華」的政治目標，取「中國者，中國人之中國也」[1]之義把機關報定名爲《中國日報》。同時出版日報和旬報，以求兼收日報、期刊之長。1900 年 1 月到 1906 年 8 月由陳少白任社長兼總編輯，協助他工作的有王質甫、楊肖歐、陳春生、鄭貫公、廖平庵、盧信、陳詩仲、黃詩仲、洪孝衷、陸伯周、黃魯逸、王軍演、盧少岐、丁雨寰等人，均是興中會活動分子。1906 年 9 月《中國日報》改組，由馮自由任社長。1910 年 2 月，馮自由離開《中國日報》由謝英伯接任社長。1911 年 6 月移交給盧信。先後擔任主編的有陸伯周、黃魯逸、鄭貫公等。1913 年 8 月被查禁。[2]《中國日報》的創辦在中國資產階級革命歷程中具有里程碑的意義。中國同盟會機關報《民報》所載《代派中國日報廣告》中稱之爲「中國革命提倡者之元祖」[3]。

（二）《中國日報》的主要內容和版面創新

《中國日報》每天早晨出版「大小二張」（4 開一張半共 6 版，後增加爲4 開兩大張 8 版），包括新聞和廣告。設有論說、評論、國內新聞、外國新聞、廣東和香港新聞、要聞、來稿、來件、電報等欄目。該報很重視政論，「論說」欄每天有編者自撰言論以「抒該本報主筆之意見，亦所以令閱者比較各報意見之異同。[4]」在創辦之初還「日撰英文論說一通，附錄報紙，俾供洋人快睹。」[5]《中國旬報》由楊肖歐、黃魯逸主編，約晚於日報兩個月創刊，每月三期，逢五「刊派一帙」，每期約一萬二千字，內分「論說」、「中外新聞」和「中外電音」等欄。第七期起增闢專載國內簡明新聞的「視聽錄」、專載國際簡明新聞的「衡鑒錄」、專載會黨方面消息的「黨局」及專載文學科學小品的「雜俎」等欄目。旬報從第十一期起把「雜俎」欄改爲「鼓吹錄」，專刊文學作品，內容有粵謳、南音、曲文、院本、班本等。1901 年 3 月《中國旬報》停刊，「鼓

---

1 孫中山此處的「中國人」是特指「漢族人民」而不包括「滿族人」。所謂「中國者，中國人之中國」的意思是「中國是漢族人統治的中國」。這和他在 1897 年發表的《中國的現在和未來》中所言「帝位和清朝的一切高級文武職位都是外國人佔據著的」的思想是一致的。

2 史和等編：《中國近代報刊名錄》，福建人民出版社，1991 年版，第 86 頁。

3 《代派中國日報廣告》，載《民報》（東京）1908 年 2 月 25 日。

4 《中國日報》館：《謹擬各報館公共章程》轉引自《大公報》（天津）1902 年 9 月27 日。

5 《中國報序》載《中國旬報》（東京）1900 年 1 月 25 日。

吹錄」即移入日報，成為報紙的文學副刊。[1]中文報紙排印歷來直行長行，陳少白覺得日本報紙「橫排短行」更便閱讀，故《中國日報》「始仿日本報紙作橫行短行」。香港、廣州、上海等地中文報紙紛紛傚仿，後人稱為「報式之革命」。

（三）《中國日報》的反清新聞宣傳及社會影響

在《中國日報》剛創刊的半年左右時間，因「不審英人對華政策所在，一時未敢公然高唱革命排滿之說」[2]，不但公開宣布的辦報宗旨未能跳出「改良維新」套話，內容也是「既有宣傳民主革命，又有宣傳改良主義的思想」，給人以「政治主張較混亂」的感覺。[3]此後反清革命態度日益明顯，報刊言論日趨激烈，鼓吹「非我族類，其心必異」，公開用「革命」等字樣，把「朝廷」稱「滿政府」，揭露清政府腐敗無能和官員賣國罪行，鼓動人們反對清朝統治的革命情緒；報導內地革命黨人的反清革命活動和武裝起義（如 1900 年廣州惠州起義和 1903 年上海「《蘇報》案」等）以鼓舞海外革命黨人信心和勇氣；宣傳革命黨人和中國留日學生在海外的反清革命活動（如 1902 年在東京舉行的「支那亡國二百四十二年紀念大會」等）以向國內傳遞海外反清革命運動發展的趨勢；通過與保皇派報紙（廣州《嶺南報》及梁啟超主編的《新民叢報》等）的論戰，消解和抵沖保皇派輿論對反清革命運動的抵抗。所載反清革命文稿主要有章太炎所撰的《請嚴拒滿蒙人入國會狀》、《解辮髮說》和章太炎執筆的《支那亡國二百四十二年紀念大會宣言書》以及《清宮近況與中央政府之前途》、《時局圖題詞》、《中外關係論》等。在中國同盟會機關報《民報》1905 年 11 月創刊前，《中國日報》成為發表反清革命言論和傳播反清革命思想最重要的陣地。

興中會機關報《中國日報》的反清革命新聞宣傳迅速帶動了東南亞地區反清新聞宣傳活動。當時較有影響的是新加坡陳楚楠和張永福 1904 年春在新加坡創辦的《圖南日報》。報館在新加坡福建街二十一號。總理陳楚楠，名譽編輯尢列（以「吳興季子」筆名作《發刊詞》）、原香港《中國日報》記者陳詩仲任主編。黃伯耀、康蔭田、何德如、胡伯鑲、邱煥文等分任撰述譯務。以「倡世界之公益，誘民智之開通」為宗旨，設有中外歷史、各埠新聞、本

1　方漢奇：《中國近代報刊史》，山西教育出版社，1991 年第 4 次印刷，第 159 頁。

2　馮自由：《革命逸史》（上），金城出版社，2014 年版，第 54 頁。

3　史和等編：《中國近代報刊名錄》，福建人民出版社，1991 年版，第 86 頁。

埠新聞、專件、訊案、諧文、雜組、粵謳、班本、詩詞、小說等欄目[1]，爲「南洋華僑革命黨機關報之鼻祖」。因「其時風氣未開，各商店多視爲大逆不道，群起反對，且嚴誡其子弟夥友不許購讀，故出版多日，仍難推銷，僅作宣傳性之贈送品而已。至乙巳年（1905 年）冬，遂不得已宣告停刊。」[2]

三、中國留學生在日本的反清新聞宣傳活動

隨著資產階級革命派《中國日報》的反清革命宣傳逐漸深入人心，在日本的中國留學生出現了一股積極參與反清革命宣傳的力量。他們通過創辦報刊、發表言論進行革命宣傳，成爲當時中國資產階級革命宣傳的重要組成部分。

（一）中國留日學生創辦的第一份政治性刊物《開智錄》

中國留日學生創辦的第一個政治性刊物是「開智會」機關刊《開智錄》半月刊亦稱《開智會錄》。庚子年（1900 年）夏秋間創刊於日本橫濱[3]。該刊「以開民智爲宗旨，倡自由之言論，伸獨立之民權，啓上中下之腦筋，採中東西之善法。」[4]創辦者鄭貫公[5]和馮自由、馮斯欒等係梁啓超在東京所辦高等大同學校學生。所以《開智錄》由保皇派《清議報》館代爲印刷發行，1900 年 12 月 22 日改鉛印，稱「改良第一期」，所載《戲爲十八省秀才討康有爲檄》以「戲說」筆調直接向保皇派首領康有爲宣戰[6]。各地華僑因《開智錄》「文字淺顯，立論新奇，多歡迎之，尤以南洋群島爲最。美洲保皇會因黨務頗受此報影響，特致書橫濱保皇會，指問宗旨不同之故。《清議報》經理馮紫珊遂不許《開智錄》在該報印刷，並解除鄭（貫公）編輯之職。」[7]1901 年 3 月 20 日停刊，共出 6 期。《開智錄》創辦者鄭貫公在 20 歲到 26 歲的 6 年間先後創辦過《開智錄》（日本橫濱）、《世界公益報》（廣州）和《廣東日報》（廣州，

1　史和等編：《中國近代報刊名錄》，福建人民出版社，1991 年版，第 226 頁。

2　馮自由：《革命逸史：新加坡圖南日報》（上），金城出版社，2014 年版，第 115～118 頁。

3　劉家林：《中國新聞通史》（修訂版），武漢大學出版社，2005 年版，第 183 頁。

4　《本會錄告白》載《開智錄》（改良第一期），1900 年 12 月 22 日。

5　鄭貫公（1880～1906），原名道，字貫一，筆名自立，仍舊，鄭哲等。註：許翼心《近代報業怪傑　文界革命先鋒》（載《學術研究》2007 年第 7 期）據馮自由《革命逸史》第三集確認政治小說《瑞士建國志》作者「鄭哲」即「鄭貫公」，故增加「鄭哲」爲其筆名。

6　方漢奇主編：《中國新聞事業通史》（第 1 卷），中國人民大學出版社，1996 年版，第 707 頁。

7　馮自由：《革命逸史》（上），金城出版社，2014 年版，第 72 頁。

文藝副刊《無所謂》後改名《一聲鐘》）及《惟一有趣有所謂》（廣州，簡稱《有所謂》報）等多種報刊，主編過《中國旬報》及《中國日報》文學副刊《鼓吹錄》等，後人譽為「才華橫溢的革命報人」[1]。

（二）以譯介西方資產階級政治學說為特色的《譯書彙編》

1900 年 12 月，《譯書彙編》在日本東京創刊，是留日學生團體勵志會的機關刊物。創辦者為戢翼翬[2]等人。該刊是一份以輸入西方資產階級政治學說，促進國內尤其是青年人思想進步進而推動社會政治變革為宗旨和特色的留學生刊物。特點是通過翻譯介紹西方資產階級政治學者經典著作的方式向國內讀者介紹西方資產階級民主思想，以推動國內思想界的轉變。其譯載的西方資產階級學者的政治學名著如盧梭的《民約論》、約翰穆勒的《自由原論》、斯賓塞的《代議政體》和孟德斯鳩的《萬法精理》等，受到國內青年學生的歡迎。從第二年第 9 期起改為「以著述為主，編譯為輔」。1903 年改名為《政法學報》，出版至當年的第 11 期停刊。

（三）最早具有鮮明反清革命傾向的《國民報》

1901 年 5 月 10 日創刊於日本東京《國民報》是中國留日學生創辦的第一批刊物中最早具有鮮明反清革命傾向的政論刊物。總編輯為秦力山[3]，發行人為著名華僑馮鏡如（英文 Kingsell，漢譯「京塞爾」，馮自由之父）。參加編輯和撰稿的有沈翔雲、戢翼翬、雷奮、楊廷棟、王寵惠、馮自由、張繼等人。創刊時孫中山曾捐助印刷費一千元。[4]設有社說、時論、紀事、譯編、答問和西文論說等欄目。印刷 2000 多份，主要從上海輸入國內。態度鮮明，言論尖銳。不但揭露帝國主義在中國毫無顧忌的侵略活動，且指出造成帝國主義侵略和掠奪的根源是清政府專制賣國和腐敗無能；對康梁「保皇扶滿」改良主義予以迎頭痛擊。第 4 期上刊載的章太炎《正仇滿論》一文，是革命派在報刊上向保皇派進行論戰放出的第一槍。[5]言論指出「二千里山河已為白種殖民

---

1 方漢奇主編：《中國新聞事業通史》（第 1 卷），中國人民大學出版社，1996 年版，第 701 頁。

2 戢翼翬（1878～1907），字元丞，湖北房縣人。

3 秦力山（1877～1906），名鼎彝，字力山，別名遁公，鞏黃。祖籍江蘇吳縣，後遷湖南長沙。

4 陳玉申：《晚清報業史》，山東畫報出版社，2003 年版，第 181 頁。

5 方漢奇主編：《中國新聞事業通史》（第 1 卷），中國人民大學出版社，1996 年版，第 709～710 頁。

地，四萬萬黃種已爲歐人注籍之奴」，抨擊「清國云者，一家之私號，一族之私民也」（《亡國篇》）；呼籲「倒舊政府而建新政府」（《中國滅亡論》）；質問朝廷「民權之集，是爲國權，民而無權，國權何有？」並大膽預言「雍之愈甚者，潰之愈猛，壓之愈暴者，激之愈烈。今日我國受數重奴隸之壓抑，亦云至矣。物極必反，惟理之常」（《二十世紀之中國》），在宣揚民族意識、灌輸民主思想方面相當出色。後因馮鏡如背離興中會與梁啓超合流，《國民報》出版4期，同年8月10日終刊[1]。

（四）留日女學生創辦最早的革命刊物《白話》月刊

秋瑾[2]主編的《白話》月刊是中國留日學生所辦革命刊物中最早由女性創辦的刊物，1904年9月24日在日本東京創刊。社址在中國留學生會館內（日本東京神田區駿河臺鈴木町18番地）。編輯及發行人署「演說練習會」，總經銷爲「上海小說林社」。秋瑾不光擔任該刊的主編，而且用眞名「鑒湖女俠秋瑾」和「少年主人」等筆名發表了大量的文章。該刊設有論說、教育、歷史、實業、地理、理科、時評、談叢、小說、歌謠、戲曲、傳記、來稿等欄目。內容主要是日本東京演說練習會中的演講稿以及一些關於興辦實業的資料。先後共出版了6期。[3]

（五）留日學生同鄉會創辦的反清革命刊物

中國留日學生創辦的第一批政治刊物中除《開智錄》、《譯書彙編》、《國民報》以及《白話》等跨地區的刊物外，還有一些由地區性學生團體創辦，如：

《遊學新編》月刊，1902年12月14日創刊於日本東京，湖南留日同鄉會主辦，第一個留日學生同鄉會刊物。主編楊毓麟。1903年11月3日停刊，出版至第12冊。

《湖北學生界》月刊，1903年1月29日創刊於日本東京，湖北留日學生主辦，是第一個以省區命名的留學生革命刊物，創刊號編輯兼發行人署王璟芳，尹援一。第6期改名爲《漢聲》，1903年9月21日出至第7、8期合刊後停刊。

1　程曼麗：《海外華文傳媒研究》，新華出版社，2001年版，第55頁。
2　秋瑾，字璿卿，號兢雄，自署鑒湖女俠，漢俠女兒。筆名有少年主人、愛群、強漢、釣天、惟我主齋、鐵肝生等。浙江山陰今紹興人，出生於福建閩侯。
3　史和等編：《中國近代報刊名錄》，福建人民出版社，1991年版，第124～125頁。

《直說》月刊，1903 年 2 月 13 日創刊於日本東京。直隸留學生主辦。杜義等主編。刊名有「直隸人所說」和「直言不諱」之雙關含意。僅見兩期。

《浙江潮》月刊，1903 年 2 月 17 日創刊於日本東京。浙江留日同鄉會編輯出版，孫翼中主編。魯迅曾爲該刊撰稿，約在 1903 年底停刊。

《江蘇》月刊，1903 年 4 月 27 日創刊於日本東京。江蘇旅日同鄉會的留學生編輯發行。秦毓鎏主編。1904 年 5 月 15 日出版第 11、12 期合刊後停刊等等。

四、革命黨人在國內的反清新聞宣傳

中國資產階級革命黨人是一個具有反清革命的共同目標但缺乏統一組織體系的政治派別。較有影響的革命黨人團體有以黃興、宋教仁爲首領的華興會、蔡元培爲會長的光復會及以孫中山爲總會長的興中會等。在孫中山領導興中會以日本爲主要基地進行反清新聞宣傳的同時，其他反清革命志士及團體則在國內上海等地進行反清革命宣傳活動，對辛亥革命的醞釀同樣起到了重要的作用。

（一）革命黨人在上海地區的反清革命新聞宣傳

20 世紀初國內反清革命宣傳不能不說 1903 年「《蘇報》案」。其中最讓人稱道的是章太炎和鄒容。前者獲得「有學問的革命家」之譽，後者因瘐死監獄名揚千古。但他們只是《蘇報》所載鼓吹反清文章的作者。《蘇報》館老闆是因教案落職的前江西鉛山知縣陳範[1]。他滯居上海後因「憤官場之腐敗，思以清議救天下」[2]。1900 年從胡璋手裏購得其以日籍妻子生駒悅名義在上海日本領事館註冊的「日商」報紙《蘇報》。1902 年冬《蘇報》闢《學界風潮》欄刊載國內外愛國學生運動消息。中國教育會爲安置從日本退學回國學生於同年 11 月成立愛國學社，時年冬成立愛國女校，陳範名列其中並參與其事。[3] 愛國學社成立後，《蘇報》成爲陳範和愛國學社的合作平臺，報紙上接連發表《釋仇滿》、《漢奸辯》、《代滿政府籌御漢人策》等鼓吹反清文章。1903 年 5 月章士釗被陳範聘爲《蘇報》主筆後，連續發表《康有爲》、《密諭嚴拿留學生》、

---

1 陳範（1860～1913），原名彝範，字叔疇，號夢坡。祖籍湖南衡山，出生成長在江蘇常州。
2 蔣慎吾：《興中會時代上海革命黨人的活動》，《民國叢書》第 2 編，上海書店，1989年版，第 206 頁。
3 臧秀娟：《陳範與〈蘇報〉》，載《常州日報》，2011 年 8 月 2 日。

《讀〈革命軍〉》和《康有為與覺羅君之關係》等具有強烈革命色彩的文章，既揭露帝國主義的侵略，又打清朝政府的臉面，也剝了康梁保皇派畫皮，在鼓吹反清革命宣傳上獨領風騷，成為一家影響巨大的革命報紙[1]。從章士釗接任《蘇報》主筆到被查封的 7 月 7 日這前後 40 餘天，「是《蘇報》最為輝煌燦爛的時期。」[2]《蘇報》被租界當局查禁滿月的 8 月 7 日，章士釗主編的《國民日日報》在英租界二馬路中士街創刊。謝曉石出資，發行人盧和生。以發行人高茂爾（A‧Gomoll）名義在英國領事館註冊。[3]設社說、講壇、外論、中國警聞、政海、學風、實業、短批評、世界要事、地方新聞、新書評薦等近 20 個欄目和副刊《黑暗世界》（連橫編輯）。通過對「《蘇報》案」連續跟蹤報導和發表章士釗的《蘇報案》長篇述評等，控訴清政府對《蘇報》及章太炎、鄒容的迫害，激發民眾反清革命情緒；但該報不追求「爆炸性之一擊」的轟動宣傳效應，採取以古諷今手法，嘲諷清政府及康梁保皇派拙劣表演。為此清廷「上海縣正堂　汪」根據清廷兩江總督魏光燾、上海道袁樹勳指令在《申報》登載《嚴禁國民報示》稱「國民報妄登邪說，煽惑人心，一體示禁」，並威脅說「自示以後，不准買看國民日報。如有寄賣該報者，一經查出，定於提究不貸。」[4]在清廷壓迫下，同年 12 月 4 日停刊，出報至 118 號。

　　《蘇報》成為宣傳革命思想最具影響力的報紙與愛國學社有密切關係。愛國學社總理是蔡元培[5]。當時東北地區主要危險是沙皇俄國。它強迫清政府簽訂諸多不平等條約，成為瓜分中國最兇狠的操刀手。在「《蘇報》案」後，蔡元培因愛國學社活動被迫輾轉青島、日本、紹興、上海等地，不久回上海組織「對俄同志會」，參與創辦該會機關刊物《俄事警聞》（王小徐主編）。1904年 2 月 26 日改名為《警鐘日報》，宣稱以「宣傳民主，恢復民權，反對專制」為宗旨，設有時評、國內要聞、地方新聞、報東警聞、學界紀聞和國外紀聞等欄目。抨擊清政府封建等級制度，指責政府外交失敗和官場腐敗，尤其是以編發孫中山致友人書的方式第一次向國內公布了「驅逐韃虜，恢復中華，

1　吳廷俊：《中國新聞史新修》，復旦大學出版社，2008 年版，第 110 頁。

2　方漢奇主編：《中國新聞事業通史》（第 1 卷），中國人民大學出版社，1996 年版，第 726 頁。

3　方漢奇主編：《中國新聞事業通史》（第 1 卷），中國人民大學出版社，1996 年版，第 739 頁。

4　《嚴禁國民報示》，載上海《申報》，1903 年 10 月 27 日。

5　蔡元培（1868～1940），字鶴卿，又字仲申、民友、孑民，浙江紹興山陰縣人。

創立民國，平均地權」的資產階級革命綱領。1905 年春因抨擊德國侵佔我山東權力，被德國駐滬領事館串通清廷上海道袁樹勳通過上海公共租界當局於 1905 年 3 月 25 日強行查封。[1]

　　為向普通民眾通俗宣傳反清革命主張，一些進步報人開始創辦用「白話」講述新聞，宣傳資產階級革命思想的大眾化報刊。傑出代表之一是林獬[2]。早年曾參加林琴南 1895 年 7 月創辦的《杭州白話報》月刊，1903 年 12 月 19 日在上海主持創辦《中國白話報》半月刊，中國白話報社編輯，境今書局發行。在上海、寧波、天津、武昌、漢口、長沙、江西、南京、香港、成都、無錫、開封、福州、南昌等均有代派處。設有論說、歷史、傳記、地理、學說、新聞、教育、實業、科學、批評、小說、戲曲、歌謠、談苑、選錄、來稿等欄，曾刊載過《鄭成功傳》、《揚州十日記》等反滿作品[3]。第 13 期後改為旬刊。1904 年 10 月 8 日停刊，出報至 24 期。這份「公開鼓吹以暴力推翻帝制」的革命派報紙，用白話文向讀者宣傳反滿革命思想、資產階級民主革命思想和團結禦侮思想，[4]對喚醒民眾支持資產階級反清革命具有積極的意義。

　　在革命黨人創辦政論報刊宣傳資產階級民主思想、鼓動民眾反清革命情緒、為辛亥革命運動營造社會輿論氛圍的浪潮中，在政論報刊方面做過嘗試的有陳去病[5]和他主編的《二十世紀大舞臺》，走出了「以文藝形式宣傳革命思想」的另一條路。1904 年 10 月在上海創刊。上海大舞臺叢報社編輯及發行。主辦人有陳去病、汪笑儂、熊文通、陳競全、孫寰鏡、孟崇軍等。設有論說、傳記、小說、傳奇、班本、叢譚、詼諧、文苑、歌謠、批評、紀事、譯編、雜錄、調查、答問等欄目。[6]該報以「改革惡俗，開通民智，提倡民族主義，喚起國家思想為唯一目的」，具有鮮明和強烈的革命精神。既是「中國最早的戲劇雜誌，也是中國最早的革命文學期刊」[7]，原定每月出二冊，但僅出兩期

1　方漢奇：《中國近代報刊史》，山西教育出版社，1991 年版，第 258 頁。

2　林獬（1874～1926），名獬，又名萬里，字少泉，號宣樊，又號退室學者，筆名白水、白話道人等。後以「白水」聞世。福建閩侯人。

3　史和等編：《中國近代報刊名錄》，福建人民出版社，1991 年版，第 87～88 頁。

4　方漢奇：《中國近代報刊史》，山西教育出版社，1991 年版，第 266 頁。

5　陳去病（1874～1933），原名慶林，字伯儒、百如、巢南，又字佩忍。號侶倩、巢南、垂虹亭長。晚號勤補老人。筆名季子，有嫣血胤、南史氏、大哀、天方、法忍、老衲、拜波、病倩、病禪、醒獅、南巢子、東陽令史子孫、伯雷等。

6　史和等編：《中國近代報刊名錄》，福建人民出版社，1991 年版，第 30 頁。

7　方漢奇：《中國近代報刊史》，山西教育出版社，1991 年版，第 259 頁。

就被清政府查禁。因其以文學（戲劇）內容宣傳革命思想，在這一階段革命黨人報刊中獨樹一幟。

（二）革命黨人在蘇浙皖地區的反清革命宣傳

由於革命黨人在上海反清革命宣傳活動的影響和輻射，上海周邊地區的反清革命宣傳刊物也陸續出現，其中值得一提是高旭[1]等創辦的《覺民》雜誌。《覺民》月刊，1903 年 11 月 13 日創刊於江蘇金山張堰鎮。[2]覺民社編輯發行。高旭（天梅）主編[3]。以青年學生為主要讀者。聲稱以「輸入文明」、「掃除千年之蠻風」，使國民「知合眾愛國之理」為宗旨。主要撰稿人有黃節、陳家鼎、包天笑、顧石靈、馬君武、劉師培、馬一浮等人。設有論說、哲理、教育、軍事、衛生、傳記、時局（後改為「時評」）、小說、談叢、雜錄、尺素、文苑以及青年思潮等欄目，曾刊載《敬告我國民》、《為種流血文天祥傳》及《獅子吼》等充滿民族主義思想的文章；指斥康梁保皇派的「歸政、復辟、立憲、保皇」宣傳是「迂拙」，鼓動民眾投入反清革命，在當時當地有較大影響。

在採用口語（白話）宣傳反清革命思想和普及近代科學知識方面，後來成為中國共產黨第一代領袖的陳獨秀[4]創辦主編的《安徽俗話報》也有一定影響。陳獨秀 1901 年因反清宣傳受通緝逃亡日本留學。先後參加青年會、拒俄義勇軍和軍國民教育會等。1903 年因與鄒容等人剪去清廷駐日本東京學監姚文甫的辮子被遣送回國[5]。同年 5 月組織愛國會。同年 8 月在章士釗創辦並主編的《國民日日報》任編輯。1904 年 3 月 31 日在安徽安慶創辦並主編《安徽俗話報》半月刊，不久遷往安徽蕪湖出版。報館總發賣所設在蕪湖長街科學圖書社，[6]編輯有房秩五等。以「救亡圖存、開通民智」為宗旨，設有論說、要緊的新聞、本省的新聞、歷史、地理、教育、實業、小說、詩歌、閒談、行情、要件、來文等欄目。先後發表《亡國論》、《說愛國》等論說，進行反

1　高旭（1877～1925），字天梅，以字行。別署劍公、純劍、哀蟬、變雅樓主、殘山剩水樓主人、家祖國者、江南快劍等，江蘇金山（今屬上海市）人。

2　史和等編：《中國近代報刊名錄》，福建人民出版社，1991 年版，第 271～272 頁。

3　方漢奇：《中國近代報刊史》，山西教育出版社，1991 年版，第 261 頁。

4　陳獨秀（1879～1942），字仲甫，號實庵，筆名眾多，如三愛、獨秀、隻眼等。安徽懷寧人。

5　方漢奇主編：《中國新聞事業通史》（第 1 卷），中國人民大學出版社，1996 年版，第 791 頁。

6　胡小平：《民國新聞史》，青海人民出版社，2008 年版，第 50 頁。

清革命和資產階級民主思想宣傳，結合安徽乃至蕪湖事例，揭露控訴列強掠奪我國礦產資源的罪行。因文章語言通俗，民眾讀者愛讀喜傳，最高發行量達三千多份，3～6期還曾補印3版。銷數居海內白話報之冠。[1]

（三）革命黨人在國內其他地區的反清新聞宣傳

廣州是在鴉片戰爭後中國最早被迫開放的五大口岸之一，也是較早受「西風」影響的城市。20世紀初，廣州開始出現鼓吹西方近代科學和思想的報人。其中最有影響的報人是謝英伯[2]。1902年在廣州創辦《亞洲日報》任總編輯。該報設有諭旨恭錄、督憲轅報、督憲牌示、臬司牌示、論說、本省新聞、中外新聞、西報錄要、各行告白、貨價行情、邸鈔恭錄等欄目。內容兼顧社會各方關注，既有滿足商品貿易需要的「各行告白」和「貨價行情」欄目，又設傳遞朝政新聞的「諭旨恭錄」、「督憲轅報」、「督憲牌示」、「臬司牌示」欄目，還設傳播社會新聞的「論說」、「本省新聞」、「中外新聞」和「西報錄要」等欄目。

與此同時，廣東汕頭、天津、湖南長沙、浙江金華、重慶及北京等城市也開始出現贊成或同情革命的報刊。有較大影響的如：《嶺東日報》，主持人楊源。1902年5月8日創辦於廣東汕頭。《北洋商報》1904年6月14日（光緒三十五年五月初一）由原天津《直報》改辦後創辦，登記為德商經辦，主編杭辛齋。報館設在天津法租界萬國鐵橋西岸。宗旨為「開商智，聯商情，合商力，以期商業之擴張，導商業之進步」。設有閣鈔、論說、時評、紀事、商情、學說、譯林、藝苑、淺說等欄目。同年8月停刊，具體時間不詳。《萃新報》，半月刊。主編張恭、劉琨、盛俊等均為革命黨人。1904年6月27日創刊於浙江金華。發行所設金華中學堂右首呂城祠內。以「開通民智」為宗旨。同年9月8日被官府以「言語狂悖」罪名查禁。[3]《重慶日報》，1904年9月創刊於四川重慶。主辦人卞鼎（字小吾）。社址在重慶方家什字麥家院。以「振興實業，抵制洋貨、啟發人民、救亡圖存」為宗旨。因支持收回川漢路權且言論激烈遭致清朝官吏忌恨。川督錫良密令重慶府道1905年4月30日將卞小吾秘密逮捕。報館因卞小吾於被捕後無人主持，不久即歇業。卞小吾

1 史和等編：《中國近代報刊名錄》，福建人民出版社，1991年版，第174～175頁。
2 謝英伯（1882～1939），原名華國，字挹香。筆名有抱香、大舞臺中一少年等。廣東梅縣人。
3 史和等編：《中國近代報刊名錄》，福建人民出版社，1991年版，第306頁。

於 1908 年 6 月被殺害於獄中。[1]《中華報》（又名《中華日報》），1904 年 12 月 7 日（光緒三十年十一月初一）創刊於北京。每天出版一冊（8 張 16 面），每月訂成一本，另加封面，猶如月刊。主辦人杭辛齋。報館設在北京五道廟。該報「介於傳統的報房京報與近代新聞紙之間的中間類型」，既有京報形式與內容，又登載社會新聞內容，尤重視政治新聞，並介紹外國文化。設有宮門鈔、時事要聞、中央新聞、閣鈔等欄目。因 1906 年 9 月 29 日刊載軍機大臣瞿鴻機衛兵搶劫的新聞，被清政府以「妄議朝政，容留匪人」、「顛倒是非、淆亂民聽」罪名查封。

上述報刊宣傳鼓吹振興實業、救亡圖存思想，在擴大反清革命思想、喚醒民眾覺醒方面產生積極的影響，爲中國同盟會成立後資產階級革命黨人反清革命宣傳高潮的到來營造了有利的社會氛圍。

第三節　同盟會時期的反清新聞宣傳活動

1905 年 7 月 30 日下午，各省志士聚集東京赤阪區檜町區三番黑龍會所，討論發起新的革命團體問題。參加者達 70 多人，分別是興中會 2 人，軍國民教育會 8 人，青山軍事學校 3 人、華興會 9 人，科學補習學校 4 人，軍國民教育會暗殺團 2 人，光復會 1 人及日本人宮崎寅藏和末永傑[2]。會議決定把新的革命團體定名爲「中國同盟會」。同年 8 月 30 日（農曆七月二十日）舉行正式成立會，到會百餘人，通過會章，以「驅除韃虜，恢復中華，建立民國，平均地權」爲宗旨，選舉孫中山爲同盟會總理。孫中山領導的資產階級反清革命宣傳由此進入一個新階段。

一、同盟會機關報《民報》的反清革命新聞活動

會議決定把由湘鄂蘇等省留日學生創辦的《二十世紀之支那》（已出第一期）改爲中國同盟會機關報。因第二期載有蔡序東所撰《日本政客之經營中國談》一文，在送東京地方當局發行前審查時遭日本當局查禁[3]而作罷，遂以《民報》之名向日本當局另行申請出版。

---

1 徐友春主編：《民國人物大辭典》，河北人民出版社，1991 年版，第 121 頁。
2 李新主編：《中華民國史》第一卷（1894～1912）上，中華書局，2011 年版，第 281 頁。
3 《警鐘報案結》，載上海《申報》，1905 年 4 月 7 日。

（一）《民報》的反清新聞宣傳

中國同盟會機關報《民報》是大型政論時事性刊物。1905 年 11 月 26 日在日本東京創刊，社址在日本東京牛込區新小川汀二丁目八番地。雖稱月刊，但經常脫期和中途停刊，到 1910 年 2 月停刊時連續出版 4 年 3 個月（共計 51 個月）只出版了 26 期。第 1 期至第 5 期的編輯兼發行人登記爲張繼[1]。1901 年與秦力山等創辦《國民報》月刊。1903 年和黃興、鈕永建等組織拒俄義勇軍被逐回上海，任《蘇報》參議。《蘇報》被封後與章士釗等續辦《國民日日報》。1905 年 8 月在東京加入中國同盟會，被推爲同盟會本部司法部判事，兼《民報》發行人兼編輯。《民報》1 期至 5 期的編輯兼發行人之所以由張繼掛名，主要是他的日語較好便於對外交涉，實際主持者是胡漢民[2]。他 20 歲時任《嶺海報》記者。1902 年赴日本留學，未久以學潮退學回粵。1904 年再赴日本入東京法政大學。次年 8 月入同盟會任評議部議員、書記部書記。《民報》創刊後實際主編第 1 至 5 期，先後發表《民報之六大主義》、《告非難民生主義者》等宣傳孫中山革命思想並與康梁保皇派論戰的文章，產生重要影響。《民報》出版第 5 期後，同盟會總部派人到上海迎邀因「蘇報案」剛出獄的《蘇報》主要撰稿人章太炎到東京主持《民報》。從 1906 年 7 月 25 日出版第 6 期起《民報》編輯發行人改署「章炳麟」[3]主持。直到 1907 年 12 月「以腦病乞休」。

《民報》一共出版 26 期。主編除胡漢民、章炳麟外，張繼主持第 1～5 期和第 19 期、陶成章主持第 20～22 期。設有論說、時評、譯叢、談叢、紀事、撰錄等欄，多數稿件由同盟會成員提供。據統計給《民報》撰過稿的有 68 人，主要的有章太炎、陳天華、胡漢民、汪精衛、汪東、朱執信、廖仲愷、宋教仁、劉師培、黃侃、湯增璧等。[4]孫中山對《民報》創辦和出版十分重視，親自爲《民報》寫了發刊詞，並第一次把資產階級革命綱領表述爲「民族」、「民權」和「民生」三大主義，表示《民報》將以此作爲「繕群之道，與群俱進」「由此不貳，此所以爲輿論之母」[5]。

1　張繼（1882～1947），初名溥，改名繼，字溥泉。河北滄縣人。
2　胡漢民（1879～1936），字展堂，原名衍鶚，嗣改衍鴻，別號不匱室主。廣東番禺人。「實際主持者胡漢民」，語出方漢奇主編：《中國新聞事業通史》（第 1 卷），中國人民大學出版社，1996 年版，第 817 頁。
3　章炳麟（1869～1936），初名學乘，字枚叔。後改名絳，號太炎。浙江餘杭人。
4　方漢奇：《中國近代報刊史》，山西教育出版社，1981 年版，第 358 頁。
5　孫文（孫中山）：《〈民報〉發刊詞》，載《民報》第 1 號。轉引自《孫中山全集》（第 1 卷），中華書局，1981 年版，第 288～289 頁。

（二）《民報》與《新民叢報》之論戰

《民報》創刊後大力宣傳以排滿為中心的民族主義、以建立共和政體為中心的民權主義和以土地國有為中心的民生主義。因此與梁啓超主編的《新民叢報》在圍繞「是否要實行民族革命推翻清政府」、「是否要實行民主革命建立共和政體」和「是否要廢除封建土地制度實行土地國有」等事關資產階級革命的目標、前途和方式等問題上進行了一場「大論戰」。

《民報》創刊號首先發表陳天華撰稿（署名「思黃」）《論中國宜改創民主政體》和汪精衛撰稿的《民族的國民》兩文，點名批駁康有為、梁啓超的改良主義，拉開了「論戰」序幕。革命派由章太炎、胡漢民、汪精衛、陳天華、朱執信、汪東及黃侃等人為主將，改良派方面則以梁啓超為主將，雙方以《民報》和《新民叢報》為主要論戰陣地。由於資產階級革命派代表的當時社會潮流方向處於政治上升期，資產階級改良派為沒落封建王朝及其皇帝辯護則屬於逆歷史潮流而行，加之《民報》人多勢眾且大多是年輕人，《新民叢報》只有梁啓超一人奉康有為之命孤軍作戰且人到中年，所以論戰持續了近兩年後，梁啓超無奈歎稱「數年以來，革命論盛行於中國，……革命黨指政府為集權，罵立憲為賣國，而人士之懷疑不決者，不敢黨與立憲。遂致革命黨者，公然為事實上之進行，立憲黨者，不過為名義上之鼓吹，氣為所懾，而口為所鉗」，[1]承認改良派在論戰中失敗。這場論戰使資產階級革命思想得到更廣泛傳播，中國同盟會「三民主義」政綱為更多人瞭解和接受，清政府的腐敗沒落和封建專制本質被更多人認識，資產階級革命氛圍更加濃厚，為辛亥革命勝利奠定了社會基礎。論戰同時促進了革命報刊的發展，1905 年 8 月前革命派期刊不足 30 種，報紙 10 多種，論戰後期期刊增加到 40 多種，報紙增加到 65 種以上；論戰也促進了報刊論文的進一步發展，尤其是駁論文得到明顯的廣泛應用，在寫作上注意引證、辯駁和邏輯，文章質量大大提高了。[2]

二、留日學生的反清新聞宣傳活動

辛丑和約簽訂後，亡國滅種迫在眉睫。日本明治維新後迅速成為東方強國且與中國相鄰，成為國人留學首選。1902 年 2 月 21 日（壬寅年正月初三）

---

1 梁啓超：《論中國現在之黨派及將來之政黨》，載《新民叢報》第 92 期，1907 年 5 月東京出版。
2 吳廷俊：《中國新聞史新修》，復旦大學出版社，2008 年版，第 114 頁。

留學生在東京舉行新年懇親會，到會學生 274 人。在清國留學生會館登記的人數達到 451 人。[1]中國同盟會的成立及《民報》的革命宣傳，在留日學生中間引起強烈反響，中國留日學生的反清革命宣傳活動也進入了一個新的發展階段。

（一）國內編輯日本出版之《復報》的反清革命宣傳

《復報》是一份在國內編好後寄往日本東京印刷出版發行的資產階級革命派報紙。國內編輯人是柳亞子[2]。1906 年 5 月 8 日，《復報》在日本東京出版第 1 號，因此前《自治報》已出版 67 期，故第一號目次下印有「原六十八號」字樣。封面「復報」兩字反寫寓「光復」之意。[3]刊物由時在東京的田桐負責印刷出版。社址在東京市淺草區黑船町 28 番地。宗旨為「發揮民族主義，傳播革命思潮，為革命之霜鐘，作魔王之露檄。」[4]以「中國開國紀元四千六百四年」紀年，表示不承認清朝光緒年號為正朔。設有社說、政法、傳記、演壇、小說等欄目，文學作品占三分之一是它的特色。因該報國內編好寄日本東京出版，更貼近國內實際情況，反映國內民眾反清革命呼聲。《復報》站在《民報》立場和梁啟超主持的《新民叢報》及改良派《中國新報》公開論戰，先後發表《新民叢報非種族革命論之駁論》、《駁梁啟超書》等與同盟會機關報《民報》觀點完全一致的文章，被稱為「《民報》的小衛星」[5]。出至十一期後停刊。

（二）雲南籍留日學生的反清革命宣傳

留日學生在中國同盟會機關報《民報》的影響和帶動尤其是孫中山直接指導下，出版了一批以中國省區命名的學生刊物。其中出版時間最長的是我國雲南籍留日學生創辦的《雲南》雜誌。主要創辦者是雲南籍留日學生李根源[6]並負責該雜誌的對外聯繫。1906 年 10 月 5 日（夏曆八月二十八日）在日

---

1 李新主編：《中華民國史》第一卷（1894～1912）上，中華書局，2011 年版，第 116 ～121 頁。
2 柳亞子（1887～1958），原名慰高，號安如。改名人權，號亞盧。再改名棄疾，號亞子。筆名有稼軒、亞盧、青兕等。江蘇吳江黎里鎮人。
3 方漢奇：《中國近代報刊史》，山西教育出版社，1981 年版，第 407 頁。
4 《復報》出版廣告，載《復報》（日本東京）第 7 號，1906 年 9 月。
5 方漢奇主編：《中國新聞事業通史》（第 1 卷），中國人民大學出版社，1996 年版，第 839 頁。
6 李根源（1879～1965），字雪生，又字印泉，別署高黎貢山人。雲南騰沖人。

本東京創刊。雜誌社設在東京神田區三崎町一丁目。主編爲張耀曾、席聘臣、孫志曾（日本政法大學的中國留學生）等人。「以揭露清廷黑暗、宣傳民主主義，反對帝國主義侵略」爲宗旨。設有圖畫、論說、譯述、時評、新聞、詩選、小說、文苑、調查、大事月表、圖畫等欄目。[1]宣揚「國家者國民全體之國家，非少數貴族之國家，更非君主一人之國家」及「不自由毋寧死」等反清革命思想，報導徐錫麟在安慶和黃興在雲南河口發動的反清起義。抨擊清政府腐敗無能，尤「以英法越緬關於西南之文字爲最堪動心駭目。」[2]是民國創立前中國留日學生刊物中出版時間最長、發行量僅次於《民報》的刊物，1911 年 11 月 10 月出至第 23 期停刊。

雲南籍留日學生後來還創辦過白話報刊《滇話》月刊，1908 年 4 月創刊。主編劉鍾華。發行代表者署「李長春」。報社設在東京下谷區上野町二丁目二四番地。以「普及教育，改良社會，統一語言，提倡女學」爲宗旨，「尤以鼓吹軍事思想、實業思想、政治思想爲重。」設有社說、來信、小說、談叢、大事記等欄目。1910 年 3 月併入《雲南》雜誌。[3]

（三）四川籍留日學生的反清革命宣傳

1905 年 9 月，四川籍留日學生在日本東京創辦白話文刊物《鵑聲》不定期刊。雷鐵崖、董修武、李肇甫等主編。[4]設有社說、論說、宗教、教育、政法、經濟、歷史、地理、彈詞、文苑、談叢、小說、時評、紀事等欄目。以「發明公理，擁護人權」爲口號，出版至第二期後被迫停刊。1907 年由雷鐵崖等組織出版「再興第一號」，更名爲《後鵑聲》，撰述改用文言文，以「發明公理，擁護人權」爲口號。欄目主要有論說、譯叢、文苑等。

《四川》雜誌「是同盟會四川分會以四川留日學生同鄉會名義在一年前已停刊的《鵑聲》雜誌基礎上創辦的。」[5]負責籌備創辦該刊的是吳玉章[6]。1907 年 12 月 5 日創刊於日本東京，社址爲日本東京府北豐島郡下戶家村 595 番地。聲稱以「輸入世界文明，研究地方自治，經營藏回領土，開拓路礦利源」爲宗旨。內容以反對帝國主義侵略，反對清朝封建專制，宣傳愛國主義思想和

1 史和等編：《中國近代報刊名錄》，福建人民出版社，1991 年版，第 64 頁。
2 戈公振：《中國報學史》，上海書店出版社，2013 年版，第 144 頁。
3 史和等編：《中國近代報刊名錄》，福建人民出版社，1991 年版，第 348 頁。
4 方漢奇：《中國近代報刊史》，山西教育出版社，1981 年版，第 403 頁。
5 方漢奇：《中國近代報刊史》，山西教育出版社，1981 年版，第 412 頁。
6 吳玉章（1878～1966），原名永珊，字樹人。四川榮縣人。

呼籲救亡爲主。設有圖畫、論著、譯叢、時評、雜俎、文苑、演說詞、來稿、大事記等欄目。[1]以鮮明的民主革命立場，激勵人民爲挽救民族的危亡和爭取自己的解放而鬥爭。該刊第一、二期連載的雷鐵崖所撰《警告全蜀》長文，記述了自《辛丑條約》簽訂後帝國主義瓜分中國的歷史，對警醒國人反對帝國主義侵略和瓜分產生了很大社會影響，因而「成爲當時中國最進步和最革命的刊物之一。」[2]在清政府請求下，日本當局1908年秋藉口雜誌第四期所刊「日本國內消息」有「反對天皇」嫌疑，對雜誌提起公訴。最後判處罰金一百元；編輯發行人吳玉章有期徒刑六個月（緩期執行）；刊物查禁；已印刊物全部沒收。實際出版了三期。

（四）河南籍留日學生的反清新聞宣傳

《河南》月刊是河南籍留日學生「同盟會河南分會」創辦的革命刊物。同盟會河南分會會長曾昭文親自參加了它的籌備工作。[3]總經理兼發行人張鍾瑞爲中國同盟會會員。1907年創刊於日本東京。發行所設在東京府下豐多摩郡大久保百人町三百三番地。編輯者署名武人、朱宣，實爲劉積學主編，張鍾瑞任發行人。[4]以「牗啓民智，闡揚公理」爲宗旨。發刊詞中有「外患之迫於燃眉，遂不能不赴湯蹈火」，「爲生爲死，即在今日，爲奴爲主，即在今日」之語句。設有圖畫（諷刺畫）、社說、政治、地理、歷史、教育、軍事、實業、時評、譯叢、小說、文苑、新聞、來函、雜俎等欄目。除大力宣傳反清革命思想外，還獨樹一幟地刊載署名「令飛」的《人間之歷史》、《摩羅詩力說》、《科學史教篇》、《文化偏至論》、《裴彖飛詩論》及署名「迅行」的《破惡聲論》等介紹西方生物進化論、唯物主義哲學及反對宗教神學和迷信等科學先進思想，作者爲浙江籍留日學生周樹人（魯迅）。因反清言論激烈，革命立場鮮明，1908年12月20日日本當局應清政府駐日公使請求以「言論過於激烈」爲由查禁該刊，共出版9期。張鍾瑞被拘留並取消留日官費生學籍。

河南留日女學生燕斌（1869-？筆名煉石，祖籍河南開封。生於湖南長沙，自稱「長於粵西」）等創辦的《中國新女界雜誌》是唯一由女性創辦的中國留日學生刊物。1907年2月5日（光緒三十二年十二月二十三日）創刊於日本

1　史和等編：《中國近代報刊名錄》，福建人民出版社，1991年版，第121頁。
2　方漢奇：《中國近代報刊史》，山西教育出版社，1981年版，第413頁。
3　方漢奇：《中國近代報刊史》，山西教育出版社，1981年版，第414頁。
4　史和等編：《中國近代報刊名錄》，福建人民出版社，1991年版，第234～235頁。

東京。是留日中國學生團體「留日中國女學生會」機關刊物。編輯兼發行人
為該會書記、河南省籍同盟會女會員燕斌。參加撰稿的中國留日女學生多使
用筆名如：佩公、巾俠、篠隱、清河、草碧、媧魂等。編輯所先設東京込區
馬場下町 20 番地。後移至東京小石川區竹早町 34 番地。[1]聲稱辦刊是因「痛
祖國女權之未倡，女學之不興」，以「宣傳婦女解放，男女平等」為宗旨。設
有文論、演說、傳記、家庭、教育、衛生、時評、譯述、文藝、小說等欄目，
第三期起增設教育界（教育學、教育史、女學章程、國內外女學調查）、女藝
界（手工、美術、用器畫、樂歌、遊戲法）和通俗科學（家常日用、淺顯而
有興味的物理、化學及其他科學知識）。部分文章用白話文撰稿。發刊至第六
號，因所刊論文有《婦女實行革命應以暗殺為手段》等標題，為日警廳禁止
出版。[2]共出版 5 期，約在 1907 年 6 月停刊。

　　河南留日學生所辦《豫報》月刊也有一定影響。1906 年 12 月創刊於日本
東京。編輯兼發行者署「日本東京豫報社」，主編署「河南留學生」，主持筆
政者署「補天」，編輯部設在東京鴨巢村町目 1021 番地長竹館內。「以改良風
俗、開通民智、提倡地方自治，喚起國民思想為唯一目的」。設有圖畫、社說、
論說、學說、政治、譯叢、小說、雜俎、專件、來稿、調查等欄目。[3]揭露列
強瓜分中國的圖謀，痛陳清廷政治腐敗、對外賣國求和是該刊內容的兩個主
要方面。[4]1908 年 4 月出版第 6 期後停刊。

（五）晉秦甘地區留日學生反清革命宣傳

　　《晉乘》是傾向資產階級民主革命的中國留日山西籍學生自發創辦進行
反清革命宣傳的刊物。以「晉乘雜誌社」作為「編輯兼發行者」向日本當局
登記。實際主持人為山西留日學生景耀月[5]等。1907 年 9 月 15 日在日本東京
創刊，社址在東京神田區仲猿樂町 5 番地。除景耀月、景定成外，山西留日
學生谷思慎、榮炳、榮福桐等也參與主持。以「發揚國粹、融化文明、提倡
自治、獎勵實業、收復路礦、經營蒙盟」為宗旨，設有圖畫、論著、晉語、

---

1 史和等編：《中國近代報刊名錄》，福建人民出版社，1991 年版，第 92 頁。
2 馮自由：《革命逸史》（中），金城出版社，2014 年版，第 499 頁。
3 史和等編：《中國近代報刊名錄》，福建人民出版社，1991 年版，第 359 頁。
4 王守謙：《血沃中原：辛亥革命在河南》。河南人民出版社，2011 年版，第 50~52
　頁。
5 景耀月（1883~1944），字太招，筆名大招、帝召、瑞星、秋綠、秋陸等。山西芮
　城人。

文藝、雜俎、附錄等欄目。側重論著，大多採用白話，文字通俗易懂是明顯特點。[1]除在山西各府、州、縣流傳較廣外，還發行到直隸、河南、陝西、京津等地。[2]1908 年 6 月後停刊，共出版三期。

陝西留日學生創辦的《夏聲》月刊是北方幾省留日學生所辦刊物中壽命最長的一家。[3]該刊主編趙世鈺。1908 年 2 月 26 日創刊，社址設在東京小石川區第六天町 40 番地。發行人是楊銘源，主編趙世鈺。在東京的大部分陝西籍同盟會員都曾參加該刊工作。主要撰稿人有陝西最早留日學生同盟會員和同盟會陝西分會主要負責人井勿幕（筆名俠魔）、李元鼎（筆名罍空、壘空、魯曼等）和茹欲立（筆名皮生、疲生、大無畏等）。以「開通風氣、讕除敝俗、灌輸最新學說，發揮固有文明，以鼓舞國民精神」為宗旨，設有論著、時評、學藝、雜纂、時事匯錄、列國時局一覽、附錄以及通俗講話等欄目。1909 年 9 月出版至第 9 期後停刊。

1908 年 2 月 2 日創刊的《關隴》月刊，由陝甘留學生范振緒、譚煥章、郗朝俊、黨積齡、崔雲松、錢鴻鈞、馬凌甫等任編撰。報社設在東京神田區西小川町二丁目西番地。以「提倡愛國精神，濬瀹普通智識」為宗旨，設有圖畫、論著、譯述、實業、時評、專件、譯叢、紀事等欄目。1908 年 4 月 15 日出版至第 3 期後停刊。

（六）湘鄂魯贛地區留日學生的反清新聞宣傳

湖南留日學生 1906 年 10 月 18 日創辦《洞庭波》雜誌於日本東京。編輯及發行人為湖南籍留日學生陳家鼎、楊守仁（篤生）、寧調元、傅專、仇式匡等。設有論著、時評、學術、譯叢、談苑、文苑、附錄等欄目。第二期即改名為《中央叢報》出版，停刊時間不詳。

湖北留日學生 1907 年 1 月 25 日創刊《漢幟》月刊。編輯兼發行者署「黃一鑄」，實為陳家鼎、景定成、仇式匡主編。發行所在日本東京神田表神保古今圖書局。聲稱「光復祖國、防護人權，喚起黃帝種魂，掃除白山韃虜，建二十世紀民國，還五千年神州」為宗旨，「而尤以維持各國公共安寧，鼓吹漢人實行革命為最大要數」。[4]設有圖畫、論說、譯叢、時評、時諧、小說、文苑、

1　史和等編：《中國近代報刊名錄》，福建人民出版社，1991 年版，第 283 頁。
2　張憲文等主編：《中華民國史大辭典》，江蘇古籍出版社，2002 年版，第 1466 頁。
3　方漢奇：《中國近代報刊史》，山西教育出版社，1981 年版，第 418～419 頁。
4　章炳麟：《〈漢幟〉發刊詞》，載《漢幟》第 1 期，1907 年 1 月 25 日。

附錄、來稿等欄目。出版兩期後停刊。[1]

山東留日學生 1905 年秋在日本東京創辦《晨鐘》週刊。由蔣衍生、丁鼎丞（即丁惟汾）等主編。為山東革命黨人創辦的第一份影響很大的革命刊物，蔣衍升任總編輯，丁惟汾負責組織發行並撰寫文章，共出版 20 餘期。[2]

江西留日學生 1908 年 7 月 9 日創辦了《江西》月刊。江西籍留日學生恕生等主編。以「引導文明、潛發民智，鼓吹地方自治，圖謀社會公益」為宗旨，設有論著、譯叢、時評、文苑、雜俎、雜記、來函、調查、專件、紀事等欄目。1909 年 6 月 10 日出版至第 4 期後停刊。

（七）中國留日學生創辦的其他革命刊物

這一階段，中國留日學生在日本創辦的革命刊物還有《醒獅》月刊，1905 年 9 月 29 日創刊。編輯者署名「李曇」，實為高旭（天梅）等主持[3]。撰稿人有李叔同（筆名無畏、惜霜等）、陳去病、柳亞子等。社址在日本東京淺草黑舟町 28 番地。取名為「醒獅」蘊含「喚醒」中國「睡獅」的志向。以「誅暴君」、「除盜臣」為宗旨。設有論述、軍事、教育、政法、學術、醫學、時評、文藝等欄目。1906 年 6 月出至第 5 期停刊。《新譯界》月刊，1906 年 11 月 16 日創刊。發行所在東京神田區仲猿樂町十七番地。范熙壬任總經理，谷鍾秀、劉賡澡、席聘臣、范紹壬任編輯兼發行人。湯化龍、景定成、周鍾岳等任譯述。以「研究實學，推廣公益」為宗旨，主要譯述東西書刊和時事論文。設有政法界、文學界、理學界、實業界、教育界、軍事界、外交界、時事界及特別社說和時事雜錄等欄。1907 年 12 月出至第 7 期後停刊。《粵西》月刊，1907 年 11 月 15 日創刊。社址在東京神田區仲猿樂町二番地七四號。卜世偉、劉崛、陸涉川等主編。以「開通智識，發揚民氣，改良社會，增進公益」為宗旨。設有論著、譯叢、時評、小說、文苑、談叢、雜俎、訪函、記事等欄目。出版至第七期後停刊。

三、革命黨人在東南亞地區的反清新聞宣傳活動

中國同盟會 1905 年 8 月正式成立後，資產階級革命黨人的新聞宣傳活動

---

1 方漢奇：《中國近代報刊史》，山西教育出版社，1981 年版，第 404 頁。
2 李宏生等：《齊魯烽火：辛亥革命在山東》，山東人民出版社，2011 年版，第 45～47 頁。
3 史和等編：《中國近代報刊名錄》，福建人民出版社，1991 年版，第 361 頁。

迅速發展起來。最先發展起來的是華僑華人比較集中的東南亞和美洲地區國家。

（一）革命黨人在新加坡的反清革命宣傳

新加坡的革命派報刊中，影響最大的是被稱之爲同盟會新加坡分會機關報的《中興日報》，1907 年 8 月 20 日創刊於新加坡。「以發揚民族、民權、民生三大主義」爲宗旨。胡漢民、田桐、居正[1]、陶成章等人先後主持該報筆政[2]。該報在孫中山直接參與下由同盟會新加坡分會創辦。出資人是同盟會會員陳楚楠和張永福等。該報創辦前年餘，孫中山偕胡漢民來新加坡時就謀劃建立宣傳機構，該報籌措經費、擴充股本及安排人事。創刊後即和康有爲門徒歐榘甲主持的《南洋總彙報》展開論戰。孫中山、黃興、汪精衛（兆銘）、楊秋帆、呂志伊、林時塽等同盟會領導人及何子耀、王斧、方瑞麟[3]撰文參加筆戰，該報成爲革命派在南洋最重要的輿論陣地。1910 年春，因革命派人員相繼分赴他地，加上陳楚楠、張永福兩位最大股東或因家產糾紛、或因經營商業失敗無力維持報館開支，經費不繼停刊。[4]《中興日報》停刊後，同盟會會員黃吉辰、盧耀堂等人又創辦《南僑日報》，作爲《中興日報》的繼續，一直出版到武昌起義之後，「是當時華僑報紙中有較大影響的革命報紙。」

《中興日報》創刊前的 1905 年冬，陳楚楠、張永福等在新加坡先創辦被稱之爲「資產階級革命派喉舌」的《南洋總彙報》。合夥人爲商人許子麟、沈聯芳和陳雲秋等。以宣傳反清革命爲宗旨，昌言革命，報面不用大清年號，稱光緒皇帝爲載湉。主要出資人陳雲秋爲避風險要求報紙不登載激烈文字，但編輯部不予理睬，仍大力宣傳革命。陳雲秋次年春提出折股承讓，後改爲抽籤，議定由抽得者接辦。結果爲陳雲秋抽得，報紙遂轉爲保皇派的機關報。[5]同年在新加坡創刊的還有黃花崗七十二烈士之一的勞培（原名泮光）所辦「以宣傳革命爲目的」的《晨報》。1908 年，同盟會會員謝心準、周之貞等人在新加坡創辦了《星洲晨報》。該報創辦後與《中興日報》相呼應，與已被康有爲

1　居正（1876～1951），原名養濬，字之駿，號嶽崧。留學日本時更名爲正，字覺生，號梅川，別號梅川居士，湖北省廣濟縣人。

2　程曼麗：《海外華文傳媒研究》，新華出版社，2001 年版，第 57 頁。

3　史和等編：《中國近代報刊名錄》，福建人民出版社，1991 年版，第 85 頁。

4　方漢奇主編：《中國新聞事業通史》（第 1 卷），中國人民大學出版社，1996 年版，第 847 頁。

5　史和等編：《中國近代報刊名錄》，福建人民出版社，1991 年版，第 252 頁。

門徒歐榘甲、徐勤等掌控的《南洋總彙報》展開論戰。因革命黨人離開新加坡開辦《中興日報》停刊而停刊，出版不滿一年。

（二）革命黨人在緬甸的反清新聞宣傳

在中國同盟會成立前的 1904 年，緬甸仰光保皇會創辦機關報《仰光新報》，由該會副會長莊銀安[1]出任經理。1905 年 5 月，莊銀安受來自東京的革命派報刊《國民報》記者秦力山革命宣傳的影響，脫離保皇會，並在報上鼓吹革命，尤其是在報紙上發表秦力山所撰的長文《革命箴言》，在當地產生很大影響。後部分股東強烈反對未能刊完。因股東意見分歧無法協調一致，於同年 10 月宣告停刊。該報設備由莊銀安、徐贊周等人購得，由秦力山、蕭小珊等創辦《仰光日報》。

1908 年 8 月 27 日（戌申年八月初一）《光華日報》創刊於緬甸仰光。報館設在仰光百尺路 61 號。[2]經理莊銀安爲同盟會緬甸分會會長。副經理陳仲赫。總主筆楊秋帆、居正。助理編輯先後有黃大哀、何榮祿、蘇鐵石、傅春帆、陳紹平、林文曲、黃蘭士、徐贊周[3]。該報「從創刊之日起，即旗幟鮮明地宣傳排滿革命，不遺餘力地抨擊康梁君主立憲主張。爲此被康黨視爲眼中釘」[4]，致使《光華日報》在當年被迫停刊，後被人改名爲《商務報》出版。

1908 年 11 月 24 日，以「全緬同盟會」名義籌募資本（主要出資人實際仍是莊銀安等人）創辦的《光華日報》（俗稱「第二《光華日報》」）在緬甸仰光創刊。報館社址設在仰光五十尺路 2 號。該報繼續進行革命宣傳，並與《商務報》進行論戰逾數月。1910 年夏因居正、陳漢平被緬都下令遞解出境《光華日報》第二次停刊，莊銀安也被迫避走馬來亞檳榔嶼。

1910 年多，由著名革命黨人呂志伊任主筆的革命派報紙《進化報》在緬甸仰光出版，由陳鍾靈任總經理。該報創刊後繼承因居正、陳漢平被遞解出境而被迫停刊的革命派報紙《光華日報》的辦報宗旨，竭力鼓吹革命，反對清王朝。保皇黨人爲遏制革命黨人反清宣傳，勾結當地官吏以查賬爲名勒令該報停刊。[5]

1　莊銀安（1855～1938），字吉甫，號希復，福建同安縣人。
2　方漢奇：《中國近代報刊史》，山西教育出版社，1981 年版，第 464 頁。
3　史和等編：《中國近代報刊名錄》，福建人民出版社，1991 年版，第 154 頁。
4　方漢奇主編：《中國新聞事業通史》（第 1 卷），中國人民大學出版社，1996 年版，第 849 頁。
5　史和等編：《中國近代報刊名錄》，福建人民出版社，1991 年版，第 181 頁。

1911 年初，原《進化報》的徐贊周聯絡當地革命派人士張永福（非新加坡張永福）、楊子貞、曾上苑、陳鍾靈、饒潛川等人，以學務總會名義購進《進化報》的印機和鉛字，創辦《緬甸公報》，繼續宣傳反清革命，直到辛亥革命成功建立民國。民國成立後改組並易名爲《覺民日報》繼續出版。

（三）革命黨人在馬來亞的反清新聞宣傳

1905 年，華僑富商黃餘慶、吳世榮、陳新政等人在檳榔嶼創辦以「開通民智」爲宗旨的《檳城新報》，著重宣傳西方資產階級的民主思想，提倡新學。1906 年，新加坡同盟會會員陳楚楠等在檳榔嶼創立同盟會分會，黃餘慶、吳世榮和陳新政等贊成反清革命加入同盟會，《檳城新報》言論「日益趨向進步」[1]，成爲同盟會在馬來亞進行革命宣傳的輿論陣地。因與陳新政的分歧，黃慶宇、吳世榮等人 1907 年把《檳城新報》改名爲《檳城日報》後繼續出版，並由黃餘慶和吳世榮等直接主持報紙編印發行。1909～1910 年間，革命黨人在馬來亞吉隆坡創辦《吉隆坡日報》，宣傳反清革命，由林道南任主編。

同盟會仰光分會會長莊銀安因與《商務報》論戰開罪當局被迫出走到馬來亞檳榔嶼後，與檳榔嶼同盟會的黃金慶、陳新政等人再次集資，1910 年 12 月 20 日創辦馬來亞出版時間最長、影響最大的革命派報紙《光華日報》（俗稱「第三《光華日報》」）。該報聘請的總編輯是來自東京《鵑聲》雜誌社的雷鐵崖[2]。報館社址設在檳榔嶼打銅街 120 號。是同盟會南洋支部和同盟會檳榔嶼分會的機關報。[3] 報紙主筆爲剛從日本來到檳榔嶼的革命黨人胡漢民、汪精衛、雷鐵崖。撰稿人有周杜鵑、徐子本、陳耿夫、方南崗、蘇鍾山、陳匪石、羅一士、李慕曦、李懷霜、金葆光、梁醒生、鄭墨西、高定淵、陳承謨、陳宗山、傅無悶、戴季陶等。日出報紙兩大張半，共十版。設有論說、選電、國內（新聞）、外國（新聞）、南洋（新聞）、本埠新聞、短評、時評、譯件、要件、傳記、小說、文苑、落花飛絮等欄目。武昌起義後每日增加到三大張，內容亦有變化。欄目調整爲論談時評、閩粵新聞、國內新聞、本埠新聞、南洋新聞、華僑聯合通訊、來往船期及匯水行情等[4]。民國成立後仍在出版。

1　史和等編：《中國近代報刊名錄》，福建人民出版社，1991 年版，第 353 頁。

2　雷鐵崖（1872～1920），名䉵，又名龍言，字澤皆，別號鐵崖，又號鐵錚。四川自貢富順人。

3　方漢奇：《中國近代報刊史》，山西教育出版社，1981 年版，第 462 頁。

4　史和等編：《中國近代報刊名錄》，福建人民出版社，1991 年版，第 154～155 頁。

（四）革命黨人在泰國的反清新聞宣傳

和新加坡、緬甸、馬來亞情況相似，泰國革命宣傳也是在同盟會指導和影響下以當地華僑爲主體開展的。1906 年，泰國華僑在暹羅（今泰國）曼谷集資創辦《美南日報》。發起人爲蕭佛成、沈衍思、陳景華等人，陳景華任總編輯。創刊後不久即改組爲《湄南日報》。由於股東成分比較複雜，報紙政治傾向比較模糊，既有宣傳反清革命內容，也有宣傳保皇內容。1907 年，因股東意見分歧難以統一，報紙解體。一部分被革命派改組成《華暹新報》（一說爲《華暹日報》），另一部分被保皇派改組成《啓南日報》，在康門弟子徐勤主持下宣傳保皇立憲。改組後的《華暹新報》由蕭佛成[1]任社長，陳景華任總編輯，積極宣傳反清革命和同盟會政治綱領，成爲「同盟會在暹羅地區的喉舌」。1908 年同盟會暹羅分會成立後成爲該會機關報，鼓吹民主革命，是革命黨在暹羅最早的機關報。[2]同年孫中山來到泰國進行革命宣傳活動期間，就使用該報社址與外地聯絡、指導工作的，陳景華則爲孫中山傳遞書信。[3]這一階段在泰國出版的資產階級革命派報紙還有 1908 年由著名革命黨人尤列在泰國曼谷創辦的《同僑報》等。[4]

（五）革命黨人在荷屬東印度群島的反清新聞宣傳

荷屬東印度群島（今印尼）亦稱尼德蘭東印度群島，是荷蘭海外領地之一。包括蘇門答臘和鄰近島嶼、爪哇及馬都拉、婆羅洲（沙巴、沙撈越、汶萊除外）、蘇拉維西及桑義赫（Sangihe）和塔勞（Talaud）群島、麻六甲和爪哇東面的小巽他群島（葡屬帝汶及其飛地德古西〔Oe-Cusse〕除外），1949 年 12 月獨立後稱之爲印度尼西亞。中國同盟會成立後，一些革命黨人來到這裡創辦報刊進行革命宣傳。1908 年，由著名革命黨人田桐[5]擔任總編輯的《泗濱日報》在蘇門巴西（今泗水）創刊。同年，資產階級革命黨人在荷屬東印度群島的棉蘭創辦《蘇門答臘報》，以宣傳資產階級革命思想。1909 年，由革命黨人白蘋洲主辦的《華鐸報》在荷屬東印度群島的巴達維亞（現印尼雅加達）創刊，由華巫編輯所發行，是南洋地區較有影響的資產階級革命派報刊之一。

1　蕭佛成（1862～1940），字鐵橋。又作「肖佛成」。祖居福建南靖，生於暹羅曼谷。
2　史和等編：《中國近代報刊名錄》，福建人民出版社，1991 年版，第 163 頁。
3　程曼麗：《海外華文傳媒研究》，新華出版社，2001 年版，第 57 頁。
4　史和等編：《中國近代報刊名錄》，福建人民出版社，1991 年版，第 216～218 頁。
5　田桐（1879～1930），字梓琴，號玄玄。筆名恨海，晚年署江介散人。湖北蘄春人。

其中影響較大的是被稱爲「在印度尼西亞出版的最早的資產階級革命派報紙」[1]的《泗濱日報》。該報創辦得到當地「華僑書報社」支持。[2]社址設於荷屬爪哇之泗水埠望加蘭街8號。股份中有一部分爲同盟會會員集資[3]。該報原爲「普通僑商所組織，實非革命黨報刊，不過其股東中有一部是同盟會員耳。《中興（日）報》記者田桐於戌申、己酉間曾就此報之聘，充任總編輯，頗能宣導民族思想」。[4]田桐任《泗濱日報》總編輯後，積極宣傳孫中山的革命主張，號召華僑奮起支持祖國的革命鬥爭。不久，田桐因發表翻譯日本人大越因三郎揭露荷屬東印度當局虐待華僑歷史和揭露荷屬東印度當局黑暗統治的文章《南國篇》被當局驅逐出境。報紙堅持出版，繼續宣傳反清革命思想，成爲東爪哇華僑的喉舌，是當時荷屬東印度言論最大膽的日報，受到南洋民眾歡迎，同時該報也成爲中國同盟會的分支機構。[5]

（六）革命黨人在菲律賓的反清新聞宣傳

菲律賓是革命黨人進行活動開展較遲的一個地區。據史料記載，中國同盟會在菲律賓創辦的《公理報》是辛亥革命前革命黨人在海外創辦的最後一份報紙[6]。負責創辦該報的是華僑醫生同盟會員鄭漢淇[7]。他自香港雅麗士醫學院畢業後到馬尼拉行醫。1911 年春夏間與李萁、楊豪侶組織同盟會小呂宋分會被推爲會長。同年創辦「普智閱書報社」並任社長。「在庚戌年前菲島各埠尚無報館之組織，至辛亥年春夏間，始有美洲歸國之同盟會員李萁至曼尼剌，聯絡孫總理昔年在香港雅麗士醫院同學之閩人鄭漢淇，開創同盟會，同時創辦《公理報》。」[8]1911 年10 月4 日（清宣統三年八月十三日）創刊於菲律賓之首府曼尼剌埠（時稱小呂宋，今菲律賓馬尼拉）。編輯兼發行人署鄭漢淇並

1　史和等編：《中國近代報刊名錄》，福建人民出版社，1991 年版，第236 頁。

2　趙永華：《印度尼西亞近百年來的新聞傳播業：1615 至21 世紀初》，載《新聞界》2012 年12 月期。

3　史和等編：《中國近代報刊名錄》，福建人民出版社，1991 年版，第236 頁。

4　馮自由：《革命逸史：南洋各地革命黨報述略》（中），金城出版社，2014 年版，第640～646 頁。

5　劉琳：《孫中山就任民國總統：三位福州人促成美國承認共和中國》，載《福州晚報》2013 年9 月15 日。

6　程曼麗：《海外華文傳媒研究》，新華出版社，2001 年版，第59 頁。

7　鄭漢淇（1881～1943），福建思明縣（今廈門市）人。

8　馮自由：《革命逸史：南洋各地革命黨報述略》（中），金城出版社，2014 年版，第646 頁。

自任報館總經理，葉楚傖爲該報駐上海特約撰述員[1]。吳孟嘉、吳宗明、顏文初等相繼擔任總編輯，以普智書報社名義主辦，實際上爲同盟會菲律賓分會的機關報。[2]一年後擴大招股，添置設備，改日出報紙 4 開 8 版兩大張。民國後成爲國民黨菲律賓總支部機關報繼續出版。

四、革命黨人在美洲地區的反清新聞宣傳活動

美國是中國資產階級民主革命的策源地之一，孫中山創建的第一個革命團體興中會就誕生在美國檀香山。美國式聯邦共和政制也是孫中山認爲最合理的國家制度。因此革命黨人在美州地區的反清革命新聞宣傳活動一直比較活躍。

（一）革命黨人在美國的反清新聞宣傳

1907 年夏秋間，中國同盟會會員曾長福購進《檀山新報（隆記）》的設備創辦了中國同盟會檀香山支部機關報《民生日報》。1908 年 8 月 31 日，《民生日報》改辦爲《自由新報》，發行人仍爲曾長福，盧信、溫雄飛、吳榮新等先後任總編輯（1910 年 4 月同盟會檀香山分會成立後轉爲機關報）。1908 年在檀香山創辦「以宣傳民主革命爲宗旨」的《大聲報》，編輯及發行人有盧信[3]、孫科、許裳等。1909 年 3 月，舊金山華僑青年組織「少年學社」創辦「以民主立憲爲志願，以美國政體爲主義」的油印週報《美洲少年》。1910 年 1 月孫中山到舊金山後，「少年學社」改組爲同盟會舊金山分會，李是男[4]當選爲會長，《美洲少年》週報改組成《少年中國晨報》，於 1910 年 8 月 18 日（清宣統二年七月十四日）鉛印出版，成爲美洲同盟會機關報和在美洲華僑中有較大影響[5]的革命派報紙。報館設在舊金山埠古田街。先後主持筆政者有李是男、黃芸蘇、黃超伍、崔通約、張靄蘊、黃伯耀、伍平一、馬醴生、劉滌寰、林華耀諸人。[6]該報與《大漢日報》和《大同日報》「同聲呼應，相得益彰」。[7]大力

---

1 史和等編：《中國近代報刊名錄》，福建人民出版社，1991 年版，第 97 頁。

2 方漢奇主編：《中國新聞事業通史》（第 1 卷），中國人民大學出版社，1996 年版，第 852 頁。

3 盧信（1872～1933），字信公，筆名梭公。廣東順德人。

4 李是男（1881～1937），原名吉棠，字奕豪。號公俠。祖籍廣東台山，出生於美國舊金山。

5 程曼麗：《海外華文傳媒研究》，新華出版社，2001 年版，第 59 頁。

6 史和等編：《中國近代報刊名錄》，福建人民出版社，1991 年版，第 73 頁。

7 馮自由：《革命逸史：新小生李是男》（上），金城出版社，2014 年版，第 311 頁。

抨擊君主立憲論調，爲中國民主革命張聲勢，在美洲華僑中有較大的影響。[1]

（二）革命黨人在加拿大的反清新聞宣傳

緊鄰美國的加拿大這一階段也出現了革命黨人創辦的新聞報刊。1907 年華僑周天霖、周耀初在加拿大溫哥華創刊由崔通約任主筆的《華英日報》；1908 年在加拿大溫哥華創刊的中國洪門民治黨駐加拿大總支部機關報《大漢日報》，經理黃璧峰、黃樹球，編輯及發行人爲馮自由、張儒伯、黃希純等；1908 年（清光緒三十四年），革命黨人創辦的《大漢日報》在加拿大溫哥華創刊。是中國洪門民治黨駐加拿大總支部機關報。經理黃璧峰、黃樹球；編輯及發行人爲張儒伯、黃希純。[2]「庚戌（民前二年，1910 年）廣州新軍一役失敗後，馮自由應英屬加拿大溫高華埠《大漢日報》之聘，主持筆政。革命黨到加拿大者，馮爲第一人。該報爲加屬致公黨之言論機關，馮以洪門黨員資格，大受各埠華僑歡迎。」[3]其中出版時間最長、影響最大的是由同盟會從國內委派前往加拿大的同盟會會員夏重民等先後任總編輯的《新民國報》。該報 1911 年 3 月創刊於加拿大維多利亞。地址在加拿大卑司省首都之域多利埠（即維多利亞），發起人爲高雲山、方干謙、李瀚屏、黃伯度諸人。[4]是在孫中山支持下創辦的同盟會加拿大分會的機關報[5]。先爲不定期油印刊物，後改爲鉛印週報，1912 年改爲日報並遷溫哥華出版。早期主持報務的有李伯豪、余超平等人。該報創辦得到孫中山積極支持。[6] 同盟會曾派夏重民、謝英伯、馮自由、甄一怒、陳樹人等先後主持筆政。與舊金山《少年中國（晨）報》在美洲「互相犄角，各放異彩」。（馮自由語）

五、革命黨人在國內的反清新聞宣傳活動

中國同盟會成立後，革命黨人的反清新聞宣傳在國內迅速發展。從北京到沿海諸省，從東北、西北、西南到新疆等邊遠省份，革命派報紙如雨後春

---

1 程曼麗：《海外華文傳媒研究》，新華出版社，2001 年版，第 59 頁。
2 史和等編：《中國近代報刊名錄》，福建人民出版社，1991 年版，第 37 頁。
3 馮自由：《革命逸史：革命黨與洪門會之關係》（下），金城出版社，2014 年版，第 906 頁。
4 馮自由：《革命逸史：美洲革命黨報述略》（中），金城出版社，2014 年版，第 639 頁。
5 方漢奇主編：《中國新聞事業通史》（第 1 卷），中國人民大學出版社，1996 年版，第 854 頁。
6 史和等編：《中國近代報刊名錄》，福建人民出版社，1991 年版，第 344 頁。

笥。新創辦的不下五十餘種。[1]

（一）革命黨人在江蘇[2]暨上海地區的反清新聞宣傳

中國同盟會成立後，為加強組織各地起義，革命派報刊宣傳工作重點逐漸由海外轉移到國內，屬於江蘇行省治區的上海成為長江中下游及江浙一帶從事組織起義並進行宣傳活動的重要基地。[3] 上海的外國租界是清政府管不了的特殊地區，革命黨人利用這種特殊環境進行反清革命宣傳。

1、于右任創辦《神州日報》和「豎三民」的反清革命宣傳

在辛亥運動期間革命黨人在上海的反清革命宣傳活動中，于右任[4]的新聞宣傳活動佔有重要的地位。他的反清革命宣傳主要是依託《神州日報》和「前仆後繼」創辦的《民呼日報》、《民吁日報》和《民立報》（俗稱「豎三民」）等著名革命派報紙進行的。

1907 年 4 月 2 日，《神州日報》在上海創刊。社址在上海四馬路。發起人楊毓麟、汪彭年、邵力子、張俊卿、王無生、汪允宗等多為中國公學的學生。創辦人為于右任，總主筆為楊守仁[5]。《神州日報》以「以祖宗締造之艱難和歷史遺產之豐實，喚起中華民族之祖國思想」為宗旨。設有宮門抄、專電、緊要新聞、社論、通信、專件、各省新聞、短評、小說、特別調查、詩詞、小

1　方漢奇：《中國近代報刊史》，山西教育出版社，1991 年版，第 532 頁。

2　晚清的上海隸江蘇松江府。清末（宣統三年）江蘇省行政長官兩江總督與江寧布政使同駐江寧府（今江蘇南京市），江蘇巡撫與江蘇布政使同駐蘇州府（今江蘇蘇州市），全省府級行政區有江寧、淮安、揚州、徐州、常州、鎮江、蘇州和松江等 8 府。民國北京政府時期（1914 年 1 月）設上海道，駐上海縣（今上海市黃浦區老城區），初轄上海、松江、南匯、崑山、寶山 5 縣。同年 3 月改轄上海、吳縣、吳江、常熟、崑山、松江、青浦、金山、奉賢、南匯、川沙、太倉、嘉定、寶山、崇明等 15 縣（北京《政府公報》第 677 號，1914 年 3 月 27 日出版）。同年 5 月改稱滬海道，轄上海、松江、南匯、青浦、奉賢、金山、川沙、太倉、嘉定、寶山、崇明、海門等 12 縣。直到 1927 年廢滬海道，改設上海特別市，直屬中央政府。參見傅祥林、鄭寶恒著《中國行政區劃通史·中華民國卷》，復旦大學出版社，2007 年版，第 155～158 頁。

3　方漢奇主編：《中國新聞事業通史》（第 1 卷），中國人民大學出版社，1996 年版，第 859 頁。

4　于右任（1879～1964），原名伯循，字誘人。筆名半哭半笑樓主、神州舊主、大風、騷心、剝果、啼血乾坤一杜鵑、關西餘子、髯翁等。晚年自號太平老人。祖籍陝西涇陽，生於陝西三原。

5　楊守仁（1872～1911），原名毓麟，字叔一、篤生。號叔壬。筆名椎印寒灰、三戶遺民、蹈海生等。湖南長沙人。

品、雜俎等欄目。從創刊到同年 6 月 20 日爲于右任主持時期，不但報名體現鮮明反清革命和民族主義思想，而且報紙只印干支和公元而不印清朝帝號，並代表革命派對國內外大事發表觀點，所以很受讀者歡迎，成爲當時上海地區銷路最廣的報紙。[1]同年 5 月 8 日報社火災損失巨大，但僅停報一天就恢復出版。5 月 23 日恢復出報三大張。6 月 1 日遷進四馬路報社新址。6 月 20 日于右任在《神州日報》頭版刊出啓事宣布辭職。[2]報紙改由葉仲裕、汪彭年主持，楊守仁任總主筆。

　　于右任從《神州日報》辭職後應聘到清廷上海道臺蔡乃煌所辦《輿論日報》任主筆。因意見不合，不久即離開。[3]1908 年 8 月 27 日，上海各報登載于右任集股創辦「民呼」報啓事，稱「鄙人去歲創辦《神州日報》，因火後不支退出，未竟初志，今特發起此報，以爲民請命爲宗旨，大聲疾呼，故曰『民呼』，闢淫邪而振民氣，亦初創《神州》之志也。」[4]得到陝西富商柏筱魚、信成銀行協理沈縵雲、買辦張靜江及龐青城、周柏成資助，歷時八月籌得股金 6 萬元。1909 年 5 月 5 月 15 日，《民呼日報》在上海望平街 160 號創刊。于右任自任社長，聘陳飛卿爲總主筆。執筆者有范光啓、吳宗慈、王無生，戴天仇、周錫三諸人。[5]該報設有「紀事之部」（新聞、宮門抄、電報），「言論之部」（社說、時事商榷、天聲人語），「叢錄之部」（佚史、雜記、文苑、散文）及「閱者投箋」（讀者來信）等欄目。同時出版附刊《民呼圖畫日報》月刊，（簡稱《民呼畫報》），張聿光任編輯，上海環球社出版。設有大陸景物、上海建築、世界名人歷史、國內外新聞、上海社會現象等 12 個欄目。每冊 12 頁，作經摺式。[6]《民呼日報》以「實行大聲疾呼」、「爲民請命」爲宗旨，著重揭露貪官污吏魚肉百姓的黑暗現實，尤其是集中筆力揭露清廷陝甘總督升允治下匿災不報、天賦不免造成赤地千里人相食的悲慘情景，邀集旅滬陝甘同鄉成立甘肅賑災公所募款救災，由此惹惱清廷陝甘地方當局。遂由護理陝甘總督毛慶蕃出面向上海公共租界當局誣告借在《民呼日報》報館辦公的甘肅籌

1　方漢奇：《中國近代報刊史》，山西教育出版社，1981 年版，第 479 頁。
2　方漢奇主編：《中國新聞事業通史》（第 1 卷），中國人民大學出版社，1996 年版，第 863 頁。
3　吳廷俊：《中國新聞史新修》，復旦大學出版社，2008 年版，第 115 頁。
4　傅德華主編：《于右任辛亥文集》，復旦大學出版社，1986 年版，第 18 頁。
5　馮自由：《上海〈民呼日報〉小史》，載《革命逸史》（中），金城出版社，2014 年版，第 516 頁。
6　史和等編：《中國近代報刊名錄》，福建人民出版社，1991 年版，第 142 頁。

賑會「侵吞賑款」，安徽鐵路公司候補道朱雲錦等則指控《民呼日報》「毀壞名譽」。同年 8 月 2 日（農曆六月十八日），由上海公共租界會審公廨派警探將《民呼日報》社長于右任及職員陳飛卿拘至捕房。[1]報紙堅持出版至 8 月 14 日（農曆六月二十九日）停刊，共計出報 92 期。經過「研訊」，儘管會審公廨認定甘肅籌賑會「與報紙無關」，侵吞賑款「查無實據」，但仍判于右任「逐出租界」，並以「不安本分，迭被控發」之罪名取消《民呼日報》發行權。于右任 9 月 8 日出獄。

1909 年 9 月 29 日（農曆八月十六日），上海各報登載于右任《〈民吁日報〉出世》廣告，稱「本社近將《民呼日報》機器生財等一律盤過，改名《民吁日報》。」「內容外觀，均擅海內獨一無二。」[2]1909 年 10 月 3 日（農曆八月二十日），《民吁日報》在《民呼日報》社原址創刊。爲免公共租界當局迫害，《民吁日報》改在法國駐滬領事處登記註冊。朱葆康（少屏）爲發行人，范光啓（鴻仙）任社長，實際各項事務仍由于右任負責。[3]景耀月任總主筆（總編輯）。第 1 號報紙載有于右任執筆《宣言書》和總主筆景耀月所撰《出世之辭》兩文。《出世之辭》稱以「提倡國民精神、痛陳民生利病，保存國粹，講求實學」爲宗旨，《宣言書》又提出「覘民情」、「存清議」、「維國學」、「表異聞」等具有鮮明反清革命民主色彩和不屈不饒鬥爭精神的口號。設有社說、小說、公言、時論、要件、宮門抄、上諭、專電、譯叢、時事要聞、譯電、文苑等欄目。該報集中揭露和抨擊日本帝國主義對中國的侵略野心和罪行。從 10 月 21 日到 11 月 19 日，在對「日工毆打學生之風潮」、「日本前首相伊藤博文東北之行」及「伊藤博文被朝鮮志士安重根刺殺身死」等事件連續報導中，《民吁日報》累計刊發 62 篇新聞及時評，形成可和「拒俄宣傳」和「反美華工禁約宣傳」媲美的反對日本侵略中國的社會輿論高潮。[4]11 月初（農曆九月下旬）日本駐滬總領事松岡照會清廷蘇松太道蔡乃煌稱「《民吁日報》，言論大欠和平，且任意臆測煽惑破壞，幸災樂禍，有礙中日兩國邦交，請將

1 馮自由：《上海〈民呼日報〉小史》，載《革命逸史》（中），金城出版社，2014 年版，第 516 頁。
2 馮自由：《上海〈民吁日報〉小史》，載《革命逸史》（中），金城出版社，2014 年版，第 519 頁。
3 方漢奇主編：《中國新聞事業通史》（第 1 卷），中國人民大學出版社，1996 年版，第 870 頁。
4 方漢奇：《中國近代報刊史》，山西教育出版社，1981 年版，第 485 頁。

該報懲辦，以戒後來。」蔡乃煌依命箚飭會審公廨，租界捕房 11 月 19 日（農曆十月初七）派員查封該報（共出報 48 期），社長范光啓被傳訊。1909 年 11 月 29 日（農曆十月十七日）租界會審公廨判決「該報永遠停止出版。所有主筆人等均免予深究完案。機器不准作印刷報紙之用，由該被告切實具結領取。」[1] 查禁《民吁日報》遭致社會各界尤其新聞界強烈反對，江南學界人士致電北京外務民政兩部及蘇松太道反對「未訊先封」並要求「先行啓封，秉公核辦」，成爲當時一社會熱點。

儘管《民呼日報》和《民吁日報》均因言論獲罪被租界當局查禁，但立志「整頓全神，以爲國民效馳驅」[2]的于右任堅持「爲民請命」，決意再辦新報。因租界判決「機器不准作印刷報紙之用」須另購印報機器，所以「豎三民」的「第三民」《民立報》直到 1910 年 10 月 10 日才創刊出版。該報仍由于右任自任社長，吳忠信、董弼臣任經理。協助于佑任擔任《民立報》編輯撰稿工作的主要是宋教仁[3]、范光啓、景耀月等幾個人。范、景是《民吁日報》的舊人。宋教仁則是新近參加進來的。[4]《民立報》報館還是設在上海四馬路望平街 160 號。仍由于右任主辦，執筆撰稿人除景耀月（帝召）、范鴻仙（光啓）和宋教仁（漁父）外，還有呂志伊、葉楚傖、邵力子和徐血兒等人。骨幹全部是同盟會會員，同盟會中部總部成立後又確定爲機關報，所以成爲上海地區革命派的重要喉舌。設有社論、譯論、小說、宮門抄、上諭、專電、譯電、新聞、雜錄、文苑、筆記、外論等欄目。[5]報紙主要通過刊載社論和新聞宣傳革命，並首先向全國報導了武昌起義的新聞，成爲報導辛亥首義勝利的「第一聲」。

2、《中國公報》和《民聲報》的反清革命新聞宣傳

在于右任《民吁日報》被租界當局判處「永遠停止出版」，「機器不准作印刷報紙之用」停刊，「豎三民」第三報《民立報》因須籌措資金購置印報機未得開辦的「空檔期」，上海出現了具有鮮明革命色彩的新聞報紙《中國公

1　馮自由：《上海〈民吁日報〉小史》，載《革命逸史》（中），金城出版社，2014 年版，第 519～523 頁。

2　于右任：《發刊詞》，載上海《民立報》，第 1 號，1910 年 10 月 10 日。

3　宋教仁（1882～1913），名鏈，字遯初，號漁父，筆名桃源漁夫、漁父等。湖南桃源人。

4　方漢奇：《中國近代報刊史》，山西教育出版社，1981 年版，第 487 頁。

5　史和等編：《中國近代報刊名錄》，福建人民出版社，1991 年版，第 138 頁。

報》。該報創辦者是被孫中山稱爲「革命首功之臣」的陳其美[1]。1910 年 1 月 1 日創刊於上海。編輯及發行人爲陳其美、陳毓川、陳去病。事務所設在上海愛而近路慶祥里。該報以「鞭策國群、促進公益、代表清議」[2]爲宗旨，因追求「實行破除疆域及種種界限，並無論平民、貴族及內政外交，悉本公法、公理，發爲公是公非」，故定名爲《中國公報》。設有論說、專電、世界大事記、短評、國內大事記、小說等欄目。目前所知出版至當年 3 月份停刊。

　　1905 年 5 月 23 日（農曆四月十五日），又有一份以宣傳反清革命爲宗旨的革命報刊《民聲報》半月刊在上海創辦。編輯及發行人署「陳匡」，實際主持者陳其美、姚勇忱。撰稿有雷昭性（鐵崖）、林白水（獬）、坦庵等。該刊猛烈抨擊清政府預備立憲，同時提出在西方資產階級民主下「國民果可以免於專制乎？」疑問。該報設有圖畫、時論、時評、譯述、諭旨、國內大事、世界大事、特別紀事、調查、法令、文譚、詩歌、小說、雜俎等欄目。已知出版過兩期。

3、《中國女報》和《神州女報》的反清革命新聞宣傳

　　宣傳發動婦女投身革命運動是爭取資產階級革命取得勝利的重要任務。1907 年 1 月 14 日（農曆光緒三十二年十二月初一），編輯兼發行者署名爲「浙江山陰秋瑾」的《中國女報》月刊在上海創刊。主辦者爲秋瑾，總編輯陳伯平，校對徐雙韻。編輯所設在上海北四川路厚德里中國女報館。《中國女報》以「開通風氣、提倡女學，聯感情，結團體，並爲他日創設中國婦人協會之基礎」爲宗旨，聲稱「今欲結二萬萬大團體於一致，通全國女界聲息於朝夕，爲女界之總機關，使我女子生機活潑，精神奮飛，絕塵而奔，以邁進於大光明世界」[3]。設有社說、演壇、譯編、傳記、小說、文苑、新聞、調查報告等欄目。後因秋瑾忙於參加籌備反清武裝起義四處奔走，無暇顧及編輯報刊出版事宜，《中國女報》於 1907 年 3 月 4 日出版第 2 期後停刊。

　　因參加反清志士徐錫麟的安慶起義失敗，秋瑾在紹興大通學堂被捕並在紹興軒亭口犧牲。爲了繼承秋瑾的革命遺志，《中國女報》與陳以益創辦主編的《新女子世界》合併，1907 年 12 月 20 日改名爲《神州女報》月刊繼續出版。《神州女報》由陳以益主編。事務所設在上海西海寧路南林里，繼承秋瑾

1　陳其美（1878～1916），字英士，號無爲。浙江湖州人。
2　蓀樓：《中國公報宣言書》，載《中國公報》第 1 號，1910 年 1 月 1 日在上海出版。
3　浙江山陰秋瑾：《發刊辭》，載上海《中國女報》第 1 號，1907 年 1 月 14 日出版。

《中國女報》「開通風氣，提倡女學」宗旨。設有圖畫、論說、譯林、學問、實業、史學、輿論、詞藻、小說、專件、記事、雜錄、來函等欄目，積極向女性宣傳資產階級民主自由思想，反對清政府封建專制，出版至 1908 年 2 月停刊。

4、英文《大陸報》的反清革命新聞宣傳

1911 年下半年，隨著同盟會力量在國內集結，尤其是同盟會中部總會建立和《民立報》等報刊反清革命宣傳聲勢益盛，清政府官僚惶惶不可終日，全國反清武裝起義風起雲湧，革命形勢發展非常迅速。中國資產階級革命勝利指日可待。此時的上海出現了一份在中華民國新聞史上具有特殊意義的英文報紙，即由美國人密勒（Thomas F. Millard，1868～1942）受孫中山委託[1]出面申請註冊、中美合股創辦的中國國家報業公司所有，1911 年 8 月 29 日創刊的英文《大陸報》（China Press），是辛亥革命時期革命黨人在國內創辦的唯一的英文日報。孫中山創辦該報是為了爭取國際輿論對中國革命的支持。[2]美國新聞記者密勒為主編，費萊煦任經理，勞合任廣告部主任，密大新聞學院畢業的董顯光、吳嘉棠等為職員。因該報主編密勒畢業於密蘇里大學且長期從事新聞工作，被人們稱為「以記者身份最早到達中國的『密蘇里幫』的先鋒人物」。該報對孫中山領導的中國資產階級革命和辛亥反清起義持同情態度，不但大量報導武昌起義，還闢出專版介紹孫中山等革命黨人。孫中山從國外回到上海第二天即 12 月 26 日即和大陸報主筆談話（接受採訪）。在赴南京宣誓就任民國臨時大總統前一天（12 月 30 日）又專門與上海《大陸報》記者談話。從國外歸來（1911 年 12 月 25 日）到就任民國第一任臨時大總統前（1911年 12 月 31 日）這段時間，《大陸報》是與孫中山進行互動的唯一新聞媒介，且在短短幾天內進行了兩次談話，由此可見《大陸報》與孫中山非同尋常的親密關係。孫中山通過和《大陸報》主筆和記者的談話向世界（尤其是西方）傳播了「吾輩將建設新政府」並「願修好於各國政府」[3]及「國會將必贊民主」，「滿廷必須完全服從民軍」[4]等政治立場。通過美國人所辦的《大陸報》向西方傳播資產階級革命黨人基本政治立場信息，對促進世界各國瞭解和認識中

1　馬光仁主編：《上海新聞史》，復旦大學出版社，1996 年版，第 391 頁。
2　吳廷俊：《中國新聞史新修》，復旦大學出版社，2008 年版，第 117 頁。
3　孫中山：《與上海〈大陸報〉主筆的談話》（1911 年 12 月 25～26 日），載《孫中山全集》（第 1 卷），中華書局，1981 年版，第 572 頁。
4　孫中山：《與上海〈大陸報〉記者的談話》（1911 年 12 月 30 日），載《孫中山全集》（第 1 卷），中華書局，1981 年版，第 580 頁。

國資產階級領導的辛亥革命並進而同情支持革命運動產生了積極的影響。

5、革命黨人在江蘇其他地區的反清革命新聞宣傳活動

1909 年 11 月 2 日（宣統元年九月二十日），《錫金日報》創刊於江蘇無錫。日出一張。報館設在無錫北門竹場巷。創辦者爲同盟會會員秦毓鎏[1]和同盟會會員孫保圻。委託上海工藝印刷局用四號鉛字代印後由火車運回無錫發行。該報「致力於宣傳孫中山的革命主張，啓發民眾的共和意識」，內容包括節選上海《申報》《新聞報》重要時事、論述和本地新聞。設有社論、小說、國事要聞、地方新聞等欄目。以民主主義思想有力抨擊時弊。1910 年曾參加上海《時報》和《神州日報》發起的「全國報界俱進會」，[2]是無錫第一家參加全國新聞職業團體活動的報紙。

1911 年 9 月 21 日，革命黨人創辦的《新民日報》在江蘇常州創刊。設有錄電、評論、要聞、瑣聞、雜俎等欄目。言論進步、敦促民眾革命舊俗，剪掉辮子，不再裹足，堅決推翻封建皇朝，振興中華。辛亥首義後，常州於當年 11 月 9 日（農曆九月十九日）宣布光復，成立以何健爲軍政長的常州軍政分府[3]，該報成爲軍政分府的機關報。後因反對袁世凱稱帝，二次革命失敗後被迫停刊。

1911 年 10 月創刊於江蘇宜興的《新陽羨報》，由潘蘇平、萬仲章、程坤泰等人合資創辦。出版不久即告停刊。《通海新報》日報，1911 年由陳琛創刊於江蘇南通，劉伯英任主筆，陳竹坪，王苴搴任編輯。每天出報一大張，曾一度出報二大張。該報能反映人民群眾的意志和願望，[4]內容以南通、海門兩縣的新聞爲主，設有時評、小言等欄目，另闢文言副刊，刊載辭賦詩章。

（二）革命黨人在粵港桂地區的反清新聞宣傳

香港在港英殖民當局管治下且遠離國內政治中心，清政府統治鞭長莫及，資產階級革命團體興中會機關報《中國日報》就是在香港創辦的。與香港毗鄰的廣東是孫中山的家鄉，因毗鄰香港的獨特地理優勢，這一階段仍是

---

1 秦毓鎏（1880～1937），又名念萱，字晁甫，號效魯，晚號天徒、坐忘。江蘇無錫人。馮自由在《革命逸史》（上）《秦秦毓鎏史略》中稱「高郵宋龍圖閣直學士秦觀之後」，金城出版社，2014 年版，第 89 頁。

2 史和等編：《中國近代報刊名錄》，福建人民出版社，1991 年版，第 338 頁。

3 劉小寧：《民國肇基·辛亥革命在江蘇》，江蘇人民出版社，2011 年版，第 30 頁。

4 史和等編：《中國近代報刊名錄》，福建人民出版社，1991 年版，第 300 頁。

僅次於上海的資產階級革命黨人反清革命宣傳中心，在香港出版的革命報刊有 13 家，在廣州創辦的革命報刊先後有 18 家。[1]

1、革命黨人在廣東地區的反清革命新聞宣傳

中國同盟會成立後，廣東成為資產階級革命黨人的大後方，十分活躍的資產階級革命新聞宣傳和反對帝國主義侵略緊密結合。

1905 年 8 月 21 日，《美禁華工拒約報》旬刊，（簡稱《拒約報》）在廣州創刊。由黃晦聞[2]、王軍演、胡子晉三人發起。黃晦聞任總編輯，督印員胡子晉。參與人員有謝英伯、黎起卓、陳樹人、何子陶、盧諤警、歐伯鳴、盧蔚起、鄧子彭、袁瑩礎等。總編輯所設在廣州河南南海幢寺南武公學。發行所設在廣州城西高基進取學堂。封面題作《美禁華工拒約報》，書口題《廣州旬報》。設有社說、短評、要聞、專件、輿論一斑、白話、歌謠、粵謳、僑民、受虐匯記等欄目，並刊載反美拒約運動的公告、函件、章程、消息、評論和文藝作品。1905 年 10 月底出版第九期後停刊。[3]

1907 年 5 月 2 日，《廣東白話報》旬刊在廣州出版。撰述人有黃世仲、歐博鳴、風萍舊主等。編輯部及總發行所設在廣州靖海門外迎祥街。該報以宣傳民主革命為宗旨。設有議事亭、大笪地、是非竇、地保戳、雜貨鋪、門官茶、互戲臺、時聞袋、照相館等欄目。內容有時評、雜文、小品文、戲曲、小說等[4]。該報的鮮明特色是用廣東方言撰寫文稿，欄目的名稱與當地文化習俗結合緊密，通過讀者身邊的新聞和生活宣傳民主革命的道理，讀來親切，喜聞樂見。

1906 年 11 月 30 日，《國民報》日報，在廣州創刊。主辦人和編輯人為盧諤生[5]。報館在廣州十八甫新街。以「喚醒國民精神，而發起其愛國思想為主義」。內容分莊諧兩部，莊部設有論著、朝諭、粵事、時評、中國新聞、外國新聞、轅報、牌示、專件等欄目；諧部包括落花夢、小說叢、新趣語、偉人跡、輶軒錄、話劇錄、話劇曲、瀛海談、實業談、拍板歌、珠江籟等欄目。

1　方漢奇主編：《中國新聞事業通史》（第 1 卷），中國人民大學出版社，1996 年版，第 883～887 頁。

2　黃晦聞（1873～1935），字玉昆，號純熙，別署晦翁、佩文、黃史氏、蒹葭樓主等，廣東順德人。因鄙夷同宗變節行為後改名為「節」，號「甘竹灘洗石人」。

3　史和等編：《中國近代報刊名錄》，福建人民出版社，1991 年版，第 269 頁。

4　史和等編：《中國近代報刊名錄》，福建人民出版社，1991 年版，第 50 頁。

5　盧諤生（？～1912），又名嶽生，筆名盧梭魂、盧梭之徒。廣東南海人。

1907 年 2 月盧諤生爲避清廷拘捕出走後，報紙改由李少廷、崔秉民出資經營，聘馮百礪、易健三、鄧小彭爲主編。編輯人爲鄧悲觀、發行人爲李伯撫，總發行所移至西關第七甫 97 號。

1910 年 10 月 31 日，《平民日報》在廣州創刊，週日無報。主筆有盧博浪、李孟哲、鄧慕韓、潘達微、陳樹人、廖幹子、鄧警亞、黃宵九。發行兼編輯人署「馮光裕」（實無其人）。印刷人陳贊平。實際負責人鄧慕韓。總發行所在廣州第八甫門牌第 8 號。以揭露清政府立憲騙局，宣傳民主革命爲主旨，並提倡大規模地採取暗殺手段以推進革命。[1] 設有特電、新聞（本省之部、中國之部、國外之部）、神州月旦、小說、冷評、史傳、學說等欄目。因資金短缺於 1911 年春休刊。鄧慕韓赴新加坡籌集股本數千元準備復刊未果後，館舍和器材曾借與陳炯明於 1911 年 3 月 30 日創辦《可報》。《可報》同年 4 月 22 日停刊後，《平民日報》同人同年 8 月 1 日創辦《齊民報》繼續鼓吹革命。1911 年 11 月 7 日廣東光復成立都督府後，恢復《平民日報》繼續出版，總編輯爲鄧警亞。二次革命失敗後被廣東軍閥龍濟光查禁。

1911 年 7 月 16 日，《平民畫報》旬刊創刊。編輯兼發行人鄧警亞[2]。印刷人徐景。撰述人有廖平子（疑與「廖乾子」爲同一人）、馮百礪、尹笛雲，畫師有何劍士、鄭呂康、馮潤芝、譚雲波、李耀屏、潘達微。書記楊倫西、文字撰寫胡漢秋。發行所設在廣東省城第八甫。內容以圖畫爲主，文字淺顯易懂，具有濃鬱地方文化特色。文字部分設有論說、詞苑、雜文、小說、龍舟歌、粵謳等欄目。光復後改用《時事畫報》名義繼續出版。[3]

1908 年 4 月 17 日，革命派報刊《中華新報》在廣東汕頭創刊，謝逸橋、謝牧良兄弟創辦。葉楚傖[4]任主筆。前身爲 1907 年創刊不久「因提倡資產階級民主革命被當局封閉」[5]的《新中華報》。每週出報六回（週日無報）。同年 9 月 25 日起進行體例改良。設有社說、論旨、要聞（京事述要、學務述要）、政界紀聞、學界紀聞、嶺東紀聞、專件、選論、專電等欄目；副刊設有小說、叢談、雜文、詞苑、投書、小言、謎猜、圖畫等欄目。因創辦人謝逸橋、謝

1　史和等編：《中國近代報刊名錄》，福建人民出版社，1991 年版，第 107 頁。
2　鄧警亞（1890～1973），廣東佛山人，筆名痞翁。
3　方漢奇：《中國近代報刊史》，山西教育出版社，1991 年版，第 501 頁。
4　葉楚傖（1887～1946），原名宗源，又名龍公，字卓書，筆名小風、湘君、楚傖等。江蘇吳江（今周莊）人。
5　史和等編：《中國近代報刊名錄》，福建人民出版社，1991 年版，第 340 頁。

牧良兄弟都是同盟會員，所以該報是革命黨人為宣傳反對清朝封建專制統治和資產階級民主革命在汕頭出版的新聞報紙。1911 年因評論溫生財刺廣東將軍孚琦一事開罪當局，遂被下令封禁。辛亥光復後曾一度復刊。

當時還有：《珠江鏡》日報，週日無報。1906 年春創刊於廣州。同年 5 月 27 日遷往香港出版。[1]總編輯兼督印人何言，設有論說、路事、粵聞、本國（新聞）、外國（新聞）、交涉、電音、專件、港聞、諧文、趣言、談叢、小說、什誌、粵謳、班本等欄目。1906 年 7 月 10 日被禁停刊。《嶺南白話雜誌》週刊，1908 年 2 月 9 日（光緒三十四年正月初八）創刊。以「講公理、正言論、改良風俗」為宗旨。撰稿人有歐博明、黃耀公、白光明、萍寄生等。設有美術家、演說臺、藏書樓、記事室、譯學館、俱樂部、遊戲坊、潔淨局、音樂房、跳舞會、宣講堂、閱報社等欄目。《南越報》日報，1909 年 6 月 22 日創刊於廣州。主編蘇棱（稜[2]）諷，參與編務的盧博浪、李孟哲、楊計白等都是革命黨人。內容分莊諧兩部。反對清廷預備立憲，公開聲稱「藉改革，權集中央，原非良策，稱預備，考查外國，徒事虛名」。《可報》，1911 年 3 月 30 日（宣統三年三月初一）創刊。主辦人為陳炯明。主筆有朱執信、葉夏聲、馬育航、鄒魯等，主要撰稿者還有高崙、陸大同。因評論溫生才刺殺廣東將軍孚琦一事，出版至同年 4 月 22 日被廣東巡警道王秉恩勒令停刊。[3]《人權報》日報，1911 年 3 月 11 日創刊於廣州。主筆有勞緯孟、陳耿夫、黃浩公、黃宵九、李孟哲。發行所設在廣州第八甫。以「喚起民眾思想」為宗旨，堅決反對「庇賭官紳」。設有論說、要件、專電、命令、粵事、通訊、中國新聞、外國新聞、天聲人語、嶺南月旦、大陸春秋（時事短評）等欄目，同時出版的《人權報諧部》，設有針針見血（雜文）、小說、談叢、噴飯（笑話）、班本、歌曲、粵謳等欄目。民國成立後繼續出版，編輯人為黃伯器，發行人李文治，印刷人胡惠。《時事畫報》旬刊，1905 年 9 月創刊於廣州。發起人高卓廷。編輯人潘達微、高劍文、何劍士、陳恒等。以圖畫方式抨擊清朝專制統治和帝國主義的侵略，反映革命黨起義等重大事件。內容分圖畫紀事和論事兩部，論事分為諧莊兩部。編排上採先諧後莊次序。諧部設雜文、談叢、小說、謳歌、劇本、詩界等欄，莊部設論說、短評、旬日要事等欄。1906 年 4 月 14 日

1 史和等編：《中國近代報刊名錄》，福建人民出版社，1991 年版，第 278 頁。
2 方漢奇：《中國近代報刊史》，山西教育出版社，1991 年版，第 500 頁。
3 史和等編：《中國近代報刊名錄》，福建人民出版社，1991 年版，第 106 頁。

因該報刊載《官場之美人局》一文，被南海縣令以「與事實不符」爲由判令罰款，約在 1907 年冬停刊。[1]1909 年秋，在香港復刊，仍以「抨擊清朝，主導革命」爲宗旨，謝英伯、潘達微等主編。刊十餘期後停刊。[2]《震旦日報》，1911 年 2 月（清宣統三年正月）創刊。由石室天主教神甫魏昌茂創辦。發行所設在廣州第七甫 77 號門牌。發行人爲康仲犖，編輯人有康仲犖、梁愼餘、陳援庵（垣）等，均爲「同情革命的愛國知識分子」。該報以「誘導輿論、扶植人權、獎進民德、提倡實業」爲宗旨。設有論說、本省新聞、國外新聞及副刊《雞鳴錄》。[3]因該報爲外國傳教士經營，革命人士廖平庵和楊匏安即利用撰寫社論做革命宣傳。[4]

2、革命黨人在香港地區的反清革命新聞宣傳

1906 年 8 月由陳少白任經理的文裕堂印務公司破產，《中國日報》隨之改組。新股東推選馮自由[5]任《中國日報》社社長，陳少白改行監督之責。《中國日報》在馮自由接任社長後，繼續全力宣傳資產階級民主革命思想的宗旨、強烈的民族主義革命色彩及報紙主要欄目等沒有根本性變化，仍然是香港地區反清革命新聞宣傳的一面旗幟。1905 年轉爲同盟會香港分會機關報。1906 年秋同盟會南方支部成立後即成爲同盟會南方支部機關報。馮自由在同盟會南方支部成立並把《中國日報》確定爲機關報後主持該報筆政。在馮自由主持筆政的這段時間裏，《中國日報》大力宣傳了孫中山的「三民主義」革命綱領，其中《三民主義與中國革命之前途》一文連載十多期；與香港立憲派報紙《商報》就中國革命前途問題進行長時間論戰；及時報導國內反對美國取締華工的「拒約」運動、抵制美貨運動以及維護路權運動等鬥爭新聞消息，同時利用香港的特定社會環境，詳細報導同盟會在各地組織的反清起義消息，是革命黨人在香港從事黨務、軍務活動及籌劃國內武裝起義的重要基地，[6]成爲當時同盟會革命活動信息集散傳播的主要輿論平臺。

---

1 史和等編：《中國近代報刊名錄》，福建人民出版社，1991 年版，第 191 頁。

2 方漢奇：《中國近代報刊史》，山西教育出版社，1991 年版，第 508 頁。

3 史和等編：《中國近代報刊名錄》，福建人民出版社，1991 年版，第 356 頁。

4 方漢奇主編：《中國新聞事業通史》（第 1 卷），中國人民大學出版社，1996 年版，第 890 頁。

5 馮自由（1882～1958），原名懋龍，字健華，後改名自由。著名華僑馮鏡如即京塞爾之子。祖籍廣東南海，出生於日本。

6 參見方漢奇主編：《中國新聞事業通史》（第 1 卷），中國人民大學出版社，1996 年版，第 883～885 頁。

　　1906 年 5 月 28 日，《香港少年報》(《少年報》、《少年日報》) 在香港創刊。發行所設在香港海傍甘諾道 108 號。總編輯兼承印人是黃世仲[1]，編輯及發行人為楊計伯、康蔭田；撰述員有黃伯耀 (筆名病國青年)、馮礪生 (筆名生國青年)、趙嘯餘 (筆名飛電)、何螢初 (筆名飛劍)、盧蔚起 (筆名飛刀) 等。以「開通民智、監督政府、糾正社會、提倡民族」為宗旨，內容分莊諧兩部，設有故事叢、采風錄、新笑林、新說部、發言臺、強漢鏡、政治談、照妖鏡、學界潮、工商部、雜記、港誌等欄目。不到一年停刊。

　　1907 年 12 月 5 日，《社會公報》在香港創刊，編輯部及發行所設在香港德輔道中門牌 61 號三樓。總編輯兼督印人為黃耀公 (伯耀)。以「掃除社會窒礙及灌通社會知識」為宗旨，在宣傳民主革命思想的同時，也宣傳空想社會主義。內容分莊諧兩部，其中莊部設有議論、批評、國事、外紀、粵聞、偵探、電音、港誌等欄目。

　　1911 年 11 月 9 日，《新漢報》在香港創刊，督印人盧新 (信)，總經理兼撰述員黃世仲，發起人有鄺敬川、黃耀公、鄭兆君、黃世頌、盧梭功、盧博浪、梁大拙、林伯梁等。主筆盧博浪，李孟哲。發行所設在香港永樂東街門牌 45 號。該報以「開通民智，討論政治」為宗旨，創刊時正值武昌起義之際，辦報資金均由革命黨人資助。設有廣東軍政府布告、論說、特電、電、紀事、香港新聞、各省新聞、外國新聞、譯事、小說等欄目。1912 年初改為日報，稱《新漢日報》。「南北議和」成功南京臨時政府北遷後，該報自動停刊。出版半年左右。

　　香港地區還有：《日日新報》1906 年 2 月 8 日 (光緒三十二年正月十五日) 創刊。發行所設在香港上環新海旁 13 號。以「詼諧諷世、謳歌變俗」、「發揮民族為唯一方針」。因聲援粵紳黎國廉反對粵督岑春煊以「國有」藉口強佔商營粵漢路權，被禁止在廣州地區銷售，後因資本虧損被迫停刊。《東方報》(又名《東方日報》，Eastern News)，週一停報。1906 年 7 月 29 日 (光緒三十二年六月初九) 創刊於香港，總發行所設在香港德輔道中 137 號頂樓。謝英伯主編。協助他擔任編輯撰稿的有陳樹人、劉思復、易俠、胡子晉、駱漢存等。[2]熱情宣傳民主革命。內容分莊諧兩部。莊部設論說、短評、新聞等欄目。諧

1　黃世仲 (1872～1913)，字小配，筆名黃裔、轅孫、轅、棣、世、禺山世次郎等，廣東番禺人。

2　方漢奇：《中國近代報刊史》，山西教育出版社，1991 年版，第 500 頁。

部設題詞、生花筆、說部叢、無所謂、觀風記、益腦丸、博覽會、漢家儀、迷信鏡、學界燈、溫嶠犀、天地秘、英雄魄、自鳴籟、風雅叢等欄目。同年 8 月 15 日載《鐵路公司久不出數論》一文，次日被粵督箚飭巡警總局諭令各分局將「該管段內東方報代理處，一概停業，不准代賣。」[1] 半年後被迫停刊。《社會公報》日報，週日無報。1907 年 12 月 5 日創刊。總編輯兼督印人爲黃耀公（伯耀）。編輯部及發行所設在香港德輔道中門牌 61 號三樓。以「掃除社會窒礙及灌通社會知識」爲宗旨。內容分莊諧兩部。莊部設議論、批評、國事、外紀、粵聞、偵探、電音、港誌等欄目；諧部設文壇、白話、輶軒錄、稽古談、鼓吹等欄目[2]。停刊時間不詳。

3、革命黨人在廣西地區的反清革命新聞宣傳

廣東和香港地區的轟轟烈烈的反清革命宣傳活動自然要在廣西產生反響。廣西同盟會會員除了在桂林、柳州、南寧、梧州等地發行中國同盟會的機關報《民報》等外，還自己創辦或參與創辦了一些以宣傳反清爲主旨的革命報刊。

1907 年（清光緒三十三年），《灕江潮》創刊於廣西桂林，主編馬君武[3]、盧汝翼、蒙經、萬武等皆爲同盟會會員，僅出二期即被清廷廣西當局查封。《廣西日報》，1907 年 10 月 21 日（清光緒三十三年九月十五日）在廣西梧州創刊，以宣傳民主革命爲宗旨，廣西同盟會會員甘紹相、區笠翁等主辦，出版不久停刊。

1908 年《指南月刊》，創刊於廣西桂林。廣西同盟會支部成員員趙正平[4]與尹昌衡、覃鎏鑫、呂公望等創辦。趙正平任主筆，呂公望任經理，因言論激烈，出刊不久即被迫停刊。《民鐸日報》，1908 年（清光緒三十四年）創刊於廣西桂林。由廣西同盟會會員劉古香、周放年、王獅靈、劉震嬛等主辦。聲稱以宣傳民主革命爲宗旨，出版不久即停刊。這些報刊對於宣傳革命思想也發揮了重要的作用。

1910 年 9 月 23 日（清宣統二年八月二十日），革命黨人創辦的《南報》月刊，在廣西桂林創刊。桂林石渠書局承印。事務處設在桂林文昌門內福旺

---

1 史和等編：《中國近代報刊名錄》，福建人民出版社，1991 年版，第 110 頁。
2 史和等編：《中國近代報刊名錄》，福建人民出版社，1991 年版，第 199 頁。
3 馬君武（1880～1940），原名道凝，改名和，又名同，號君武，廣西桂林人。
4 趙正平（1877～1945），字厚生，號仁齋。江蘇寶山（今屬上海）人。

街 2 號。[1]聲稱以「研究對南方針」為宗旨，以「軍國主義為綱，世界、民族
兩主義為目」。是同盟會廣西支部成立後創辦的第一個機關報，編輯兼發行人
「候聲」是該支部秘書長趙正平的化名，是該刊實際上的總主筆。[2]主要撰稿
人有耿毅（支部長）、何遾（支部總參議，筆名賤夫）和梁史、劉建藩、蒙經
（均為下屬分部長），以何遾撰寫稿件為最多。設有論說、歷史、地理、國民
之聲、本國紀事、外國紀事、特別紀事、桂林春秋、時論、小說等欄目。1910
年 11 月出至第 3 期。第 4 期已經印好，因清吏不准註冊未能發行而停刊。

　　1911 年 2 月 23 日，《南風報》月刊，在廣西桂林創刊。該刊是同盟會廣
西支部在機關報《南報》停刊後創辦的又一份機關報。社址仍在桂林文昌門
內福旺街 2 號。編輯兼發行人廖璋，主筆趙正平，主要撰稿人候聲（趙正平
的筆名）。聲稱「持灌輸世界知識，發揚軍國主義」為宗旨，設有社論、歷史、
地理、國民之聲、軍事、傳記、叢錄、紀事、時論、特別紀事等欄目。[3]廣西
光復後自動停刊。

（三）革命黨人在鄂湘浙地區的反清新聞宣傳

　　1911 年的武昌起義標誌著辛亥革命全面爆發。在這場歷史性偉大革命運
動的醞釀過程中，鄂湘桂地區尤其是湖北武漢地區革命黨人的反清新聞宣
傳，在創立中華民國歷史進程的輝煌畫卷中留下了無可替代的一頁。

1、革命黨人湖北地區的反清革命新聞宣傳

　　中國同盟會 1905 年成立後，湖北革命黨人就開始參與辦報活動，利用報
刊宣傳革命主張。如：英文《楚報》1905 年 4、5 月（光緒三十一年）開設的
中文版《楚報》（統稱華字或漢字、中文《楚報》）[4]由富商劉歆生出面主辦，
馮特民經理，吳趼人主筆，英人祐尼幹氏社長。在香港註冊立案，館設漢口
英租界。馮特民始為科學補習所成員，後成為日知會會員，日知會「章則文
告」「多出其手」，並用「鮮民」作筆名「縱論鄂省政治，不避嫌疑」[5]。同年
秋改由日知會會員張慶恰（漢傑）、陸費逵（伯鴻）任主筆。因披露張之洞與

1　史和等編：《中國近代報刊名錄》，福建人民出版社，1991 年版，第 249 頁。
2　方漢奇：《中國近代報刊史》，山西教育出版社，1991 年版，第 542 頁。
3　史和等編：《中國近代報刊名錄》，福建人民出版社，1991 年版，第 248 頁。
4　唐惠虎、朱英主編：《武漢近代新聞史》（上卷），武漢出版社，2012 年版，第 209 頁。
5　方漢奇：《中國近代報刊史》，山西教育出版社，1991 年版，第 519 頁。

美國所簽粵漢路借款密約和五大臣出洋遇刺等事，被鄂督張之洞飭令查封。陸費逵潛逃去上海。主筆張漢傑被英領館引渡給當局後判處十年監禁。經營救 1909 年獲釋。[1]

　　1908 年 3 月 7 日（光緒三十四年二月十五日），《江漢日報》創刊於漢口。是以「留日歸國學生爲編撰群」[2]創辦的報紙。發起人饒翼儒、方聰甫、陳伯龍、歐陽民澄、姜旭溟等。社址在漢口歆生街餘慶里。由胡石庵的大成漢記印刷公司印刷發行。[3]該報創刊改變了湖北武漢地區「革命黨人只能借助充任其他報館筆政的有利條件發表一些進步的言論」的局面，在不長的時間先後發表了《嗚呼乎立憲──對於新定報律之感言》、《政府立憲之概觀》等抨擊君主立憲的文章，並譯載日本大阪《每日新聞》的《清國之革命黨》長文，第一次在武漢公開傳播孫中山及革命黨人所組建的革命團體、三民主義、有關起義的鬥爭及與立憲派的嚴重分歧等問題，在很大程度上促進了革命黨人政策與主張的宣傳。[4]同年 8 月 15 日（光緒三十四年七月十九日）被查封。

　　1908 年共進會言論機關《湖北日報》創刊後，革命派有了自己的革命宣傳機關。[5]該報創辦人爲共進會成員鄭江灝。1908 年 7 月創刊於湖北漢口。創辦人爲共進會會員鄭江灝（南溪）並親任主編[6]。協助其辦報的李介廉、王柏森、董祖椿、楊憲武等都是共進會員。報社亦成爲共進會聯絡黨人的秘密機關。該報不直言推翻清朝統治，而是用諷刺當道官場、抨擊腐敗官員的手法啓發人們起來反對清朝封建專制統治。1909 年春，因刊載諷刺湖北督撫陳夔龍的新聞漫畫《石龍》並配詩稱「奉有王爺撐腰也是空，勿怪事事由人弄」[7]開罪陳夔龍，後又刊載《中國報紙於官場有特別之利益》一文，被湖北巡警道爲迎合陳夔龍意旨下令封禁。

1　史和等編：《中國近代報刊名錄》，福建人民出版社，1991 年版，第 334 頁。.
2　唐惠虎、朱英主編：《武漢近代新聞史》（上卷），武漢出版社，2012 年版，第 239 頁。
3　史和等編：《中國近代報刊名錄》，福建人民出版社，1991 年版，第 167 頁。
4　唐惠虎、朱英主編：《武漢近代新聞史》（上卷），武漢出版社，2012 年版，第 239～240 頁。
5　唐惠虎、朱英主編：《武漢近代新聞史》（上），武漢出版社，2012 年版，第 238 頁。
6　唐惠虎、朱英主編：《武漢近代新聞史》（下），武漢出版社，2012 年版，第 564 頁。
7　陳夔龍使其妻拜慶親王作乾爹，而得爲官湖北督撫。但陳夔龍因才德皆缺故經常遭人戲弄。故詩稱「奉有王爺撐腰也是空，勿怪事事由人弄。」一是點破陳夔龍靠其妻關係才得任官，二是嘲諷他爲官無能。

　　1909 年 10 月 8 日《商務報》日報，創刊於湖北漢口。報館設在漢口英租界大馬路致祥里。創刊不久原主辦人病故，同年 12 月由時爲日知會會員的革命黨人宛思演、詹大悲等人籌款購得。宛思演、邢伯謙分任正副經理，詹大悲任總編輯，何海鳴任編輯。劉復基任會計兼發行。梅寶機、查光佛、楊玉鵬、李抱良（六如）等任撰述。[1] 爲革命團體群治學社機關報，「凡聯絡黨人，秘密集會及貯藏炸彈手槍，皆在此」。[2] 同年 4 月，群治學社擬乘湖北新軍調往湖南鎮壓搶米風潮之際發動起義。因事泄，群治學社被查禁，報館被鄂督瑞澂函請英領事飭令遷出英租界，報紙亦隨之停刊。

　　1910 年 12 月 14 日《大江白話報》日報，創刊於湖北漢口。創辦人胡爲霖是受革命黨人梅寶機勸導投資報業的富家子弟。聘革命團體成員詹大悲[3] 和何海鳴分任正副主筆，以「灌輸國民常識，提倡社會眞理」[4] 爲宗旨。報館設在漢口新馬路 52 號。1911 年 1 月 21 日發生英國水兵無理毆斃漢口人力車夫吳一狗事件後，當局以該案「中外震動，關係重大」爲由於 23 日「諭各報勿登錄」，並特別請《公論新報》主筆宦悔之「屬〔囑〕大江報勿言車夫係傷死」以防止該報揭露眞相。宦悔之和江漢關道蔡輔卿還專門到報館「囑照仵作報告，以無傷痕宣布」，並威脅報館「量力而行以過好年」[5]。《大江白話報》臨危不懼「連日以頭號字標題，在報紙上公開揭載，並刊發社論《洋大人何敢在漢口打死吳一狗》，嚴厲譴責英國侵略者的暴行，抨擊武漢當道。」[6] 爲此遭當局嫉恨揚言「倘有一語不近情理，或一味笑罵官場，即行扣留，嚴行懲辦」[7]。胡爲霖家父擔心事態擴大危及其子人身安全遂將胡爲霖召回。報館事務隨之停頓，堅持出版到 1911 年 1 月 2 日。

　　《大江報》日報，1911 年 1 月 3 日創刊。係詹大悲在胡爲霖被其父召回後獨自集資三千元盤下《大江白話報》資產創辦。詹大悲任總經理兼總編輯，何海鳴爲副主編，查光佛、梅寶機等任編輯，撰稿人居正、田桐、黃侃、蔣

1　史和等編：《中國近代報刊名錄》，福建人民出版社，1991 年版，第 311 頁。
2　劉望齡編：《辛亥首義與時論思潮詳錄》（上卷），華中師範大學出版社，2011 年版，第 315 頁。
3　詹大悲（1887～1927），原名培翰，又名翰，字質存，筆名大悲。湖北蘄春人。
4　上海《民立報》：《漢口大江報已出版》，載《民立報》1911 年 1 月 13 日。
5　上海《時報》：《漢口大江報被封情形》，載《時報》1911 年 8 月 6 日。
6　唐惠虎、朱英主編：《武漢近代新聞史》（下），武漢出版社，2012 年版，第 255～256 頁。
7　上海《民立報》：《吳一狗死後之官場》，載《民立報》1911 年 2 月 10 日。

翊武、謝楚珩等都是革命黨人。報館設在漢口英租界歆生路。以「提倡人道主義，發明種族思想，鼓吹推倒滿清罪惡政府」為宗旨，先後成為振武學社和文學社的言論機關[1]。1911 年 7 月 26 日刊載黃侃撰（署「奇談」）時評《大亂者，救中國之藥石也》，「為瑞督所見，箚飭警道，謂該報淆亂政體，擾害治安，應即封閉，永禁發行並傳編輯人交審判庭，照律究辦。」[2]江漢關道遵鄂督瑞澂飭令於 1911 年 8 月 1 日晚 9 時查封報館，宣布「永禁發行」。報紙隨之停刊。武昌起義後，詹大悲和何海鳴出獄，於 1912 年春復刊《大江報》，報館設在漢口後花樓街。

1911 年春《政學日報》在漢口創刊，創辦人鄭江灝，協助其辦報的向炎生（炳坤）是他同學。該報繼續堅持《湖北日報》不直言推翻清朝統治，但猛烈抨擊官場的腐敗和官僚無恥行徑的做法宣傳發動民眾。創刊後不久，因時任湖北新軍統制張彪執行湖廣總督張之洞旨意瘋狂壓制革命黨人，該報刊載向炎生所作諷刺張彪並影射攻擊張之洞的漫畫《怪物圖》，畫面是一貓似虎形，並配詩曰「似虎非虎，似彪非彪，不文不武，怪物一條。因牝而食，與獐同槽，恃洞護身，為國之妖。」報紙因此被封。

此外，著名報人胡石庵主編於 1909 年 5 月 19 日（宣統元年四月初一）創刊於漢口的文藝刊物《揚子江小說報》月刊（漢口《中西日報》館出版）。設有圖畫、社文、小說、文苑、詞林、雜錄等欄目。發表的文藝作品「於無形中提倡種族社會等思想，使人感悟」[3]在當時也有一定的影響。

2、革命黨人在湖南地區的反清革命新聞宣傳

湖南一直是思想活躍的地區，尤其是在維新變法時期出現的《湘學新報》和《湘學報》等影響很大。早在興中會成立後不久的 1903 年，長沙就出現過用通俗語言編寫的革命小報《俚語日報》（社長宋海聞）。在辛亥革命醞釀時期，湖南又出現了一批以宣傳反清革命思想的報刊。

1911 年 4、5 月（清宣統三年四月）間《湖南通俗報》，週六報，星期一無報，創刊於湖南長沙。前身為「演說報」。徐特立[4]、何雨農、杜慶湘等主辦。設有演說詞、地方新聞、國內外新聞、歌謠、故事等欄目。新聞內容主要取

---

1 唐惠虎、朱英主編：《武漢近代新聞史》（下），武漢出版社，2012 年版，第 256 頁。
2 上海《時報》：《再誌大江報被封情形》，載《時報》，1911 年 8 月 7 日。
3 范韻鶯：《大漢報主幹胡石庵事略》，稿本。轉引自方漢奇《中國近代報刊史》，第 615 頁。
4 徐特立（1877～1968），又名徐立華，原名懋恂，字師陶。湖南善化人。

自於本省各報。是一種面向社會基層的啓蒙性大眾報紙。開始用杭連紙單面印刷，1914 年元旦改名《湖南通俗教育報》後用蓬萊紙印刷。1920 年又改回《湖南通俗報》名稱出版。

1911 年 10 月 25 日《湘省大漢報》日報，創刊於湖南長沙。是漢口《大漢報》的分支。從第 8 期改名爲《大漢民報》，由同盟會會員楊宗實（華生）主持，李任民、劉芯、劉大贏等編輯。[1] 設有各省電報、本省紀事、論說等欄目。1912 年 3 月《大漢民報》因經費短缺而夭折。[2]

3、革命黨人在浙江地區的反清新聞宣傳活動

由於浙江地區的革命黨人大多集中在上海進行革命宣傳，而且上海的革命宣傳也直接輻射到鄰近省份，因而使得在浙江當地創辦的革命報刊不是很多，其他臨近的福建、江蘇、安徽等地區也有這種情況。

1909 年（宣統元年）《浙江白話報》日報，創刊於浙江杭州。該報創刊得到滿族人貴翰香的支持，許祖謙任主筆。該報政治上傾向民主，同時出版《浙江白話報畫報》。次年 2 月與杭辛齋《白話新報》合併成《浙江白話新報》。

1911 年 2 月 11 日（宣統二年正月初二）在浙江杭州創辦的《浙江白話新報》，報館設在杭州祐聖觀巷。報紙總發行所設在杭州羊壩頭下首。報館主任杭辛齋[3]。是在許祖謙任主筆的《浙江白話報》和杭辛齋所辦《白話新報》基礎上合併創辦，日出兩大張。武昌起義爆發後新聞激增，該報傾向民主革命[4]，自該年九月朔日（農曆九月初一，公曆 10 月 22 日）起擴充篇幅，每天出報三大張。設有電傳閣鈔、上諭、文旨、演說、要聞選錄、民隱、小說、要件、本省新聞、文苑等欄目。

1911 年 7 月 10 日，《朔望報》在浙江寧波創刊。社長天恨（應彥開），編輯主任滄浪、化塵（均爲化名）。以「喚起愛國思想，鼓吹國民尚武精神，灌輸學術，針砭社會爲宗旨」，設有社論、學藝、學說、文壇、詩詞、圖畫、小說、談叢、笑林、史傳、記事、短評等欄目。該報由寧波朔望報社出版，由設在寧波日升街的朔望報社事務所發行。

1911 年 9 月 22 日（清宣統三年八月初一），國民尚武會寧波分會的機關

---

1 方漢奇主編：《中國新聞事業通史》（第 1 卷），中國人民大學出版社，1996 年版，第 904 頁。
2 史和等編：《中國近代報刊名錄》，福建人民出版社，1991 年版，第 330 頁。
3 杭辛齋（1869～1924），名慎修，又名鳳元，別字一葦、夷則，浙江海寧人。
4 史和等編：《中國近代報刊名錄》，福建人民出版社，1991 年版，第 292 頁。

刊物《武風鼓吹》旬刊創刊於浙江寧波。章自（叔言）主編。以「闡明武德，激揚武風，要使合郡人士，皆有同仇敵愾之心以合於完全軍國民之資格」爲宗旨。[1]爲避地方當局耳目，以尙武精神爲號召，聲稱「君子聽鼓鼙之聲，則思將帥之臣」。設有論說、學術、裁紀、稗乘、國內大事記、要件、本郡紀事、時評等欄目，在青年學生中頗有影響[2]。

1911 年 11 月 18 日，《漢民日報》創刊於浙江杭州，創辦人杭辛齋自任社長。該報積極宣傳民主革命。浙江獨立光復後，杭辛齋聘邵飄萍任該報主編。邵在《漢民日報》三年寫了大量揭露浙江貪官污吏的評論[3]，產生很大的影響。

（四）革命黨人在閩贛皖的反清新聞宣傳

中國同盟會成立後，同盟會成員紛紛回國進行革命活動，上海成爲同盟會活動中心。在緊鄰上海的江蘇、浙江、福建、江西和安徽等省區也出現了以宣傳反清革命爲宗旨的新聞宣傳活動。

1、革命黨人在福建地區的反清革命新聞宣傳

福建是中國最早出現近代報刊的地區之一。同盟會的反清革命宣傳很快在福建地區產生反響並得到響應。1905 年，傾向革命的《建言報》在福建進步團體橋南公益社創辦的秘密刊物《調查錄》基礎上創刊。由橋南公益社和改良派人士林長生、劉崇祐、趙桐友等合資創辦。「以發揮憲政精神、指陳地方利病」爲宗旨。1905 年春，黃展雲與鄭權、鄭祖蔭組織漢族獨立會，會址在藤山古榕書院，作爲秘密反清革命活動的領導機構，黃展雲任會長。1906 年，孫中山先生命設同盟會福建支部，漢族獨立會奉命取消，所有成員改爲同盟會會員。黃展雲加入同盟會，並把原秘密刊物《調查錄》改爲公開的《建言報》。停刊時間不詳。

1911 年 1 月 10 日（清宣統二年十二月初十）《建言日報》創刊於福州。雖稱「日報」實爲週三報。逢週二、四、六出報。星期日停報。報館設在福州倉前梅塢嶺。創刊時由張冠瀛（海珊）任總編輯。不久因張海珊受組織委派去廈門另辦報紙，由劉通[4]任總編輯。同盟會會員林斯琛、黃光弼等任編輯。

1　周軍：《武昌驚雷甬江潮》，載《寧波日報》，2011 年 10 月 10 日。

2　方漢奇主編：《中國新聞事業通史》（第 1 卷），中國人民大學出版社，1996 年版，第 903 頁。

3　史和等編：《中國近代報刊名錄》，福建人民出版社，1991 年版，第 130 頁。

4　劉通（1879～1970），原名開通，後改名通。字伯瀛，號漫叟。出生於福建閩縣（今福州市區）人。

設有論說、批評、紀事、雜錄、圖畫、本地新聞、副刊、評論文章及外埠新聞等欄目。該報「極力提倡革命。」[1]福建光復後更名為《共和報》繼續出版。

1911 年 3 月，革命黨人創辦的《民心》月刊，在福州創刊。林剛編輯。該刊堅決主張革命，主張共和，反對立憲，向民眾宣傳「惟有堅心一志，從事革命，而不為立憲所動搖，庶幾可自主」，「廿世紀以還，將為共和主義最發達、最膨脹之時代，亦斷不容君主立憲政體之遏制民權也」。設有社說、傳說、哀聲、叢話、詩藪、譯叢等欄目。後改辦為《民心報》週六報，繼續出版。

1911 年 12 月 9 日（宣統三年十月十九日），在原《民心》月刊基礎上改辦的《民心報》創刊，週六報，星期日停報，日出一大張。報館設在福州南臺巷山前墅廬。聲稱以「指導國民匡抉時局，提倡實業，保存國粹」為宗旨，內容內容豐富，包括議論部（含社評、時評、公言、來稿、選論）、紀事部（專電、公電、譯電、要件、重要新聞、本省新聞）；叢錄部（含傳記、遺聞、軼事、小說等）。

2、革命黨人在江西的反清新聞宣傳

隨著同盟會反清革命宣傳的發展，江西也出現革命黨人創辦的報刊，這就是同盟會會員丁立中[2]和其同鄉姜旭民（滇）創辦於 1906 年的《自治日報》。報館設在南昌百花洲席公祠側。該報發表大量反清反帝文章以鼓吹革命，同時通過刊載新聞揭露清王朝弊政、貪官污吏的劣跡及批判清廷腐敗無能。1907 年左右因報紙言論激烈被江西撫院察覺並查封，丁立中和姜旭民被通緝。丁立中潛往湖北繼續從事秘密革命活動。姜旭民在風聲過後即把報紙轉讓給鄒淑澄，以鄒淑澄名義出面把《自治日報》登記為私營報紙繼續出版，姜旭民主持報館日常工作。報紙「以立論純正而取信於讀者，在當時民辦報紙中頗有影響，省內外的銷路一直很好」。[3]上海《時報》、《神州日報》1910 年發起成立全國報界俱進會時，《自治日報》積極支持並派代表參加大會。1911 年 10 月武昌起義勝利後，江西革命黨人張魯瑋等人為掌握輿論工具，投書報館勸導報紙轉向革命，鄒淑澄遂委託革命黨人吳宗慈接辦報紙。吳宗慈 10 月 22

1　史和等編：《中國近代報刊名錄》，福建人民出版社，1991 年版，第 241 頁。
2　丁立中（1878～1958），字笏堂，號伏藏，亦號福唐，江西南昌人。
3　張宏卿、肖文燕：《贛都壯舉：辛亥革命在江西》，江西人民出版社，2011 年版，第 87 頁。

日趕回南昌，將《自治日報》改名爲《江西民報》並任主編，[1]成爲一份公開的革命派報紙。

1911 年（清宣統三年），同盟會外圍組織贛學會機關報《贛報》創刊於江西贛州。該報「暗中鼓吹革命」，爲贛州光復做了大量輿論上的準備。[2]

3、革命黨人在安徽的反清革命新聞宣傳

安徽地區在同盟會成立後出現的反清革命報刊要比江西明顯多一些。主要的如：

1908 年 10 月，《安徽通俗公報》在安徽安慶創刊。是革命黨人在徐錫麟、熊成基起義失敗後所辦。創辦人是曾任安慶督練所文案的韓衍[3]。報館設在安慶近聖街 5 號（讀書會）。編輯陳虛白、孫養臞、高超等。因揭露清廷當局官吏方玉山出賣銅官山礦權的醜惡行徑，支持銅官山農民暴動，1910 年 11 月 20日屢遭地痞流氓騷擾，主筆韓衍在流氓騷擾中身中五刀後，在上海《民立報》登載緊急號外宣布報紙暫時停刊。恢復出報後堅持革命方向。同年 12 月 29日被懷寧自治公所議員聚結數十名流氓搗毀報館，報紙隨之停刊。[4]

1910 年冬，《皖江日報》在安徽蕪湖創刊，主筆爲同盟會會員陳子範，李鋒主編。以宣傳反清革命爲宗旨，副刊曾刊載「可憐牛馬無情慣，槽櫪相安二百年」等隱喻反清情緒的詩句以激勵民眾革命，停刊時間不詳。

1911 年 11 月 9 日後，《安徽日報》在安徽合肥創刊。總經理爲李公宷，總編輯爲夏印農，編輯有鮑際唐、焦元龍等。辛亥首義後的 11 月 8 日，起義軍代表和諮議局人士在省會安慶集會宣布安徽獨立。安徽廬州宣布脫離清政府，並在合肥大書院成立廬州軍政分府。同一天蕪湖也宣布脫離清政府並成立軍政分府。爲宣傳同盟會「驅除韃虜，恢復中華，創立民國，平均地權」十六字綱領，廬州和蕪湖軍政分府決定創辦《安徽日報》，由廬州（合肥）和蕪湖軍政分府撥款。日出報紙兩大張，宣傳各地革命消息。

1911 年底，著名革命黨人韓衍主持的《青年軍報》在安徽安慶創刊。安慶光復後，曾發生潯軍叛變擾民，社會秩序混亂。韓衍一面與人組織「維持

---

1 張宏卿、肖文燕：《贛鄱壯舉：辛亥革命在江西》，江西人民出版社，2011 年版，
   第 87 頁。
2 方漢奇：《中國近代報刊史》，山西教育出版社，1991 年版，第 539 頁。
3 韓衍（1870～1912），名重，字著伯，別號孤雲。江蘇丹徒人，後聲明改籍貫爲安
   徽太和。
4 史和等編：《中國近代報刊名錄》，福建人民出版社，1991 年版，第 175 頁。

皖省統一機關處」協調各方力量維持社會治安，另一方面以學生為主體組織青年軍維持社會治安。為了向青年軍官兵宣傳同盟會的革命綱領和民主思想，韓衍即主持創辦了該報。社會秩序穩定後青年軍解散，報紙隨之停刊。

（五）革命黨人在京津地區的反清新聞宣傳

北京是清朝政府的政治中心。清政府統制十分嚴厲，北京地區的革命黨人一直沒有能建立起公開宣傳反清革命的言論宣傳機關。

1、革命黨人在北京地區反清革命新聞宣傳

京津冀地區出現最早的革命派報刊是由陸鴻逵[1]創辦的《帝國日報》和《帝京新報》。

1909 年 12 月（清宣統元年十一月），革命黨人出資創辦的《帝國日報》在北京創刊。社長陸鴻逵，編輯有白逾恒、劉鼎和等人。革命黨人利用清政府宣布「仿行憲政」的社會環境，聲稱以「扶持憲政，指導輿論，擴張國權、發表政見」為宗旨，實則以曲折隱蔽的手法宣傳革命[2]。1910 年 3 月起由因曾參加萍瀏醴起義入獄三年的革命黨人寧調元任總編輯。由於地區的特殊性，《帝國日報》和其他革命派報紙一樣主要採用「有聞必錄」的客觀報導手段，揭露清政府統治下的黑暗現狀和大臣們的昏庸誤國，使讀者看到清政府已病入膏肓不可救藥；採用隱喻嘲諷辦法，醜化政府官員，貶低朝廷威信；副刊大量刊載南明掌故，歌頌明末抗清英雄，發表南社社員撰寫的充滿民族革命情緒的詩詞[3]，以營造推翻清朝封建專制統治的社會輿論氛圍。1910 年 8 月 26 日被清政府以刊登「黃河鐵橋損壞，火車不通」等失實消息「警告」。1911 年冬和《大同日報》合併後停刊。

1910 年 5 月 8 日（清宣統二年四月初十），《帝京新報》在北京創刊。發行所設在北京前門外李鐵拐斜街西首路南。社長陸鴻逵，編輯康甲臣。以「扶翼民氣、鼓吹憲政、指導輿論、代表政見」為宗旨，借宣傳「憲政」曲折隱晦地抨擊清政府治下的腐敗，以激發民眾的革命情緒。設有諭旨、言論、譯著、電報、新聞、通信、來稿、奏議、專件、小說、文苑、時評、雜俎、圖

---

1 陸鴻逵（？～1919），字詠霓，又作用儀、詠沂、詠儀、詠宜等。筆名漸生。湖南人。
2 史和等編：《中國近代報刊名錄》，福建人民出版社，1991 年版，第 267 頁。
3 方漢奇主編：《中國新聞事業通史》（第 1 卷），中國人民大學出版社，1996 年版，第 897 頁。

畫及文藝等欄目。1910 年 7 月 7 日起因股東換人，報紙言論轉向提倡和政府妥協的「大同主義」。

1911 年 2 月 8 日（清宣統三年正月初十）《國風日報》在北京創刊。這是北京地區的革命黨人獨立創辦的新聞報紙。日出一大張。由革命黨人景梅九（定成）籌資主辦。白逾恒[1]任社長，並化名「吳友石」（「無有氏」諧音）出面登記。[2]編輯田桐、程家檉、仇亮、景定成、王虎臣等。發行所設在北京宣武門外柳巷國風日報館。宣稱「贊助眞實立憲，提供愛國精神；以世界之眼光，發精確之議論；指導政府，不使政令偏頗，引誘國民，勿令責任卸馳」爲宗旨[3]。因刊載諷刺清政府「仿行憲政」爲「假立憲」的言論被控爲革命黨人機關，後因證據不足草草了事。武昌起義爆發後刊載大量鼓吹革命的新聞和電訊。報紙送審稿被清廷警察當局抽下後，該報在專電要聞欄不載一字，全開天窗，讀者以爲消息都被警廳抽下，清廷形勢已十分危急，民心更加動盪。警廳爲穩定人心允諾不再對該報擬載新聞稿進行檢查，該報得以繼續刊載武昌起義和各地「獨立」電訊，造成很大影響。

1911 年 8 月 9 日（清宣統三年閏六月十五日）《國光新聞》創刊於北京。是革命黨人集資創辦的同盟會在北京地區的言論機關。每天出一大張。編輯部設在北京外城延旺廟街。發行部在北京北柳巷路西。編輯兼發行人田桐和景定成[4]。參與編撰的有革命黨人續西峰、井勿幕、龔國煌等。表面聲稱以「倡導立憲，排斥官僚政治」爲宗旨，實則在保護色下推進「中央革命」[5]。因報館成員均爲革命黨人，故報社成爲革命黨人活動和聯絡機關。武昌起義後同盟會曾在該社籌劃灤州新軍起義，彭家珍就是在該報社完成各種準備於 1912 年 1 月 26 日晚行刺宗社黨首領良弼。清政府事後有所察覺，派出偵緝隊搜查國光新聞社，查獲許多印刷好的「河北大都督」的革命文告，報紙隨即被查封。[6]

1　白逾恒（1875～1934），字楚香。化名「無有氏」。湖北天門人。

2　方漢奇主編：《中國新聞事業通史》（第 1 卷），中國人民大學出版社，1996 年版，第 898 頁。

3　史和等編：《中國近代報刊名錄》，福建人民出版社，1991 年版，第 216 頁。

4　景定成（1879～1949），字梅九，號無礙居士，又號銘鼎，筆名梅九、梅玖、枚玖、梅、老梅、自笑生、悶久、秋心、愁、竹崖、勝公、虬公等。山西省安邑縣人。

5　史和等編：《中國近代報刊名錄》，福建人民出版社，1991 年版，第 220 頁。

6　方漢奇主編：《中國新聞事業通史》（第 1 卷），中國人民大學出版社，1996 年版，第 898～899 頁。

2、革命黨人在天津地區的反清革命新聞宣傳

辛亥革命前天津地區革命黨人創辦的報刊中，影響最大的是由京津同盟會副會長李石曾[1]主持的《民意報》，該報 1911 年 12 月 20 日創刊於天津，是京津同盟會的機關報。[2]趙鐵橋、張煊、羅世勳等任編輯。報社設在天津法租界。以「鼓吹中央革命」為宗旨。報館還是革命黨人秘密聯絡點。

1910 年 5 月 9 日，《北方日報》創刊於天津，報館設在天津奧租界大馬路 10～14 號。王厚齊、李秋岩等經辦。日出兩大張。設有論旨、社說、專電、電報、要聞、京津新聞、直隸各府州縣新聞、時評、文苑、插圖、調查、白話、晴窗漫錄、憲政芻言、自治瑣談、奏議、專件、來函、小說等欄目。[3]因創刊廣告宣稱「本報以監督政府，響導國民為天職」，創刊當日即被直隸總督衙門以「大不敬」罪名串通租界當局查封，遭京津新聞界強烈反對。迫於壓力，直隸總督衙門同意該報同年 6 月 5 日（農曆四月廿八日）恢復出版。為慶祝復刊，該報在天津新亞飯店舉行招待會，有 100 多名各界人士出席，與會者對清政府嬉笑怒罵，極盡挪揄之能事。這一事件使清政府在新聞界威信掃地。[4]

1911 年 9 月，《民國報》創刊於天津，主辦人葉範興。甄元熙任社長，孫炳文（濬明）為總編輯。任維坤（即任銳，女）任編輯[5]，該報駐北京外勤記者梁漱溟就是為報紙撰寫短評時始用「漱溟」為筆名[6]。1911 年 11 月京津同盟會成立後成為該會輿論機關。不久遷往北京出版。

（六）革命黨人晉冀魯豫地區的反清新聞宣傳

中國同盟會成立後，緊鄰京津的直隸（河北）、河南、山西和山東等省的反清新聞宣傳活動迅速發展，且很快形成不可阻擋之勢。

1、革命黨人在山西地區的反清革命新聞宣傳

同盟會成立時，山西留日學生踴躍響應，參加者逾百人。不少人後來奉

1　李石曾（1881～1973），原名李煜瀛，字石僧，筆名真民、真、石僧，晚年自號「擴武」。河北省高陽人。

2　方漢奇主編：《中國新聞事業通史》（第 1 卷），中國人民大學出版社，1996 年版，第 899 頁。

3　史和等編：《中國近代報刊名錄》，福建人民出版社，1991 年版，第 113 頁。

4　方漢奇主編：《中國新聞事業通史》（第 1 卷），中國人民大學出版社，1996 年版，第 899 頁。

5　史和等編：《中國近代報刊名錄》，福建人民出版社，1991 年版，第 142 頁。

6　方漢奇：《中國近代報刊史》，山西教育出版社，1991 年版，第 556 頁。

命回國，在同盟會山西支部領導下發展組織，創辦報刊，進行革命宣傳。

　　1906 年（清光緒三十二年）9 月，同盟會山西支部領導的革命報紙《晉學報》[1]創刊於山西太原。由山西地區革命派的主要報刊活動家[2]山西籍留日歸國學生王用賓[3]主編。編輯郭可階、梁頌光。是山西省最早的「民辦」報紙，也是資產階級革命黨人在省內出版最早的革命報刊。[4]出版不久，即改組爲《晉陽白話報》。1906 年 10 月 9 日（光緒三十二年八月二十二日）創刊，三日刊。主編仍爲王用賓。主要撰稿人景定成、劉錦若、景耀月等都是同盟會會員。該報出版後全力鼓吹反清革命。1907 年（光緒三十三年）「因言論激烈被地方當局封禁」。[5]

　　1908 年 2 月，革命黨人在《晉陽白話報》被清廷山西當局封禁後創辦的《晉陽公報》三日刊，創刊於山西太原。總編輯仍是王用賓，經理劉錦若，編輯兼記者有武纘緒、仇天讜、張樹幟、蔣虎臣等。報館設在晉陽白話報館舊址。1910 年春，因抨擊山西巡撫丁寶銓以「鏟煙」爲名縱兵濫殺百餘百姓，譴責清吏殘民惡行，進行革命宣傳，被地方當局以「簧鼓革命，搖動人心」罪名查封。記者張樹幟、蔣虎臣被捕入獄，經理劉錦若交地方官嚴加管束[6]，主編王用賓事先聞風出逃北京得以幸免。辛亥反清起義成功太原光復後，1911 年 11 月 29 日改組成《山西民報》出版。

2、革命黨人在河北（直隸）地區的反清革命新聞宣傳

　　清朝直隸行省環繞清政府政治中心北京和天津兩城，統治階級力量非常強大。但革命黨人還是創辦起宣傳反清革命的報紙。

　　1905 年 2 月（清光緒三十一年正月），《直隸白話報》半月刊，創刊於河北保定。該刊是爲開展軍國民教育活動創辦的通俗報刊。以「開通民智，提倡學術」爲宗旨。主辦者爲著名反清義士吳樾[7]。總發行處設在保定府西大街二道口大吉祥客棧，在直隸省內各州縣和北京、安徽等設分銷處。設有社說、

1　史和等編：《中國近代報刊名錄》，福建人民出版社，1991 年版，第 283 頁。
2　方漢奇：《中國近代報刊史》，山西教育出版社，1991 年版，第 537 頁。
3　王用賓（1881～1944），字太蕤，又字利臣，也作理成。山西猗氏即臨猗人。
4　方漢奇：《中國近代報刊史》，山西教育出版社，1991 年版，第 536 頁。
5　史和等編：《中國近代報刊名錄》，福建人民出版社，1991 年版，第 282 頁。
6　方漢奇主編：《中國新聞事業通史》（第 1 卷），中國人民大學出版社，1996 年版，第 901 頁。
7　吳樾（1878～1905），字夢霞，號孟俠，安徽桐城人。

歷史、地理、傳記、教育、軍事、學術、算術、實業、紀事、政法、衛生、格致、叢談、小說、歌謠、譯叢、專件、來稿等欄目。文章作者均使用化名。該報在吳樾捨身炸清廷出洋五大臣犧牲後停刊。

3、革命黨人在山東地區的反清革命新聞宣傳

山東為歷史上魯國故地，人文薈萃，在資産階級民主革命運動中也不甘落後。中國同盟會成立後，迅速出現了以反清革命為主旨的革命報刊。

1906 年 2 月 23 日（清光緒三十二年二月初一），山東最早的資産階級革命派報紙《濟南白話日報》在濟南創刊。油印。日出八開報紙一張。主編為同盟會會員劉冠三[1]，主要編輯和撰稿人王訥、丁耕農、王祝晨等也均為同盟會會員。報社設在濟南市白雪樓。因言論激烈，出版後不久即被清廷地方當局查禁（已知至少出版到 1906 年 3 月 22 日）[2]。主編劉冠三被就讀的山東大學堂（師範館）開除學籍。

1908 年（清光緒三十四年），《渤海日報》創刊於山東煙臺，原為煙臺學界創辦。創辦人為李鳳五、齊芾南、丁訓初等。1910 年曾因轉錄長春某報載威海租界英國人以幫助我禁煙為名，對凡稍有資財者即指為吸煙勒令罰款。英領事照會清廷地方當局東關道，遂被罰停刊一星期。該報主要讀者為清朝陸海軍下級官兵，後來成為策劃武裝起義的重要聯絡機關。[3]

1908 年（光緒三十四年）4 月，《青島時報》日報，創刊於山東青島。創刊人不詳，但從該報利用在青島德租界登記備案、清廷當局難以直接加以迫害的有利環境，在報紙言論中嚴厲抨擊清政府腐敗枉法醜行的態度分析，應該是由革命黨人或至少是同情革命的人士創刊。該報「言論激進，鼓吹反清」。[4]設有上諭、論說、譯電、政事、交涉、商業、工藝、路礦、軍界、學務、民事、雜記及碎俎等欄目。

4、革命黨人在河南地區的反清革命新聞宣傳

河南省同盟會總分會 1908 年在開封南關中州公學成立。成立不久即在開封設大河書社，由李炯齋、羅殿卿、劉醒華等人主持[5]。專門負責中國同盟會河南

1　劉冠三（1872～1925），名恩賜，字冠三。山東省高密人。

2　史和等編：《中國近代報刊名錄》，福建人民出版社，1991 年版，第 270 頁。

3　史和等編：《中國近代報刊名錄》，福建人民出版社，1991 年版，第 331 頁。

4　方漢奇主編：《中國新聞事業通史》（第 1 卷），中國人民大學出版社，1996 年版，第 903 頁。

5　葉再生：《中國近代現代出版通史》（第一卷），華文出版社，2002 年版，第 902 頁。

籍成員在東京出版的《河南》等革命報刊在省內的發行工作，成為同盟會設在河南地區的第一個宣傳機構。[1] 及辛亥年春，河南革命之思潮日益蓬勃。適逢劉積學歸自日本，諸同志遂開會決定「復集資開辦日報二處，設於開封者名《國是日報》，設於北京者名《國維日報》，劉積學[2]負此任務赴北京籌辦一切。」[3]

1911 年（清宣統三年）春，《國是日報》創刊於河南開封。河南籍同盟會員杜潛[4]（字扶東）等創辦。在日本東京擔任過河南同盟分會機關刊物《河南》總編輯的河南留日歸國學生劉積學擔任主編。該報是同盟會河南總分會的言論機關，也是同盟會組織在河南省內創辦的第一個機關報紙。[5]該報積極宣傳資產階級革命思想，抨擊清政府腐敗和專制，報導革命動態。武昌起義爆發後，劉積學奉同盟會河南總分會派遣前往上海與劉基炎（莊夫，字莊甫，曾用名劉震）、陳伯昂（原名慶明，字伯昂）等負責組織河南北伐軍進軍河南事宜，無暇顧及報紙工作，因之停刊。

（七）革命黨人在吉遼黑地區的反清新聞宣傳

同盟會成立後，中國同盟會的不少成員紛紛回國發展組織和進行革命宣傳。吉林、遼寧和黑龍江等省也出現反清革命宣傳的新聞報刊。

1、革命黨人在吉林地區的反清革命新聞宣傳

在這一階段的吉林長春，是東北資產階級革命宣傳的中心之一，期間先後出現了三種以「長春」命名的革命派報刊。1909 年 1 月 1 日（清光緒三十四年十二月初十），《長春日報》創刊於吉林長春。主持人蔣大同[6]，主筆徐竹平、董耕芸等都是同盟會會員。[7]報社設在長春西嶺長春日報社。1909 年 5 月間曾一度停刊。1909 年 10 月 14 日（清宣統元年九月初一）由劉蘭亭提議《長春日報》改名為《長春時報》繼續出版，主持人改為劉蘭亭。每日出報二小張。事務所仍設在長春西嶺長春日報社。聲稱以「鼓吹文明、力謀公益」為

1 方漢奇：《中國近代報刊史》，山西教育出版社，1991 年版，第 536 頁。
2 劉積學（1880～1960），字群式，號群士。河北新蔡人。
3 馮自由：《革命逸史》（中），金城出版社，2014 年版，第 498～503 頁。
4 史和等編：《中國近代報刊名錄》，福建人民出版社，1991 年版，第 222 頁。
5 方漢奇：《中國近代報刊史》，山西教育出版社，1991 年版，第 536 頁。
6 蔣大同（1883～1910），名衛平，一說文慶。字慕譚、大同。化名蔣健。直隸永平府（今河北盧龍縣）人。
7 方漢奇主編：《中國新聞事業通史》（第 1 卷），中國人民大學出版社，1996 年版，第 901 頁。

宗旨。用白話撰寫報導新聞消息。1910 年初改爲《長春公報》。發行所改爲吉林長春府馬號外勸學總院內。欄目調整爲言論、紀事一（東三省）、紀事二（本府）、紀事三（國內）。[1]後改回《長春日報》繼續出版。同年 2 月因熊成基案件牽連，徐竹平被捕，蔣大同出走，該報被迫停刊。1911 年恢復出版，後因「言論激烈」被地方當局勒令停刊。

2、革命黨人在遼寧地區的反清革命新聞宣傳

中國同盟會成立後，在日本出版的機關報《民報》也有留日學生帶回了東北。1907 年春，宋教仁在奉天創建中國同盟會遼東支部後，遼寧尤其是瀋陽地區的反清革命宣傳很快發展起來。

1906 年底前後，《芻言》報在瀋陽創刊。該報由奉天（今瀋陽）文匯書院青年師生朱霽青、錢公來等 8 人模仿中國留日學生報刊創辦，因言論激烈被東三省總督徐世昌查禁，僅出三期即停刊。[2]

1907 年《東三省日報》創刊於奉天（今瀋陽）。主編爲房秩五（一說總編輯汪洋）。創刊初爲官商合辦。1911 年 8 月 21 日因要改爲完全商辦停刊。同年 8 月 29 日（七月初六）恢復出版。不久發生武昌首義，積極主張共和，提倡獨立，首先報導革命軍武裝起義的消息，報館因之被搗毀，主編房秩五被打傷。報紙隨之停刊。

1908 年前後《東三省民報》創刊於奉天（瀋陽），主辦人兼編輯人爲「在奉天教育界頗有影響」[3]的同盟會員趙中鵠。創刊不久因經費困難停刊。

1910 年 7 月 10 日（清宣統二年六月初五日），《大中公報》在遼寧奉天（今瀋陽）創刊。創辦人是有「奉天天主教背景」[4]的袁昆喬，總編輯沈肝若曾到日本留學並參加中國同盟會。《大中公報》每天出報兩大張共八版。報社設在奉天大北門外東鹿店街。該報極力主張保持國權，對日本的侵略野心和虐我人民的惡行多有警惕和揭露。曾刊載記者蔣夢梅揭露日本人以檢驗鼠疫爲名大肆摧殘中國民眾的來信，並揭露東省巡警總局防疫所真相，爲此報館曾被人搗毀。恢復出版後沒有屈服和後退，言辭更加激烈，增闢「三千毛瑟」專

1　史和等編：《中國近代報刊名錄》，福建人民出版社，1991 年版，第 98 頁。

2　張珺：《報業的鐵筆桿與辣筆書生》，載《遼瀋晚報》，2014 年 4 月 21 日。

3　方漢奇主編：《中國新聞事業通史》（第 1 卷），中國人民大學出版社，1996 年版，第 901 頁。

4　方漢奇主編：《中國新聞事業通史》（第 1 卷），中國人民大學出版社，1996 年版，第 901 頁。

欄，以辛辣警句抨擊時事，充滿中國人的正義呼聲，受到讀者歡迎。不僅在東北各省有代銷處，還遠銷京津和朝鮮。[1]

3、革命黨人在黑龍江地區的反清革命新聞宣傳

這一階段黑龍江地區的反清革命宣傳與反對沙俄對東三省尤其是黑龍江地區的侵略行徑緊密結合，因而具有更加豐富的積極意義。

1908 年 4 月（光緒三十四年二月），《東方曉報》日報，創刊於黑龍江哈爾濱。創辦人爲清廷黑龍江關道杜學瀛。總編輯兼總經理爲奚廷戴。報館設在哈爾濱道外傅家甸。聲稱以「研究政治實際，供當道採擇；改良東省習慣，導社會先河」爲宗旨，「專爲抵制《遠東報》而設」。要求本同仁「總以平心論事，力謀社會公益爲任」。記者不准「大言欺人」、「危詞聳聽」、「混淆黑白」、「訕謗怨望」，編輯不准「不知取裁」、「有意誣陷」、「貢媚取悅」、「營私舞弊」。因哈爾濱關道杜學瀛借勢作梗，同年 4 月停刊。

1908 年 12 月（光緒三十四年十一月），《濱江日報》創刊於哈爾濱，係奚少卿（即奚廷戴）以被迫停刊的《東方曉報》爲基礎並得到濱江廳同知何厚琪經費資助創辦。奚廷戴仍自任總經理兼總編輯。每日出報對開一大張半。報社仍設哈爾濱道外傅家甸。《濱江日報》堅持「與《遠東報》建對峙之旗」。在奚廷戴一手抓報館內部整頓、一手擴大報紙新聞來源和提高新聞及時性的努力下，該報影響遠及上海等地，曾派員代表哈爾濱報界參加 1910 年 9 月在南京召開的中國報界俱進會。因被濱江商務會坐辦姚岫雲誣告「貪污」和「盜賣」設備遭警方關押，報紙隨之停刊。

1910 年 10 月 3 日，《東陲公報》在《濱江日報》基礎上創刊於黑龍江哈爾濱。濱江商務會坐辦姚燊（字岫雲）任經理，原《濱江日報》主筆周浩任主編兼主筆。該報在周浩主持下繼續揭露沙俄攫取防疫權和扶植親俄勢力的行爲。沙俄駐哈領事數次向時任西北道於駟興提交抗議照會均被於以「言論自由」駁覆。於駟興被撤職後，繼任者郭宗熙 1911 年 3 月 12 日夜派軍警查封了《東陲公報》並趕走了愛國報人周浩。《東陲公報》被查封引起國內新聞界公憤，上海《神州日報》發表社論《論摧殘報館之適以速亡》，《申報》刊載《東陲公報被封之悲憤錄》長文揭露沙俄殖民者勾結中國當局查禁《東陲公報》的始末。[2]

---

1 史和等編：《中國近代報刊名錄》，福建人民出版社，1991 年版，第 35 頁。
2 馬學斌：《中國鐵路報紙濫觴：〈遠東報〉》，載《鐵道知識》2014 年第 6 期。

（八）革命黨人在雲貴川地區的反清新聞宣傳

資產階級革命黨人的反清新聞宣傳活動經歷了從海外向國內延伸發展並在國內形成高潮的過程。隨著反清革命宣傳的不斷擴展和延伸，地處中國西南邊陲地區的雲貴川諸省也出現以宣傳資產階級民主思想和反清革命為宗旨的報刊。

1、革命黨人在雲南地區的反清革命新聞宣傳

雲南儘管地處西南邊陲，但要求改變現狀的資產階級民主革命之風也很快吹到這裡，隨之就出現了以要求改變現狀和普及近代科學知識的新式報刊。

1909 年 8 月 1 日（清宣統元年六月十五日），《永昌白話報》月刊，創刊於雲南保山縣。報社和排印所「雲鶯室」設在永昌城關廟街。每月農曆十五出報。該報由趙式銘[1]在時任保山知縣彭繼志支持下創刊並自任主編。每期裝訂為一冊。該報有兩大鮮明特色，一是盡力使用與民眾口語接近的白話文；二是報紙宣傳的主體內容是反帝反封建和提倡、推廣科學文化知識。報紙編輯人員有李曰垓（艾思奇之父）等人，趙式銘和李根源、李曰垓是摯友。[2]

1910 年（宣統二年），《雲南日報》創刊於雲南昆明。雲南教育總會主辦。發行所設在昆明大德寺教育總會，由省城官印局代印。該報編輯人曾發生變化，先由錢用中主持，後改孫璞主持。趙式銘、甘德光任該報編輯。設有社說、特電、本省要聞、京師特別訪函、外省要聞、不倫不類之時評、專件、傳記、諧藪、來稿、上諭、文苑、小說、談叢、譯述等欄目。在雲南的早期報刊中，最早傾向革命的是《雲南日報》，這也是雲南地區最早的一份日報。[3]

1911 年（清宣統三年）冬，《國民話報》創刊於昆明，係同盟會外圍組織國民會創辦的報紙[4]，是雲南革命黨人在省內創辦的第一個機關報紙。由同盟會會員李珵、孫天霖等負責編輯發行，每期印刷千冊，分別郵寄到全省每個縣，託人代售，以宣傳民主革命為主要內容。國民會併入同盟會後，該報轉為同盟會機關報，先後出版十期。[5]

---

1 趙式銘（1872～1942），白族。字星海，號弢父，晚號儻翁。雲南劍川人。
2 耿德銘：《保山報紙的鼻祖：永昌白話報》，載《保山日報》，2008 年 1 月 3 日。
3 方漢奇：《中國近代報刊史》，山西教育出版社，1991 年版，第 548 頁。
4 史和等編：《中國近代報刊名錄》，福建人民出版社，1991 年版，第 218 頁。
5 方漢奇：《中國近代報刊史》，山西教育出版社，1991 年版，第 548 頁。

2、革命黨人在貴州地區的反清革命新聞宣傳

和雲南地區的新式報刊相比較，貴州地區的創辦的革命報刊在政治傾向上更加明顯地表現出反清革命的特點。

1907 年 12 月（清光緒三十三年十一月），《自治學社雜誌》月刊，創刊於貴州貴陽。由時任籌備自治學社暫時理事之一的張百麟[1]負責編印。[2]因該刊是革命組織貴州自治學社的內部刊物，印數很少，所以在社會上的影響並不大，不久即停刊。[3]已知出版三期。[4]

1909 年 8 月 5 日（清宣統元年六月二十日），《西南日報》創刊於貴州貴陽。是貴州自治學社加入同盟會貴州分會後創辦的機關報。日出對開二版。總編輯張百麟，編輯、撰稿及發行人先後有黃澤霖、楊壽籛、劉鎮、張靜坡、許閣書、周培藝、陳守廉等。[5]除設有上諭、社說、要聞等欄目外，特別設有西南的貴州、雲南、湖南、四川、廣西、廣東平列的六欄目。[6]該報與立憲派的《黔報》展開過多次激烈的筆戰，影響較大。[7]貴州獨立後繼續出版。1912 年 2 月貴州立憲派叛亂，張百麟被迫逃離貴州，報紙主筆許閣書被殺，革命政權瓦解，報紙停刊。

3、革命黨人在四川地區的反清革命宣傳

自卞小吾（鼐）因《重慶日報》點名抨擊慈禧太后被捕身死報紙停刊後，四川地區在一段時間未見革命報刊創辦。朱蘊章、楊庶堪等創辦的四川重慶《廣益叢報》旬刊，雖創刊於 1903 年 4 月 16 日（清光緒二十九年三月十九日），但由於創辦朱、楊等人後來都成了革命黨人。所以該刊自 1905 年以後也越來越傾向革命[8]，在四川地區的反清革命宣傳中產生了較大影響。該刊內

---

1 張百麟（1878～1919），字石麒，號景福，原籍湖南長沙，出生於貴州貴陽。
2 何光渝：《鐵血破曉：辛亥革命在貴州》，貴州人民出版社，2011 年版，第 68～69 頁。
3 方漢奇主編：《中國新聞事業通史》（第 1 卷），中國人民大學出版社，1996 年版，第 905 頁。
4 何光渝：《鐵血破曉：辛亥革命在貴州》，貴州人民出版社，2011 年版，第 69 頁（插圖書影）。
5 史和等編：《中國近代報刊名錄》，福建人民出版社，1991 年版，第 148 頁。
6 何光渝：《鐵血破曉：辛亥革命在貴州》，貴州人民出版社，2011 年版，第 84～85 頁。
7 方漢奇主編：《中國新聞事業通史》（第 1 卷），中國人民大學出版社，1996 年版，第 905 頁。
8 方漢奇主編：《中國新聞事業通史》（第 1 卷），中國人民大學出版社，1996 年版，第 905 頁。

容先是分上下編，後來又增加中編、外編和附編。1905 年 6 月後上編爲「政事門」，除粹論、諭旨、評論外，大量爲國內外新聞，中編爲學問門，下編爲文章門，附編爲叢錄門。民國建立後仍在出版。

（九）革命黨人在陝蒙疆地區的反清新聞宣傳

陝甘寧蒙疆地區地處中國西北，從中國同盟會成立到民國南京臨時政府成立前數年間，陝甘寧蒙疆地區的資產階級革命新聞活動也迅速發展起來。

1、革命黨人在陝西地區的反清革命新聞宣傳

陝西資產階級反清革命新聞宣傳活動的特點是原爲清朝命官後爲同盟會成員（如張瑞璣、郭希仁等）所辦的反清革命報刊在當地發揮了重要影響力。

《興平報》旬刊，1909 年 2 月創刊於陝西興平縣城。由時任知縣的張瑞璣[1]和當地紳士張淵、南風薰等人合辦。社長爲南南軒。此時張瑞璣已和陝西同盟會發生密切聯繫，所以該報熱情宣傳民主革命思想，被學界認爲是「陝西同盟會創辦的革命報刊」[2]。主要欄目有論說、新聞、雜俎、專件、文學作品等，曾刊載諸如《黑世界》等揭露清廷腐朽黑暗的文章，在當時當地產生了較大影響。1909 年 9 月張瑞璣調任西安知縣後停刊（一說爲遷西安出版）。1910 年 3 月 13 日，在原《興平報》旬刊基礎上創刊的《興平星期報》週刊在西安出版，由改任西安知縣的張瑞璣主編，報館設在陝西長安學巷內。欄目基本繼承《興平報》。1911 年 11 月 5 日，由《興平星期報》和《普及白話報》合併創刊的《帝州報》在陝西西安創刊。宗旨是「爲辛亥革命和共和告成而鼓呼」。由郭希仁、王銘丹、賀紱之等人主編，每冊十五頁。[3]報紙分爲「演說部」和「紀事部」兩個專欄。當年十二月初三（1912 年 1 月 21 日）民國建立後停刊。

這一階段在陝西地區進行資產階級民主革命思想宣傳的革命黨人中，原爲立憲派人士並官至陝西諮議局副議長，後來加入同盟會的郭希仁也具有重要影響。《麗澤隨筆》半月刊，1908 年 11 月創刊於陝西西安。由郭希仁[4]等創辦主編。報館設在西安涇陽會館。設有：理論自言、事實摭談、雜抄等欄目。[5]1910

1　張瑞璣（1880～1928），字衡玉。號**䲭**窟野人。山西趙城人。
2　史和等編：《中國近代報刊名錄》，福建人民出版社，1991 年版，第 172 頁。
3　史和等編：《中國近代報刊名錄》，福建人民出版社，1991 年版，第 267 頁。
4　郭希仁（1881～1923），原名忠清，字時齊，又字思齊，後改希仁。陝西臨潼人。
5　史和等編：《中國近代報刊名錄》，福建人民出版社，1991 年版，第 182 頁。

年該刊改組，卷期另起，由郭希仁、王銘丹、賀紱之等主編，成爲揭露清政府腐敗、宣傳民主革命思想的啓蒙性刊物。[1]1911 年 3 月 15 日（清宣統三年二月十五日）《暾社學談》月刊，創刊於陝西西安。郭希仁（時任同盟會陝西分會會長）和張瑞璣創辦。暾社編印。設有論著、疏證、筍記、譯述、文苑、雜錄等欄目。這些報紙雜誌採取各種方式，揭露清朝政府的腐敗，宣傳愛國思想，在啓發廣大人民群眾的革命覺悟方面，都起了積極的作用。[2]

2、革命黨人在內蒙古地區的反清革命新聞宣傳

中國同盟會成立的當年冬天，我國蒙古地區的《嬰報》創刊，既是蒙古地區第一份蒙古文報刊，也是我國最早的少數民族文字報刊。創辦者爲蒙古族王公後加入中國同盟會並擔任國民黨理事會成員[3]的貢桑諾爾布[4]。《嬰報》（石印，雙日報。蒙漢雙語）1905 年（清光緒三十一年）冬，創刊於內蒙古昭烏達盟喀喇沁右旗。由蒙古地區「貢王」即貢桑諾爾布創辦。報館設在王府崇正學堂。該報創辦和運行依託學堂、報館和印書局三位一體的模式[5]，學生既是報紙讀者也是報紙內容提供者（學堂訂閱北京等地報章供學生閱讀，學生從報章上選擇國內外重要新聞等內容供《嬰報》刊載）；報館負責報紙的編排，印書局在印賣書籍的同時承擔報紙印刷。內容包括國內外重要新聞、科學知識、內蒙古各盟旗政治形勢動態及針對時局的短評。免費贈閱，不收報費。約在 1912 年 9 月貢桑諾爾布奉調進京任蒙藏事務局總裁後停刊。前後發行六七年之久，停刊時間不詳。[6]

3、革命黨人在新疆地區的反清革命新聞宣傳

在祖國的新疆地區，中國同盟會成立以後不久也出現以宣傳反清革命爲主旨的新聞報刊，這就是同盟會會員馮特民[7]創辦並主編的《伊犁白話報》（日

---

1 方漢奇主編：《中國新聞事業通史》（第 1 卷），中國人民大學出版社，1996 年版，第 902 頁。

2 張華騰等：《陝西光復：辛亥革命在陝西》，陝西人民出版社，2011 年版，第 67 頁。

3 白潤生主編：《中國少數民族新聞傳播史》，民族出版社，2008 年版，第 34 頁。

4 貢桑諾爾布（1871～1930），字樂亭，號夔盫。出生於蒙古貴族家庭。精通蒙、滿、漢、藏等多種文字。蒙古地區卓索圖盟喀喇沁右旗札薩克郡王，兼卓索圖盟盟長。

5 張麗萍：《內蒙古地區近代報業的開端：兼論內蒙古最早的近代報紙〈嬰報〉》，載《國際新聞界》2012 年第 3 期，第 115～120 頁。

6 忒莫勒編：《建國前內蒙古地方報刊考錄》，內蒙古自治區圖書館，1987 年版，第 154 頁。

7 馮特民（1883～1913），原名馮超，字惕庵，後改名馮一，字特民。筆名鮮民。湖

報，四開）。該報 1910 年 3 月 25 日創刊於新疆伊犁，既是同盟會會員在新疆創辦的第一份「宣傳反帝反封建的資產階級民主革命」的報刊，也是我國新疆地區第一份近代化報紙，更是辛亥革命時期唯一一份用少數民族文字編印的革命派報紙。撰稿人馮大樹、李輔黃、郝可權、鄭方魯等人都是同盟會員。報館設在伊犁惠遠城北大街。設有要件、世界要聞、國事新聞、內部新聞、閒評、演說、愛國話歷史、愛國運動史等欄目[1]。該報積極宣傳同盟會的革命綱領，並十分注意向少數民族同胞灌輸民族民主革命思想，通過新聞及言論告訴少數民族讀者：以滿洲貴族爲核心的清朝封建專制統治是鎮壓各族人民的共同的牢獄，壓迫者中既有滿族貴族，也有他們的漢族走狗，他們是各族人民的共同敵人。[2]1911 年 11 月 15 日被清廷伊犁大將軍志銳以「譏彈時事，語涉誕謬」爲由勒令停辦。

　　西藏、甘肅、寧夏等省區目前還沒有發現革命黨人創辦的反清革命報刊。

北省武昌人。

1　中國新聞網：《辛亥百年：中國首份多語種革命報紙〈伊犁白話報〉》，2011 年 10 月 31 日。

2　方漢奇：《中國近代報刊史》，山西教育出版社，1991 年版，第 553 頁。

第三章　民國創建與民國新聞業誕生

公元 1911 年（清宣統三年）是中國傳統六十甲子紀年法進入 20 世紀的第一個辛亥年，在中國近代史上注定是一個標誌性的年度。這年農曆八月十九日（10 月 10 日），「九省通衢」湖北武昌的新軍在革命黨人吳兆麟、熊秉坤等指揮下攻佔了清廷湖廣總督署，佔領省城武昌。經過緊張的籌劃，第二天就在全城大街小巷貼滿了由「並不情願就任的清軍協統黎元洪擔任軍政府大都督」[1]署名的《中華民國軍政府鄂軍都督黎布告》，宣示天下[2]，標誌按照孫中山《建國方略》精神、仿效法美等國資產階級共和政體組建的「中華民國」省級政府已騰空出世。隨著各省紛紛響應宣布「光復」或「獨立」，成立全國性「中華民國政府」已指日可待，中國新聞業也將正式進入「中華民國時期」。

第一節　辛亥首義後軍政府時期的新聞報刊業[3]

中國同盟會《革命方略》規定，在起義勝利地區成立軍政府，實行軍法之治，總攝地方行政。[4]從 1911 年 10 月 11 日武昌首義勝利成立「中華民國鄂

---

1 徐中約：《中國近代史：1600～2000 中國的奮鬥》，世界圖書出版公司，2013 年版，第 474 頁。
2 邱遠猷、張希坡：《中華民國開國法制史》，首都師範大學出版社，1997 年版，第 70 頁。
3 本書把「民國新聞業」按照新聞報刊業、新聞廣播業、新聞通訊業、圖像新聞業、軍隊新聞業、少數民族新聞業、外國在華新聞業、新聞教育、新聞業經營、新聞學術研究和新聞管理體制等不同側面敘述。本章內容主要敘述這一階段「新聞報刊業」，其他相關內容請參見本卷的相關章節。
4 吳劍傑：《武昌首義：辛亥革命在湖北》，湖北人民出版社，2011 年版，第 90 頁。

（湖北）軍政府」到1912年元旦在南京成立「中華民國臨時政府」前，稱爲「中華民國軍政府時期」。隨著辛亥武昌首義勝利及湖北軍政府成立的社會影響迅速擴張，發生反清武裝起義或清廷地方官員迫於壓力宣布「獨立」脫離清政府「改旗易幟」後成立軍政（分）府的行省和地區迅速增加，軍政府管轄區域的反清新聞宣傳活動迅速從原先地下或半地下狀態轉爲公開合法化，呈現出一種全新的態勢。

一、各地軍政府創辦的機關報刊

1911年10月11日，中華民國鄂軍都督府在武昌閱馬場諮議局正式成立，黎元洪被推舉爲都督。這是辛亥年間反清武裝起義勝利後按照孫中山及中國同盟會《革命方略》規定成立的第一個資產階級共和性質的省級新政府。[1]爲了宣傳反清革命正義性、安定起義地區民心、引導社會輿論、爭取國際同情，革命黨人爲主導的軍政府紛紛創辦機關報，成爲這一階段新聞業界鮮亮的風景線。

（一）首創「公報」名的湖北軍政府機關報《中華民國公報》

湖北軍政府即（中華民國鄂軍政府）是在武昌反清首義勝利後第一個宣告成立的省級政府。由湖北軍政府軍務部負責創辦的《中華民國公報》既是全國第一家中華民國省級軍政府機關報，又是第一個用「公報」爲資產階級共和政府機關報名稱以體現孫中山「天下爲公」思想而區別於清朝舊式封建衙門「官報」的全新政府機關報，更是辛亥革命時期第一個代表新興的資產階級革命政權向世界發言的官方言論機關，[2]因而在中國政府機關報歷史上具有劃時代的象徵意義。

1、《中華民國公報》的創刊

1911年10月16日，《中華民國公報》在湖北武昌創刊出版第一號報紙。第一任主編張樾[3]。總經理車鴻勳。係革命黨人利用清廷湖廣總督府官報局印

---

1 鮮于浩、張雪永：《保路風潮：辛亥革命在四川》，四川人民出版社，2011年版，第199頁，載「1911年9月25日，在吳玉章、王天傑等人策劃下，（四川）榮縣宣布推翻清王朝縣政權，自理縣政。這是辛亥革命時期由同盟會會員建立的第一個縣政權，比武昌起義早了半個月。」

2 劉望齡：《中華民國公報》（介紹），《辛亥革命時期期刊介紹》第四集，人民出版社，1986年版，第156頁。

3 張樾（？～1913），原名子維，字蔭亭、芸天。筆名樾，湖北竹山人。

刷設備和報館物資創辦的中華民國鄂軍政府機關報。報館就設在武昌大朝街68 號官報印刷局內。創刊時政局尚未穩定，出版幾無規律，「每日出一次或二次不定，每次出二張或二、三張不定，若遇有特別緊急要聞，更發號外之傳單」。[1]實際上大多數時候爲日出報紙兩大張。湖北軍政府是在推翻清廷地方政府（湖廣總督署）後創建的中華民國省級政府，所以該報廢除了清朝年號，採用黃帝紀年與西曆並用的出報時間記載法，創刊時間記載爲「黃帝紀元四千六百零九年八月二十五日，西曆 1911 年 10 月 16 日」。此時武昌已由湖北軍政府施政，所以該報公開使用了表示不承認清朝皇帝的「黃帝紀年」。創辦之日，《中華民國公報》報館門前懸掛對聯稱「與民好公惡，爲國報平安」，橫批是「光復中華」，該副對聯不僅將「中華民國公報」六字嵌入對聯中，而且將該報所擔負的使命和盤托出，可謂是言簡而意賅。[2]

2、《中華民國公報》的機構和發行

革命黨人在創刊《中華民國公報》時把該報定位爲全國性「中華民國軍政府」機關報，聲稱「本報爲中華民國軍政府之機關報，故定名爲中華民國公報，以現在注重在軍政，故暫屬於鄂軍都督府」[3]。宣稱「以軍政府之宗旨爲宗旨，大要以顛覆現今之惡劣政府，改建共和民國爲主義」；軍政府的「宗旨在於開通民智，鼓蕩民氣，推倒惡劣政府而建立共和民國。」[4]張芸天（樾）爲社長（一說張樾爲主編，第一任總經理爲车鴻勳），嚴山（三）謙、張祝南（肖鵠）、高攀桂、朱峙三、蔡寄鷗、任岱青（素）、韓玉辰、蔡良村、聶守經、歐陽日茂、張世祿、毛鳳池、龍雲從等分任編輯、經理及撰述。任事的人除嚴山謙、韓玉辰外，都爲兩湖總師範學生。[5]報社編制完整，在總經理之下分設編輯、校對、發行、會計、印刷等部，分派專人負責[6]。《中華民國公報》最初發行四千份，除在本省分銷外，還向全國發行，影響頗大。該報創刊後，上海《民立報》曾專爲刊發出版消息，並配載了《中華民國公報》創刊號的

1　《中華民國公報》館：《本報出版簡章》，載《中華民國公報》，1911 年 10 月 16 日。
2　外行記者：《報館內幕：首義時期的民國公報》，載《漢口導報》，1948 年 9 月 17 日。
3　《中華民國公報章程》，載《中華民國公報》1911 年 12 月 13 日。
4　《中華民國公報》館：《本館特別通布》，載《中華民國公報》，1911 年 10 月 29 日。
5　蔡寄鷗：《鄂州血史》（《近代史資料》專刊），知識產權出版社，2013 年版，第 110～111 頁。
6　劉望齡：《中華民國公報》（介紹），載丁守和主編：《辛亥革命時期期刊介紹》第四集，人民出版社，1986 年版，第 156 頁。

大幅照片，贊其曰「舉向日之不能言不敢言者，均痛快淋漓言之。」[1]

《中華民國公報》公開昭示全社會「本報爲國民公報」，突出爲「公」爲「民」。每月津貼由軍政府發給，「費既取之於公，自不應復取閱者分文」。所以創刊之初的報紙是分贈各機關閱看、并分寄各省、各縣學校與勸學所；同時以二百份張貼武漢市通衢壁上。」[2] 但因「原報不取貲，則婦孺鄉愚皆得任意取攜，人持一張以爲戲；而送報之人，或貪便宜，期於速竣，乃事委之一處而去，不識公益之所在，遂致紙筆空靡，我熱心同志反不得一睹爲快」，所以該報在當年 10 月 29 日刊登的《本館特別通布》中決定自當日起「除軍政府交通部及各府州縣公所仍舊派人賚送外，其各局所辦公處與各營各隊各排官長士兵，如有嗜閱本報者，請將住址號牌填清，函致本館交通處注簿，以便每日分送。若紳商士庶其居住武漢三鎮者，或派人送給，或來本館購取，每日每份取銅元一枚。其在外府州縣者，視其取報多寡，定其郵資若干，不再領取報貲。」即是把原來的無償贈閱報紙改爲對政府部門及「嗜閱本報者」仍採贈閱和對一般的「紳商士庶」則採付費閱報（每日每份銅元一枚）。

3、《中華民國公報》的主要內容和歷史貢獻

《中華民國公報》作爲政府機關報，以刊發軍政府文告、檄文、軍法、律令和宣傳軍政府方針政策和施政決策爲基本功能。因此在創刊初期就一改傳統商業新聞報紙及花報的做法，凡是商業廣告和花名廣告一律取消，以便騰出版面刊載軍政府和所屬各部各革命團體的公告、文告、條例、章程、傳單、公開信及旗幟圖樣等，可以說是竭盡全力爲新生的革命政權宣傳鼓吹，爲擴大革命軍和軍政府的聲勢發揮了重要作用。《出版簡章》稱「本報之言論專以說明現今世界大事，陳述精密學理，暨凡關於軍策、治安、國情、敵勢，除本軍政府秘密要政外，皆得登載。」該報版面有二分之一的布告。刊載內容如中華民國軍政府布告、大總統孫文布告、鄂軍政府都督黎元洪布告、湖北臨時警察籌辦處章程等。內容分政論、新聞、副刊三大板塊，政論又分爲論說和時評，時評之下又分爲「民聲」、「神州月旦」、「江漢陽秋」三目。設有本館特別通布、論說、專電、本省新聞、各屬、文苑、雜俎、白話、小說、時評、啓事等欄目。[3]

---

1 蘇凡：《中華民國公報》，載《新聞大學》（季刊），1981 年第 2 期。
2 朱峙三：《辛亥武昌起義前後記》，載《辛亥首義回憶錄》（第三輯），第 153 頁。
3 史和等編：《中國近代報刊名錄》，福建人民出版社，1991 年版，第 83 頁。

　　《中華民國公報》創刊後表現出鮮明的革命立場，以言論爲革命搖旗吶喊，鼓舞士氣，激發人心。新聞報導方面，首先是該報每天用兩個版面採用「大破」、「大捷」、「大勝」、「大喜」、「捷報」、「喜報」等激動人心的詞彙大量刊載革命新軍在前方與清軍作戰的戰績。其次是該報以大量的篇幅報導清軍內部倒戈或內部混亂的消息，諸如《水師投誠》、《防營歸順》、《北軍不聽調遣》、《敵軍水陸受困二誌》、《敵軍缺槍缺彈》、《敵艦無炭無米》等消息絡繹不絕載於報紙。再則是大量登載起義地區紳商士庶等老百姓以及外國人士熱情支持聲援起義軍和軍政府的消息，以表明反清武裝起義不僅順應民心，而且也得到世界各國的同情和支持，以鼓舞士氣、安定人心。在時事評論方面，該報明確宣布「如有不合本報宗旨者，恕不採用」，並申明「以軍政府之宗旨爲宗旨，大要以顛覆現今之惡劣政府，改建共和民國爲主義。」爲了宣傳反清革命思想，該報刊載了諸如《敬告北軍同胞》、《我北軍同胞請看請看》和《敬告外省軍界同胞》等既揭露清朝政府封建殘暴統治，以鼓動更多的民衆投身參加革命，又通過揭示敵人內部各派別間的各種矛盾，分化敵人陣營，同時還通過《普告漢人》、《順逆篇》、《救人論》以及《概論共和政體之沿革》等時事評論，闡述軍政府的對內對外政策，澄清社會上一些人對軍政府政策的別有用心歪曲或誤導，同時還不斷刊載諸如「都督維持市面」、「都督維持公債信用」、「軍務部保護財產」、「理財部愼重理財」以及「內務部維持民食」等關於社會秩序尤其是商業秩序穩定有序的報導以安定人心。正是《中華民國公報》在武昌首義初期激動人心的鼓吹之力，才形成義軍士氣高漲，人民群眾熱情支持，商民踴躍援助、清軍紛紛倒戈、外人嚴守中立的局面，在一定程度上使新生政權渡過了初期最爲艱難的階段。[1]但因《中華民國公報》是湖北軍政府機關報，隸屬於軍政府軍務部，報社成員又幾乎是清一色的兩湖師範學堂學生，大多參加了共進會，所以報社實際被時任軍務部長和共進會鄂部總會負責人孫武所控制。隨著黎元洪和革命黨人張振武等爭奪權力鬥爭的公開化，張樾因與張振武同鄉而不容於孫武，遂「頗爲民社派排斥」，1912年2月18日憤而辭職[2]，隨張振武另組《震旦民報》並主持報務。

1 唐惠虎、朱英主編：《武漢近代新聞史》（上），武漢出版社，2012年版，第249～253頁。
2 劉望齡：《中華民國公報》（介紹），載丁守和主編：《辛亥革命時期期刊介紹》第四集，人民出版社，1986年版，第164頁。

（二）湖北漢口軍政分府機關報《新漢報》

革命軍佔領武昌的當天，10 月 11 日，隔江相望的漢陽、漢口也相繼光復。14 日，剛剛出獄的詹大悲從武昌率革命軍兩個連（隊）至漢口四官殿，成立漢口軍政分府，以詹大悲、何海鳴為正副主任。下設司令、參謀、交涉、軍需、軍械、軍法、稽查及軍政等八處。[1] 為了宣傳革命、穩定人心，漢口軍政分府成立後僅一周，就於 1911 年 10 月 22 日（九月初一）在漢口出版了機關報《新漢報》，報館總理（相當於社長）就是此前在漢口和詹大悲創辦《大江報》並發表著名時評《亡中國者，和平也》的何海鳴[2]，總撰述貢少芹。社址設在漢口熊家巷正街。漢口軍政分府成立的次日即 10 月 15 日，就下令封閉了一貫代清廷立言攻擊革命黨人的漢口《公論新報》，《新漢報》就是漢口軍政分府利用反動官報《公論新報》被查封沒收的印刷設備創辦起來的革命政府機關報。[3]

《新漢報》除發表漢口軍政分府的公告、命令等文件外，大量報導民軍與北軍的戰鬥消息，在鼓舞漢口軍民與北軍鬥爭的士氣方面發揮了重要作用。但該報在報導各地與清王朝鬥爭和聲援武昌起義的新聞方面，也杜撰了大量所謂「某省響應」、「某省獨立」、「某部即將來援」等假消息（當然也可能因當時形勢嚴峻需製造聲勢以壯行色，或是奉行新聞界「有聞必錄」原則據風聞內容撰稿）。據專家對現存的該報創刊第二天《新漢報》研究，報上所載如「雲南喜報飛來」、「湘省響應之確耗」和「保定漢軍與滿軍之鏖戰」等專電，均出自該報杜撰。[4] 1911 年 10 月 31 日，清軍向民軍左翼磧口一帶、右翼張美之巷、中央陣地滿春茶園一帶，分途攻擊，戰止下午 6 點，民軍不支，放棄漢口，退守漢陽。[5] 漢口軍政分府機關報《新漢報》隨之停刊，共計出版10 天。

1　吳劍傑：《武昌首義：辛亥革命在湖北》，湖北人民出版社，2011 年版，第 87～88頁。

2　何海鳴（1887～1944），本名時俊，字一雁。筆名有一雁、梅、孤雁、余行樂、行樂、衡陽一雁、求幸福齋生、求幸福齋主等。湖南衡陽人。

3　方漢奇主編：《中國新聞事業編年史》（上），福建人民出版社，2000 年版，第 586～589 頁。

4　蔣太旭：《三張百年老報，江城珍貴亮相》，載《長江日報》（武漢），2011 年 8 月12 日。

5　韓信夫、姜克夫主編：《中華民國大事記》（第一冊），中國文史出版社，1997 年版，第 156 頁。

（三）湖南軍政府機關報《長沙日報》

1911 年 10 月 22 日，湖南光復。同盟會員焦達峰、陳作新率長沙新軍響應武昌起義，佔領軍械局，攻佔了巡撫衙門。是晚，各界代表集中到諮議局由同盟會員文斐主持商量成立臨時革命政府事宜，會議公推焦達峰、陳作新為中華民國湖南軍政府正、副都督。[1]次日，湖南都督府參議院成立，譚延闓為院長，頒布《參議院各項條規》，規定「都督府命令須經參議院同意並由該院發交各部執行」。[2]軍政府建立後即派顏昌嶢接管原湖南巡撫端方創辦《長沙日報》的機械、設備及相關設施，著手改辦軍政府機關報《長沙日報》。因顏昌嶢站在立憲派一邊拒登同盟會文件。軍政府不久改任文斐[3]為主持，傅熊湘[4]為總編輯。孔昭綬（攘夷）、龔芥彌、馬惕冰、譚藝甫等人任編輯。[5]

《長沙日報》儘管名稱未改，但在革命黨人文斐、傅熊湘主持下已成為一份全新面貌的湖南軍政府機關報。總編輯傅熊湘對報紙進行了一番大改良，版面由每天出版鉛印一大張變為日出報紙對開三大張。內設新聞六版，副刊一版、廣告五版。同時設「專論」、「社論」及「呻吟語」、「大陸觀」、「湖南觀」等三個短評專欄。同時在副刊版設「大言小言」欄目，專登三言兩語的文筆犀利的雜感文字，頗具特色。該報堅持同盟會的革命方針，南北和談前後，該報在專論、時論以及短評欄目中發表了不少抨擊袁世凱竊國罪行的言論。除刊載大量時事新聞等內容、報導國家大事外，該報對本省之社會經濟情況，也給與了極大的關注，成為當時湖南最負盛名的報紙。[6]

（四）重慶蜀軍政府機關報《皇漢大事記》

1911 年 11 月 22 日，重慶起義後建立了重慶蜀軍政府，推張培爵為都督，夏之時為副都督。[7]三天後的 11 月 25 日，蜀軍政府創辦了具有臨時公報性質的《皇漢大事記》，朱國琛（雲湘）主編。

---

1 朱發建：《慷慨三湘：辛亥革命在湖南》，湖南人民出版社，2011 年版，第 138 頁。
2 韓信夫、姜克夫主編：《中華民國大事記》（第一冊），中國文史出版社，1997 年版，第 153～154 頁。
3 文斐（1872～1943），字牧希，又字幻園。湖南醴陵人。
4 傅熊湘（1882～1930），改名尃，字文渠，又字君劍，號鈍安，又別署鈍根或屯艮。湖南醴陵人。
5 史和等編：《中國近代報刊名錄》，福建人民出版社，1991 年版，第 97 頁。
6 黃林：《近代湖南報刊史略》，湖南師範大學出版社，2013 年版，第 49 頁。
7 鮮于浩、張雪永：《保路風潮：辛亥革命在四川》，四川人民出版社，2011 年版，第 198～201 頁。

　　重慶起義後由同盟會會員建立了重慶蜀軍政府，綱領齊備、組織嚴密，並在鞏固、擴大政權及施政等方面採取了一系列措施。[1]爲了向社會各界宣傳公告軍政府的政策和法令，軍政府聘朱國琛創辦了用於「專門公布蜀軍政府的政策、法令」[2]的臨時性公報《皇漢大事記》。《蜀軍政府綱領》、《蜀軍政府對內宣言》、《蜀軍政府對外宣言》及《蜀軍政府通飭川東人民共同維護公安條告》和《蜀軍政府暫行陸軍懲罰條例》等文件大多通過該報向社會宣布的。民國南京臨時政府成立後的 1912 年 1 月（辛亥年十一月），蜀軍政府聘原《廣益叢報》編輯周文欽接辦《皇漢大事記》並改名爲《國民報》，作爲蜀軍政府正式機關報。

（五）江蘇都督府機關報《江蘇大漢報》

　　1911 年 11 月 5 日（辛亥年九月十五日），在上海商會代表所攜上海軍政府都督陳其美（英士）促其宣布獨立公函的推動下，時任清廷江蘇巡撫的程德全決定於次日公開宣布獨立。第二天天尚未亮，獲悉即將獨立的蘇州各界紳士代表及各界人士來到都督府請願宣布獨立。程德全應請宣布「獨立」，宣布成立「中華民國軍江蘇都督府」[3]，「清廷江蘇巡撫」程德全搖身一變成了「中華民國軍江蘇都督府都督」。蘇州人風趣地稱之爲「插白旗」。[4]五天後，中華民國軍江蘇都督府機關報《江蘇大漢報》在時任江蘇都督的程德全直接資助下創刊。由杭州剛返蘇州的著名革命報人陳去病[5]任主編，張涵秋（昭漢，女，南社成員）主持。

　　《江蘇大漢報》日報，（又名蘇州《大漢報》），1911 年 11 月 10 日（辛亥年九月二十日）創刊於江蘇蘇州。由經過蘇州「插白旗」光復後成爲中華民國軍江蘇都督的程德全撥款一千二百元（銀元）創辦。報館設在蘇州滄浪亭對面的可園。日出報紙四開兩張，用國產竹簾紙單面印刷。創刊初期石印，全部免費贈閱。同年 11 月 21 日（農曆十月初一）起改爲鉛印出版，期數另計，

1　鮮于浩、張雪永：《保路風潮：辛亥革命在四川》，四川人民出版社，2011 年版，第 201 頁。

2　王綠萍編：《四川報刊五十年集成（1897～1949）》，四川大學出版社，2011 年版，第 33 頁。

3　韓信夫、姜克夫主編：《中華民國大事記》（第一冊），中國文史出版社，1997 年版，第 158 頁。

4　劉小寧：《民國肇基：辛亥革命在江蘇》，江蘇人民出版社，2011 年版，第 009 頁。

5　陳去病（1874～1933），原名慶林，字伯儒、百如，又字佩忍，號侶倩、巢南、垂虹亭長，晚號勤補老人，筆名季子、有嬀血胤、南史氏、大哀、天放、法忍、老衲、拜波、病倩、病禪、醒獅、南巢子、東陽令史子孫、伯雷等，江蘇吳江人。

開始銷往全國。這天的報紙用紅色有光紙印刷，出版時間爲「黃帝紀元四千六百零九年辛亥十月初一」而不再用清朝紀年的「宣統三年」。陳去病在發刊詞中不僅宣布該報「以張吾民族之氣，而助民國之成，並提倡民主主義，以亟圖社會之升平，獲共和之幸福」爲宗旨，且以「二十世紀之中國，眞我黃帝子孫發揚蹈厲之時日哉！」等語言公開表達對革命的樂觀和希望。因爲當時南京尚被忠於清廷的頑固派官僚張勳盤踞，陳去病 11 月 27 日在報上發表時評《規復金陵之借箸籌》，建議革命軍採取統一指揮，四面包圍，佔領高地，截其接濟。又在 11 月 29 日發表時評《除惡可不盡手》，籲請革命派在掌握政權後「除惡務盡」以絕後患。鑒於革命營壘中有些人出身舊官僚，只是迫於形勢才向革命派投誠，實際常在窺測方向，動搖不定，陳去病 12 月 15 日發表《對嫌疑者之感言》一文，勸告動搖者趕快洗心革面。他發現革命派內部矛盾已危及徹底完成推翻封建專制清王朝時，於 12 月 17 日發表《對內訌者之悲哀》一文，指出袁世凱正利用革命派矛盾，挑撥離間，利誘威脅，以伺機反撲，呼籲各方以大局爲重，團結對敵，在當時產生了重要的影響。後因程德全都督府移駐南京停止撥款，12 月 21 日（農曆十一月初二）停刊。[1] 在革命黨人陳去病、張涵秋等人經辦下，這份出版不到一個半月的《江蘇大漢報》成爲是辛亥首義後一份具有重要影響的地方軍政府機關報。

（六）山西軍政府機關報《山西民報》

1911 年 10 月 29 日凌晨，山西太原革命黨人發動起義一舉成功，太原光復。隨之成立山西軍政府，原清新軍第二標統領閻錫山於 10 月 30 日被選爲山西軍政府都督，溫壽泉任副都督。革命黨人利用清廷山西地方當局編印《并州官報》的機器設備創辦的山西軍政府機關報《山西民報》正式創刊。

1911 年 11 月 29 日，山西軍政府機關報《山西民報》日報，在山西太原創刊。該報由張起鳳[2]任報館館長，石榮暲爲經理，張朗村、王錫九等任編輯，[3]越南籍革命志士阮尚賢（鼎南）任主筆，薛篤弼任編輯[4]。創刊號報紙的刊頭和標題用紅色套印，所發表的討滿檄文[5]《山西討滿洲檄》稱「春雷動地，千

1　史和等編：《中國近代報刊名錄》，福建人民出版社，1991 年版，第 38 頁。
2　張起鳳（1880～1957），字翽之，山西安邑人。
3　方漢奇主編：《中國新聞事業通史》（第 1 卷），中國人民大學出版社，1996 年版，第 901 頁。
4　劉存善：《晉省風雷：辛亥革命在山西》，山西人民出版社，2011 年版，第 95 頁。
5　史和等編：《中國近代報刊名錄》，福建人民出版社，1991 年版，第 48 頁。

年之醉夢驚回；旭日當空，萬里之妖氛盡掃！蓋救焚怵溺，不得已而見諸兵戎，而應天順人，必如是方合乎時宜」，「人心所向，大勢所趨，彼胡兒之滅亡，乃指日間事耳！層指罪惡，擢發難數。凡我同胞，速舉義旗，光復舊物」，[1]表現出革命黨人的豪邁氣概和革命必勝的信心，積極發動廣大民眾響應革命「光復舊物」。該報社論均出自主筆阮尚賢之手。[2]

（七）四川軍政府機關報《四川軍政府官報》和《四川獨立新報》

四川的「獨立」經歷了一個複雜的過程。1911 年 9 月 25 日，在吳玉章、王天傑等人策劃下榮縣宣布「自理縣政」，成立辛亥革命時期第一個由同盟會會員建立的縣級政權。11 月 22 日，重慶起義成功後建立了重慶蜀軍政府，推張培爵爲都督，夏之時爲副都督。[3]1911 年 11 月 25 日（宣統三年十月初五日）重慶蜀軍政府機關報《皇漢大事記》在重慶創刊。

在重慶及周邊府縣通過武裝起義建立革命政權後的 1911 年 11 月 22 日，由官方代表署布政司尹良等七人、立憲派代表蒲殿俊等八人簽訂了由官方和立憲派人商訂的四川獨立條件（含官定獨立條件 19 條，紳定獨立條件 11 條）。25 日諮議局開會通過。[4]27 日，成都宣布光復，趙爾豐被迫宣布四川自治，交出軍政權，成立大漢四川軍政府（簡稱四川軍政府），由諮議局議長蒲殿俊爲都督，朱慶瀾爲副都督。[5]

1911 年 12 月 2 日（辛亥年十月十二日），四川軍政府機關報《四川軍政府官報》日刊，利用原清廷四川地方當局的《成都日報》（四川官報書局總辦錢楚任社長兼總編輯）的機器設施在四川成都創刊，具體負責人不詳。報紙由成都大漢印刷局出版。[6]總發行所在成都東玉龍街大漢四川印刷局。該報專門刊載大漢四川軍政府及省城各官廳所公布之法律、命令、重要批示及行政上認爲必須布告事項。分爲四類：第一類爲軍政府的法令，第二

1 侯少白：《山西辛亥起義紀事》，載《山西文史資料》，第 1 輯。

2 薛篤弼：《太原起義和河東光復的片段回憶》，載《山西文史資料》，第 4 輯。

3 鮮于浩、張雪永：《保路風潮：辛亥革命在四川》，四川人民出版社，2011 年版，第 199～201 頁。

4 鮮于浩、張雪永：《保路風潮：辛亥革命在四川》，四川人民出版社，2011 年版，第 210 頁。

5 韓信夫、姜克夫主編：《中華民國大事記》（第一冊），中國文史出版社，1997 年版，第 165 頁。

6 史和等編：《中國近代報刊名錄》，福建人民出版社，1991 年版，第 122 頁。

類爲軍政府和各官廳的通飭、通行，第三類爲批詞，第四類爲通告、告示。[1]
報紙的日常運行經費除由大漢四川軍政府撥給外，還採用行政手段要求「各
級官廳、地方公共團體與一般國民」「一律購閱」。[2]作爲大漢四川軍政府機關
報的《四川軍政府官報》儘管保留了「官報」名稱，但所載內容對於摧毀清
廷在四川的專制統治、傳播民主革命思想等仍在客觀上具有進步意義。

　　1911 年 12 月 28 日（農曆十一月初九日）即《成都日報》改爲機關報《四
川軍政府官報》三個星期後，四川軍政府新創刊的機關報《四川獨立新報》
日報，創刊於四川成都。[3]該報雖是「日刊」，但每月農曆初二、十六兩天停報。
創辦《四川獨立新報》雖然有強調「獨立」以使軍政府區別於原清廷四川地
方當局，改「官報」爲「新報」則淡化該報紙在民眾眼中的「官味」的考慮，
更主要是通過該報向各界宣布政府的施政綱領、制定頒布的法令法規及對具
體事務的布告等「官方新聞」，同時也載文藝性內容。儘管四川軍政府是立憲
派人士「以妥協求獨立」成立的政府，但既稱「大漢」就表明它否定了清政
府的合法性；新政權稱爲「軍政府」且公開打出白底、中書「漢」字、周圍
十八圓圈的旗幟，說明四川軍政府的立憲派迫於各省紛紛獨立的革命形勢，
公開宣布脫離清政府統治。鑒於四川在全國的影響，對推動辛亥革命在全國
的發展具有積極意義。

（八）浙江軍政府機關報《漢民日報》

　　1911 年 11 月 4 日（九月十四日）晚上 12 時，浙江民眾期待已久的反清
武裝起義終於爆發。次日省城杭州全部光復，清王朝在浙江的統治就此終結，
標誌著浙江資產階級革命的勝利。[4]1911 年 11 月 8 日，由浙江軍政府撥款創
辦的機關報《漢民日報》在浙江杭州創刊，也是辛亥革命杭州光復後創刊的
第一張報紙。報館先設杭州上扇子巷浙江都督府內，後遷焦旗杆。浙江首任
都督湯壽潛邀請杭辛齋[5]總其事，邵振青（飄萍）受杭辛齋之聘任主筆。[6]

1　王綠萍編：《四川報刊五十年集成（1897～1949）》，四川大學出版社，2011 年版，
　　第 34 頁。
2　《大漢軍政府通飭》，載《四川軍政府官報》，1912 年 2 月 1 日。
3　方漢奇主編：《中國新聞事業編年史》（上），福建人民出版社，2000 年版，第 598
　　頁。
4　汪林茂：《錢江潮湧：辛亥革命在浙江》，浙江人民出版社，2011 年版，第 130 頁。
5　杭辛齋（1869～1924），名慎修，又名鳳元，別字一葦，夷則，浙江寧海人。
6　張夢新等：《杭州新聞史》，中國社會科學出版社，2011 年版，第 64 頁。

　　《漢民日報》以「尊崇人道、提倡民權、激勵愛國尚武之精神，建設完全無缺之共和政府為唯一宗旨」。每日出對開報紙 2 大張共 8 版，新聞與評論等佔 4 個版。設有新聞、時評、要電、本館專電、譯電、要件、特別啓事、總統公布、批文匯誌、讀者之聲、來稿和諧鐸等欄目。邵飄萍的新聞生涯即從主持該報筆政開始，先後發表過《正告財政司長》、《省檢事長亦應停職》、《不知法律的省法院長》和《論共和國之冗員》等詞鋒銳利的時評。民國成立前，《漢民日報》堅定不移地代表革命派利益，始終為民主共和政體的建立和維護而吶喊，在反對袁世凱假共和真專制的鬥爭中旗幟鮮明。[1]1912 年 1 月 22 日，浙江省軍政府又創辦了《浙江軍政府公報》日刊。經理馬敘倫，總纂杭辛齋，編輯邵飄萍。同年 5 月 1 日改名為《浙江公報》。

（九）各地軍政府創辦的其他機關報

　　當時還有一些地方的革命黨人在武裝起義成功或和當地開明地主、立憲派人士協商宣布「獨立」後成立的軍政府，或改辦當地報紙成為政府機關報，或革命黨人出面創辦政府機關報。如 1911 年 11 月 3 日（農曆九月十三日）創刊於雲南昆明《大漢滇報》，前身為雲南教育總會的《雲南日報》。1911 年雲南昆明「重九起義」建立「中華民國雲南軍政府」（大漢雲南軍政府）後，把《雲南日報》改辦軍政府機關報《大漢滇報》繼續出版，不久停刊。又如 1911 年 11 月 11 日（農曆九月二十一日）創刊於江蘇常州的《新民日報》則是常州軍政府機關報。該報言論進步，敦促人民革命舊俗，剪掉辮子，不再裹足，堅決推翻封建皇朝，振興中華。設有：錄電、評論、要聞、瑣聞、雜俎等欄目。當年底停刊，出版的時間總共不到兩個月。[2]

　　辛亥首義後各地軍政府創辦或改辦的機關報大多具有如下特徵：一是不承認清朝政府統治，採用黃帝紀年而不用清朝皇帝年號紀年；二是宣布顛覆推翻清朝專制統治，明白昭示各界實行共和民主政體；三是大量刊載軍政府的法律法令、布告公告及各項政策，成為社會各界瞭解新政權性質、方針政策的主要窗口；四是內容鮮活、文風樸實，貼近百姓生活，受到當地各界歡迎，在宣傳革命新政權的政綱政策法令，穩定人心和社會秩序，鞏固新生的革命政權及宣傳普及資產階級的民族解放、民族平等和人權自由進步思想等方面發揮了積極的作用。

1　王文科、張扣林主編：《浙江新聞史》，浙江大學出版社，2010 年版，第 72 頁。
2　《101 年前常州老報紙是啥樣？》，載《宿遷晚報》，2013 年 3 月 26 日。

二、革命黨人創辦的新聞報刊

在反清武裝起義取得勝利的地區，除了由軍政府（或政府部門）創辦以宣布軍政府內外政治外交方針和公布政府穩定社會秩序諸項施政舉措的政府機關報外，一些原來從事資產階級民主革命和反清新聞宣傳的革命黨人利用公開合法的有利社會環境，創辦或繼續出版新聞報刊，為新生政權鼓吹吶喊，在穩定民心、振奮軍心和爭取人心等方面發揮了積極的作用。略舉如下：

（一）辛亥首義發生地武昌的《大漢報》

由於突然爆發並迅速取得勝利的武昌反清武裝起義打亂了武漢地區原來的社會生活秩序。「中華民國鄂軍政府」忙於準備抵抗清朝軍隊鎮壓的戰事和爭取各國承認和國內各方響應的內外聯繫，還騰不出手實施城市管理，各種謠言瘋傳，民心忐忑不安。社會生活處於失序狀態，極大地影響到起義後民心的安定。[1]就在武昌各界迫切獲知武昌首義和軍政府方針政策等新聞信息，起義者們還顧不上創辦機關報時，同盟會會員胡石庵[2]創辦的《大漢報》橫空出世了。

武昌起義後的第二天（1911 年 10 月 12 日），由中國同盟會會員胡石庵以大幅白紙和黃紙用毛筆手寫的兩份《大漢報》，分貼於漢口的江漢關署大門左側和英租界，報導有關起義的詳細消息，吸引了大量讀者。這是武昌起義勝利後第一張以快報「號外」形式出版的新聞書寫品，比後來在上海等地出版的號外、專報等臨時性小報大約要早半個多月，也是三天後鉛印出版的《大漢報》的前身[3]。1911 年 10 月 15 日，鉛印版《大漢報》正式創刊於湖北漢口。報館設在漢口歆生路大成印刷公司內，報紙亦由大成印刷公司負責印刷。發行所設在漢口新馬路餘慶里一街口。[4]報紙使用黃帝紀元（黃帝紀元四千六百零九年八月二十四日）和公元紀年（西曆一千九百十一年十月十六日，禮拜一）。創刊號《大漢報》由胡石庵一人承擔，自作、自抄、自編、自校。[5]日出一小張，初用有光紙印刷，其上之文告及新聞多係石庵一手杜撰，售價銅元 2

1　唐惠虎、朱英主編：《武漢近代新聞史》（上），武漢出版社，2012 年版，第 263 頁。

2　胡石庵（1879～1926），原名人傑，又金門，字天石，筆名石庵、記者十廠等，號懺憨室主。湖北天門人。

3　方漢奇：《中國近代報刊史》，山西教育出版社，1981 年版，第 615 頁。

4　漢口《大漢報》（第 10 號），1911 年 10 月 24 日（禮拜二）出版。

5　史和等編：《中國近代報刊名錄》，福建人民出版社，1991 年版，第 37 頁。

枚。創刊號發行後一再重印，當日即行銷二萬餘份，創下武漢日報單日銷量最高紀錄。[1]倪琴舫、顏覲棠、范韻鸞、張雲淵、朱純拓、陳華湄、夏容宇、余慈舫等人協助報紙編輯採訪等工作後，大致每天出報三大張。設有社說、時評、譯電、要聞、各屬新聞、軍政紀事、陽夏紀事、滿清末日記等欄。同年 10 月 29 日，北軍（清軍）攻入漢口歆生路一帶，《大漢報》館落空炸子母彈 14 枚，本館中 40 餘名印刷工人一時散盡。[2]報館被焚毀，館中職工三人罹難，報紙被迫停刊。主編胡石庵奔走武昌設法恢復報紙出版，得到湖北軍政府撥付報紙復刊經費資助和原湖北官報局提供部分機器及鉛字，「不三日（約是 11 月 1 日），以《大漢報》出售於市。」報紙規模得以擴充，內容也更加豐富。胡石庵自任主編兼發行人，張越為經理。此時《大漢報》日出三大張，設有社論、譯著、要件、小說、命令、本報專電、特約路透社電、公電摘要、緊要新聞、各省新聞、國外新聞等欄目。[3]

《大漢報》在中國新聞事業發展的數千年歷程中，第一次以獨立新聞媒體身份公開宣傳資產階級民族民主的綱領和政策。武昌首義的槍聲還未完全停歇，胡石庵就手寫兩張《大漢報》張貼到英租界和江漢關署牆上，以獨立新聞媒體的身份公開宣傳辛亥首義的勝利。為在漢口的外國人、清廷地方官員以及社會各界人士瞭解辛亥首義的經過和結果提供了最迅速的信息。鉛印《大漢報》的創刊號刊出了以軍政府名義發布的革命檄文和大量有關起義軍事進展情況的消息，此後又陸續刊出了軍政府的各項命令文告，各省響應起義的動態和清廷調兵遣將窮於應付的消息。起義軍方面以黎元洪名義發出的致（清廷）駐漢（口）海軍艦隊司令薩鎮冰的勸降書，也首先在這個報紙上發布。[4]

通過報導新聞和發表言論為革命後產生的新政權建設和施政方針等積極建言獻策是《大漢報》的重要歷史貢獻。自該報創刊號起就連續以「記者十廠」之名刊載《敬告軍政府》的系列「社說」，告誡軍政府注意維持社會秩序，以使革命新政權治下地區的人民「孱然旋集於善政之下，求有其權利之保

---

1 唐惠虎、朱英主編：《武漢近代新聞史》（上），武漢出版社，2012 年版，第 264 頁。

2 劉望齡：《黑血・金鼓：辛亥前後湖北報刊史事長編》，湖北教育出版社，1991 年版，第 269～270 頁。

3 唐惠虎、朱英主編：《武漢近代新聞史》（上），武漢出版社，2012 年版，第 264～265 頁。

4 方漢奇：《中國近代報刊史》，山西教育出版社，1981 年版，第 611～612 頁。

障」；同時吸引尚處於異族統治之下之人民「遠道來歸，棄彼異族專制之範圍，入我新建設之平民政治、法治之世界」；建議新政府內部各派力量加強內部團結，提醒軍政府領導人「大如法蘭西流血之恐怖，小如太平天國諸王之內變，皆足令已成之大業歸於消滅」；提醒軍政府儘管清朝統治者「今見吾漢族義兵赫舉，全國響應，自知膻腥之運已終，則必將出其最後之卑劣手段，利用外人之勢力以延其將盡之殘喘」，防止中外勢力聯合起來扼殺新生政權，並以法蘭西、太平天國、菲律賓等歷史教訓予以警誡，[1]對鞏固新政權和穩定人心起到了積極作用。漢口陷落後，《大漢報》遷到武昌出版。漢陽 11 月 27 日失守後，軍政府所辦《中華民國公報》停刊，胡石庵臨危不懼宣稱「《大漢報》當與武昌共存亡」，杜撰「各省捷報、援軍立至及北京反正等新聞」，半天內發號外六次，使「人心稍安，士氣復振，得免內潰。」[2]在新政權生死存亡關鍵時刻為振奮人心、穩定陣腳作出了巨大歷史貢獻。

　　積極宣傳新政權外交政策，爭取外國駐漢領館宣布保持中立以減輕新政權的壓力是《大漢報》的另一重要貢獻。胡石庵創辦《大漢報》的目的之一是向外國人宣傳新政權的內政外交，以爭取世界各國對辛亥起義的支持，促使西方各國在革命政權和清政府間保持中立（實際上就支持了革命黨人）。武昌起義後某天，胡石庵「至三碼頭覓一友」時偶逢「素識」之「日人、英人」，得知清廷湖廣都督瑞澂在武昌起義後照會駐漢口各國領館，誣稱武昌起義係土匪勾結營兵肇亂，意在劫奪錢財，與政治決無關係。已就近調湘豫兵來剿，不日即可蕩平云云。他隨之對那些外國人說「武昌此次實係革命軍起義，絕無二義，余於內容皆深悉。」日本人問他說「你也是革命黨人嗎？」他未答。英國人對他說「既然如你所說，為什麼三日來皆閉城自固，絕無文明之公布，足令人心曉然。我歐洲累次革命，皆不若此隱秘。」胡石庵對外國人說「武昌日來因尚有滿人抵抗，戰爭未熄，故無暇及他，近日全城已告光復，漢陽亦已收回，轉瞬即將有正式之公布宣告中外，以余所聞，一、二日內完全之機關報亦將出現，公等但拭目以待之可也。」[3]為此胡石庵下定決心獨自創辦一份報紙，對內以呼籲維護社會秩序，安定人心，對外尋求輿論支持，以防

1　記者十廠：《敬告軍政府》，載漢口《大漢報》（社說），1911 年 10 月 16 日。
2　劉望齡：《黑血·金鼓：辛亥前後湖北報刊史事長編》，湖北教育出版社，1991 年版，第 361 頁。
3　胡石庵：《湖北革命實見記》，大漢報社，1912 年版，第 19～20 頁。

止中外勢力聯合起來扼殺革命。[1] 該報所載軍政府的各種布告、命令和禁令，無疑是軍政府宗旨和目標的公開昭示，對外國駐漢口領館瞭解新政權的內外方針發揮了直接的作用。《大漢報》在漢口保衛戰時期還和漢口英文《楚報》一起鼓吹各國駐漢領事承認民軍為交戰團。在新政權面臨清軍進攻處境艱難的環境下，臨危不懼堅持奮鬥，加倍進行鼓舞士氣、穩定人心的新聞宣傳，為新政權度過最艱難歲月爭取了時間，是《大漢報》的最大歷史貢獻。

對《大漢報》杜撰刊發「各省捷報、援軍立至及北京反正等新聞」，我們認為已經超出了一般意義新聞活動的範疇，而可從革命黨人在特殊情況下對敵鬥爭特殊策略的角度理解，是革命黨人向敵對勢力進行的「空城計」心理宣傳戰，同時也是事出有因，主要為當時嚴峻危險的鬥爭形勢所迫。按照歷史唯物主義和辯證唯物主義的立場觀點，我們一方面可以尊重和理解，但遵循新聞應該真實的原則不予頌揚，更不能成為某些人製造或發表「虛假新聞」的護身符，因為現在已經不存在當時生死存亡迫在眉睫的嚴峻環境。

（二）湖南長沙的《湘省大漢報》和《大漢民報》

1911 年 10 月 22 日，由革命黨人焦達峰、彭友勝和陳作新、安定超等指揮的北路軍和東路軍從長沙小吳門城門在諮議局會師。次日，各界代表公推焦達峰和陳作新分任中華民國湘（湖南）軍政府正副都督，成為武昌首義成功後第一個響應的省區，在全國辛亥革命中具有重要的意義。[2]

三天後即 1911 年 10 月 25 日（農曆九月初四日），由同盟會會員楊宗實邀集李任民、劉芯、游大瀛等集資創辦的《湘省大漢報》日刊，在長沙創刊。日出四開報紙一小張。單面印刷。報社設在湖南長沙曾子廟。[3] 主持人為同盟會會員楊宗實（華生），擔任編輯工作的有李任民、劉芯、游大瀛、雷預等。該報極力宣傳革命意義，並及時發表湖南軍政府重要文電，報導有關各省起義消息。[4] 主要欄目有各省電報、本省紀事、論說等。第八期起改為《大漢民報》繼續出版。

1911 年 11 月 1 日（農曆九月十一日）由《湘省大漢報》改名創刊《大漢民報》日報，正式出版。創刊號刊載署名「補拙生」《大漢民報發刊詞》，開

---

1 唐惠虎、朱英主編：《武漢近代新聞史》（上），武漢出版社，2012 年版，第 263 頁。
2 朱發建：《慷慨三湘：辛亥革命在湖南》，湖南人民出版社，2011 年版，第 138 頁。
3 史和等編：《中國近代報刊名錄》，福建人民出版社，1991 年版，第 37 頁。
4 方漢奇主編：《中國新聞事業編年史》（上），福建人民出版社，2000 年版，第 590 頁。

宗明義第一句爲「天下者，天下人之天下，非一人之天下」，痛斥清廷鉗制輿
論。之所以創辦該報是「舉二百六十餘年中蘊蓄抑鬱之氣而暢所欲言」，在歷
史上「放一特別光明」[1]。聲稱該報對「政治、軍事、商業、學務，無不因事
紀實」，「事必徵實，語必摘要」，「凡各處偵探，必詳細而記載之，以爲我軍
國民臂之言論」，「至於虛張聲勢之言，則一律刷去。」[2]明確表示不載「虛張
聲勢之言」，以維護報紙所載新聞消息的眞實可信和發表言論的社會公信力。
1912 年 3 月，因該報「號外」揭露湖南都督譚延闓屬下第四師師長王郅中部
酗酒殺人消息等，被都督府罰令停刊七日，報社被軍人搗毀，報社工作人員
亦遭逮捕。同時經費也受立憲派阻撓，無法繼續出版，僅出四個多月即告夭
折。[3]

（三）江西南昌的《江西民報》

「在江西，革命輿論的大肆傳播以江西民報社的成立爲里程碑」[4]。《江西
民報》是革命黨人吳宗慈[5]接到《自治日報》所有人鄒淑澄委託書後，1911 年
10 月 22 日趕回南昌。同一天，《江西民報》日報，即在原由鄒淑澄所有、姜
旭民主持的《自治日報》基礎上改名創刊於江西南昌（一說 1911 年 11 月改爲
本名[6]），革命黨人吳宗慈受《民治日報》創辦人鄒淑澄委託出任主編。報館仍
設南昌席公祠側。

1911 年 10 月 23 日（農曆九月初二），同盟會會員林森等在江西九江逼迫
清軍第五十三標標統馬毓寶下令起義，並推舉馬毓寶爲「中華民國駐潯軍政
分府」（九江軍政分府）都督後，剛剛創刊的《江西民報》就立即投入爲武昌
首義和九江起義大造革命輿論的鬥爭中。1911 年 10 月 30 日的農曆九月初九，
本是傳統農曆登高賞秋的重陽節，剛剛接任《江西民報》主編吳宗慈用大號
紅字刊載了一篇社評《滿城風雨近重陽》，社評首句就是「滿清政府從此長辭
矣」，表現出革命黨人對推翻清朝統治鬥爭必勝的豪邁氣概和革命潮流不可阻
擋的宏大氣勢，江西省城南昌的清廷地方官員和豪紳富商則爲之膽戰心驚，

1　史和等編：《中國近代報刊名錄》，福建人民出版社，1991 年版，第 37 頁。

2　補拙生：《大漢民報發刊詞》，載《大漢民報》1911 年 11 月 1 日。

3　史和等編：《中國近代報刊名錄》，福建人民出版社，1991 年版，第 37 頁。

4　張宏卿、肖文燕：《贛鄱壯舉：辛亥革命在江西》，江西人民出版社，2011 年版，
　　第 87 頁。

5　吳宗慈（1879～1951），字藹林，號哀靈子，江西南豐人。

6　史和等編：《中國近代報刊名錄》，福建人民出版社，1991 年版，第 169 頁。

惶惶不可終日。《江西民報》的出版，就像投下一個重磅炸彈，全城震動，全省震動，波及全國[1]，產生了巨大的政治影響。

（四）上海《民國報》（旬刊）和號外式小報

1911 年 11 月 4 日，中部同盟會和光復會上海支部領導革命黨人的敢死隊、上海商團及反正的上海軍警等武裝力量攻佔江南製造局，張士珩逃走。3 日親率商團、學生及敢死隊進攻江南製造局時隻身進入製造局勸降被拘的陳其美遇救，光復會會員李燮和被推為臨時總司令，上海光復[2]。11 月 7 日宣布成立以陳其美為都督的中華民國滬軍都督府。[3] 為了報導武昌起義新聞和全國各地的形勢發展，革命黨人「雞鳴」、「樸庵」創辦的《民國報》新聞性旬刊，1911 年 11 月 21 日創刊於上海。是武昌起義後為配合革命而創辦的宣傳性刊物。報館設在上海四馬路老巡捕房隔壁惠福里。主編署名為「雞鳴」、「樸庵」。聲稱其主旨和選稿範圍為「甲、歷史觀念發揚民族之精神；乙、以社會趨向審擇政治之方法；丙、搜集文告撰錄傳記及紀事本末以為他日之史料；丁、迻譯外論旁徵野史以為現今之借鏡。」設有圖畫、論說、時評、專件、紀事本末、大事記、傳記、文苑、叢錄、小說、附錄等欄目[4]。創刊號上刊載有署名「雞鳴」的《民國報六大主義之宣言》，提出「建設共和政體」、「以漢族主治而同化滿蒙回藏，合五大民族而為一大國民」、「維持現在社會經濟之恐慌與安寧之秩序」、「實行社會主義，先平均地權」、「規定外交之方針（舊條約一律承認，舊債一律認還，以爭取列強在革命戰爭中保持中立）」及「企圖世界之和平」等內外政策和政治目標。同期還刊有胡漢民的題詞[5]。1912 年元旦，孫中山為臨時大總統的中華民國臨時政府在南京宣告成立，《民國報》認為使命已完成，於同日（1912 年 1 月 1 日）出版最後一期後宣布停刊。

從武昌起義爆發到 1912 年元旦中華民國臨時政府在南京正式宣告成立前，各地革命黨人為向社會各界宣傳革命形勢，營造清朝政府勢必垮臺的社

1　張宏卿、肖文燕：《贛鄱壯舉：辛亥革命在江西》，江西人民出版社，2011 年版，第 76～79 頁。

2　韓信夫、姜克夫主編：《中華民國大事記》（第一冊），中國文史出版社，1997 年版，第 157～158 頁。

3　廖大偉：《海上風雲：辛亥革命在上海》，上海人民出版社，2011 年版，第 52～70 頁。

4　史和等編：《中國近代報刊名錄》，福建人民出版社，1991 年版，第 143 頁。

5　方漢奇：《中國近代報刊史》，山西教育出版社，1981 年版，第 631 頁。

會氛圍，在創辦正規的新聞報紙又尚不具備條件的情況下，創辦了不少號外式的小報，對推動形勢發展起了積極的作用。武昌起義爆發的第二天即 1911年 10 月 11 日，上海就有人創辦了號外式小報《戰事號外》，後於 10 月 15 日改名爲《近事畫報》。[1] 報館林立的上海望平街成了日夜喧鬧的信息傳播中心，迅速湧現出大批爲革命派鼓吹的小型報刊，總數不下 30 種。在這些臨時性的小型報刊中，最受歡迎、最有影響的[2]是柳亞子等人創辦的臨時性小報[3]《警報》。1911 年 10 月 19 日（宣統三年八月二十八日）創刊於上海。主編柳亞子。不定期出版。也有人稱之爲「辛亥武昌起義時期上海發行的戰事號外」[4]。編輯和翻譯朱少屏、胡寄塵、金慰農等都是同盟會會員。道林紙鉛印，報館設在上海城內（望平街以外的）一家小印刷所裏，每天出版兩至三期，出版後送至望平街一帶發行。設有：要電、專電、消息、通訊、時評、專稿、譯稿、新聞照片、詩詞、歌曲等欄目。刊載過《武漢革命軍之命令》、《革命軍之法令》、《中華民國軍政府鄂軍都督府之布告》、《革命年表》、《革命軍都督黃興小史》、《孫逸仙事略》等專稿及《瑞督逃匿之兵艦》、《革命軍佔領蛇山轟擊衙署時之寫眞》、《國民軍都督籌劃出軍之圖》等新聞照片，很受讀者歡迎。從第九期起特闢專欄，以《特別警聞》、《第二戰詳記》等爲題，連續刊載該報記者從漢口前線發回的戰報，因「事實情眞」很受讀者歡迎。爲體現特徵和吸引讀者，該報每天使用的油墨顏色不同（不是每天換一種顏色的油墨，而是幾種不同顏色的油墨輪換使用），先後使用過綠、藍、紅、黃、黑、棕等顏色的油墨。11 月 3 日上海光復後，參加編輯的這幾個人都忙於接受其他任務，它就不再出版了。[5]

（五）福建漳州的《錄各報要聞》（日報）

武昌起義勝利的消息，極大地鼓舞了包括福建漳州地區的資產階級革命派。在緊張地準備光復漳州的同時，漳州的同盟會員林者仁[6]、宋善慶、陳智

1　馬光仁主編：《上海新聞史（1850～1949）》，復旦大學出版社，1996 年版，第 394頁。

2　方漢奇：《中國近代報刊史》，山西教育出版社，1981 年版，第 623 頁。

3　方漢奇主編：《中國新聞事業通史》（第 1 卷），中國人民大學出版社，1996 年版，第 932 頁。

4　史和等編：《中國近代報刊名錄》，福建人民出版社，1991 年版，第 366 頁。

5　方漢奇：《中國近代報刊史》，山西教育出版社，1981 年版，第 624 頁。

6　林者仁（1881～1949），字袖湖，福建海澄東嶼（今漳州龍文區東嶼村）人。

君、李濟堂等人於 1911 年 11 月 6 日創辦了漳州地區的第一家報紙《錄各報要聞》日刊。該報在距漳州光復前 5 天創刊於福建漳州。每天出報 8 開小型報紙一張，石印，有光紙單面印刷。新聞簡短，文章精練，還配有插圖。

創刊號的《錄各報要聞》整版套紅印刷，主要輯錄當時全國較有名氣的報紙上發表的消息和評論，刊載革命軍軍政府的有關法令、文告、政策，大力宣傳革命，並設有本埠要聞、新聞、詹詹小言等專欄，刊載了長沙、九江、湖口兵變，南昌告急，武漢外國領事館告示中立，清水軍不戰而敗等消息 28 則，及時提供了當時漳州民眾極為關注的新聞。1911 年 11 月 11 日漳州光復，《錄各報要聞》即日起連載《革命軍之法令》、《革命軍軍政府檄各省州縣文》等文件，報導宣傳革命軍政府的各種政策，成為漳州軍政分府對各界宣布政策發行的主要機關。它的創辦和出版在漳州地區新聞史上具有重要意義，後人稱之為「漳州報刊史上第一朵絢麗的報春花。」[1]漳州光復後第 11 天的 1911 年 11 月 21 日，革命黨人決定《錄各報要聞》擴充內容和版面並改名為《漳報》繼續出版。具體經辦人為同盟會會員李濟堂和施大炳。該報改為對開單面石印，內容以自己採寫的新聞為主，注重報紙與受眾的接近性，報導和評論傾向共和。1911 年 12 月 26 日停刊。

（六）四川成都的《大漢國民報》

1911 年 11 月 27 日，大漢四川軍政府在成都宣告成立。20 天以後的 1911 年 12 月 17 日（宣統三年十月二十七日），政治上「擁護共和」[2]的《大漢國民報》日報，在成都創刊出版。創辦者是李澄波[3]等人。總發行所設在成都總府街第 59 號。《大漢國民報》是李澄波在大漢四川軍政府成立後邀集汪象藎、謝翼謀、楊叔樵、陳湘藎、康心之等六人集資七百元創辦。以「發揚民氣，擁護共和」[4]為宗旨。李澄波為經理兼主筆。因該報立論公正，報導求實，敢於揭露社會弊病，受到當時四川省省長張瀾先生的讚揚，李澄波也因之常與張瀾詩詞唱和。南北和談後，1912 年 2 月 7 日改名為《中華國民報》，由汪象藎任總經理和總編輯。同年 4 月 22 日，汪象藎主持的《中華國民報》和樊孔

---

1 許清茂、林念生主編：《閩南新聞事業》，福建人民出版社，2008 年版，第 27 頁。
2 方漢奇主編：《中國新聞事業編年史》（上），福建人民出版社，2000 年版，第 597 頁。
3 李澄波（1872～1961），字天根。祖籍湖北麻城，出生於四川新津。
4 王綠萍編：《四川報刊五十年集成（1897～1949）》，四川大學出版社，2011 年版，第 34 頁。

周主持的《四川公報》合併，各取「國民」和「公報」兩字《國民公報》。1915年1月23日，該報因披露袁世凱親信陳宧即將率兵入川一事，被憲兵司令以「擅造謠言，搖惑軍心」之名查封。[1]

三、民營新聞報刊的發展和轉向

隨著武昌首義的勝利和眾多省區紛紛響應宣布「獨立」，延續了數百年的清政府風光不再且岌岌可危。在革命黨人為主導成立「軍政府」的地區，新聞業態迅速發生變化。原先被清政府通緝追捕的革命黨人成為「反正」或「獨立」後新政權（軍政府）的主導力量，原先地下或半地下宣傳民主革命思想的新聞報紙成為公開合法的新聞媒體，軍政府創辦或改辦的機關報成為革命黨人宣布建國方略和施政方針的喉舌和營造革命輿論氛圍的主要力量。民主共和思想潮流迅速成為社會主流思潮，原先那些與革命黨人的政治目標相異的政治派別所辦的新聞報紙和以經營為目的的商業性新聞報紙在這一社會潮流面前紛紛調整自己的言論態度和政治傾向，以求得在新的社會環境中繼續生存和發展。

（一）《民立報》成為公開的革命黨人指揮部和喉舌

由著名革命黨新聞人于右任（民國南京臨時政府首任交通部次長[2]）創辦的《民立報》，儘管在辛亥革命時期尤其是湖北軍政府成立後到民國南京臨時政府成立前的這段特殊時期發揮過重要作用，產生過重大社會影響，但實際上仍然是以個人名義在公共租界註冊獲准出版的新聞報紙，而沒有明確為中國同盟會在上海的機關報。《民立報》之前的《民吁日報》（《民吁日報》前是《民呼日報》）因反對日本侵略中國尤其是對日本前首相伊藤博文在哈爾濱車站被朝鮮義士安重根行刺身體事件的報導，被日本駐滬總領事松岡以「任意臆測、煽惑破壞，幸災樂禍，有礙中日邦交」的罪名給清廷上海道蔡乃煌施壓，蔡乃煌會同上海公共租界當局於1909年11月19日查封了《民吁日報》。于右任在租界會審公廨判決「該報永遠停止出版，機器不准作印刷報紙之用」後，重新籌集資金購置機器於1910年10月11日（庚戌年重陽節）創辦了《民立報》。1910年冬宋教仁由日本回到到上海後組織中部同盟會總部作為江浙閩

1　王綠萍編：《四川報刊五十年集成（1897～1949）》，四川大學出版社，2011年版，第41頁。
2　劉壽林等編：《民國職官年表》，中華書局，1995年版，第3頁。

贛一帶革命黨人的聯絡機關,即以《民立報》館爲中部同盟會的活動據點。
1911年2月至10月的主要社論均出至宋教仁之手。

武昌起義勝利的消息傳到上海後,《民立報》迅速響應,在起義第二天就
用頭號字刊出起義的消息。[1]10月13日刊載由社長于右任親自執筆撰寫的著
名社論《長江上游之血水》[2]。接著又特闢「武昌革命大風暴」專欄,整版介
紹起義進展情況,並詳細介紹武漢地理形勢及起義醞釀經過,爲讀者提供背
景材料,以擴大辛亥武昌起義的社會影響,湖北軍政府的重要文獻也都經由
《民立報》向社會公布。如湖北軍政府的《刑賞令》、《關於禁止國民軍入租
界的告示》等載於《民立報》1911年10月16日;《關於仰各商人等輸捐的告
示》等刊載於《民立報》10月25日;《關於豁免惡稅的布告》和《募集軍事
公債簡章》刊登於《民立報》10月30日;《中華民國鄂州約法及官職草案》
載《民立報》1911年12月2日;《參議府官職令草案》、《軍謀府官職令草案》
及《地方官職令草案》則刊載於《民立報》1911年12月6日等。正因爲如此,
所以儘管《民立報》沒有被確定爲同盟會機關報,但在社會各界心目中「依
然被認爲是同盟會的總機關報」[3],客觀上成爲革命黨人在上海地區活動的公
開指揮部和最重要的言論機關。

武昌起義後,中部同盟會主要負責人宋教仁應武漢革命黨人之請前往領
導起義(10月28日,舊曆九月初七抵達武漢)[4]後,主要文章均出至馬君武
之手。由於《民立報》是由著名資產階級革命黨人于右任創辦並任社長,且
對湖北軍政府的有關新聞率先報導,營造有利於反清革命鬥爭的輿論氛圍起
了領頭雁的作用,同時在海外也產生巨大影響,一些海外革命黨人拍給同盟
會領導人的電報,有不少即特別注明由《民立報》收轉。在民國軍政府時期,
《民立報》通過刊載選論、議論和社評等方式積極鼓吹北伐,反對南北議和,
反對向袁世凱妥協;對汪精衛、楊度等人籌組「國事共濟會」和袁世凱勾結
明確表示反對。

---

1 方漢奇主編:《中國新聞事業通史》(第1卷),中國人民大學出版社,1996年版,
 第932頁。
2 馬光仁主編:《上海新聞史(1850~1949)》,復旦大學出版社,1996年版,第391
 頁。
3 方漢奇:《中國近代報刊史》,山西教育出版社,1991年版,第691頁。
4 邱遠猷、張希坡:《中華民國開國法制史》,首都師範大學出版社,1997年版,第
 83頁。

（二）《神州日報》更加明顯贊成革命

　　1907 年 5 月 8 日，創刊才 37 天的《神州日報》館（設在福州路老巡捕房對過辰字 582 號）因鄰居火災被燒毀，在于右任主持下，《神州日報》僅僅停刊了一天就恢復出版。由於重振恢復工作繁多，又因人事關係，于右任於 1908 年 6 月 20 日宣布辭職。此後《神州日報》由楊毓麟、葉仲裕、汪彭年等共同主持，約有一年多時間。後因楊毓麟遠赴英倫留學（1911 年得知黃花崗起義失敗後悲憤自殺於英國利物浦）和葉仲裕於 1909 年憂思成疾投江自盡，《神州日報》由與同盟會及其他革命團體沒有組織關係、思想傾向也是立憲擁護者[1]的汪彭年[2]主持。儘管汪彭年不是革命黨人，但在 1909 年 4 月 22 日發生的管工印度巡捕輪姦鄉女劉翠英事件中，上海各報均不敢詳載，唯有《神州日報》大膽紀實，力揭其惡[3]，不畏租界當局高壓，以《印奴輪姦案》等為題，連連發表評論，要求嚴懲兇手，為民伸張正義。租界當局惱羞成怒於 7 月 19 日向會審公廨控告《神州日報》「違礙治安，擾亂人心」，但《神州日報》反因被「呈控」聲威大振，到這年年底，銷量突破萬份。可見汪彭年主持的《神州日報》在維護民族尊嚴和國人利益方面的頭腦是清醒的、立場是鮮明的，因而受到讀者的歡迎。

　　武昌起義爆發後，《神州日報》在上海各報中「最早鮮明表態」。1911 年 10 月 12 日（武昌起義後第三天），該報就通過汪允中執筆的社評宣布「天祐我漢，胡運告終」。[4]接著又關「鄂省大風雲之詳報」、「本報鄂亂專電」、「鄂亂各面之電報」、「辛亥湖北革命史」等專欄。為使讀者對革命黨人有更多瞭解，《神州日報》還刊發過《武漢形勢圖》、《革命軍總統黎元洪之像》和《革命軍總統黎元洪小史》等新聞圖片、照片和資料，並在社論中宣傳「革黨之舉動固甚文明」，勸導上海市民「慎毋惶惶然以自擾」[5]，此外還全力報導各地「獨立」、「反正」的消息，及時報導南軍（民軍）和北軍（清軍）戰況的進展變化，對擴大辛亥首義及革命黨人活動的影響，營造上海光復的社會輿論起到了

1　馬光仁主編：《上海新聞史（1850～1949）》，復旦大學出版社，1996 年版，第 395 頁。

2　汪彭年（1882～1966），字瘦芩，筆名潄臣、壽臣等。安徽旌德人。

3　史和等編：《中國近代報刊名錄》，福建人民出版社，1991 年版，第 276 頁。

4　馬光仁主編：《上海新聞史（1850～1949）》，復旦大學出版社，1996 年版，第 391 頁。

5　方漢奇：《中國近代報刊史》，山西教育出版社，1991 年版，第 619 頁。

積極的作用。我們認爲，《神州日報》儘管當時是由具有立憲傾向的汪彭年主持，但《神州日報》因是著名革命黨人于右任所創辦，社會「印象定格」並沒因主持人變動而迅速改變，且接替主持報紙的汪彭年等人也是于右任選擇，所以基本政治觀點上沒有根本衝突，《神州日報》仍然具有革命黨人所辦報紙的政治基因，對革命黨人的勝利有天然「親切感」，因而在武昌首義勝利後迅即從原先擁護君主立憲轉向爲擁護革命黨人的武昌首義，並全力爲之張目。

（三）《天鐸報》從鼓吹立憲轉向曲意「爲民軍張目」

《天鐸報》是由先後任清廷兩淮鹽運使、預備立憲公會副會長、浙江諮議局議長、全浙鐵路公司總理[1]的立憲派領袖湯壽潛 1910 年 3 月 11 日出資在上海創刊的新聞日報。上海天鐸報社出版。報館經理爲陳訓正，主筆先後爲汪允祥、李懷霜、戴天仇（季陶）。該報創刊時宣稱以「促進憲政、推究外情、提倡實業、宣達民隱」爲宗旨。設有社論、時評、專件、譯電、小說、文苑、來稿等欄目[2]。由於創辦人原因，該報在喧囂一時的「預備立項運動」高潮中以鼓吹清政府加快「立憲」爲辦報宗旨，在上海報界也「小有名氣」。

1911 年秋，陳布雷從浙江高等學校（浙江大學前身）畢業後到上海求職，因其堂兄陳訓正關係進入《天鐸報》任記者。報紙當時主筆是曾在南洋辦過革命派報紙《光華報》的戴季陶[3]。武昌首義爆發時，戴季陶正好請假返鄉結婚，報館由陳布雷（1890～1948，名訓恩，字彥及，號畏壘。筆名彥、佈雷等。浙江慈谿人）代爲著論。年輕氣盛的陳布雷一口氣連寫十篇《談鄂》，曲文寓筆地響應革命。[4]陳布雷十篇《談鄂》連續在《天鐸報》上發表，儘管是曲文寓意，但明眼人一眼就清楚報紙是在「爲民軍張目」，所以對革命的鼓動作用很大。在當時上海新聞輿論界，《天鐸報》迅速成爲以「爲民軍張目」、歡迎清朝統治末日來臨並引起各界關注的重要報紙，影響力僅次於革命黨人創辦的《民立報》。[5]也許與《天鐸報》這一時期對革命鼓動的社會影響有關，杭州新軍起義成功後成立浙江軍政府，《天鐸報》創辦人湯壽潛被推舉爲浙江

1　張憲文等主編：《中華民國史大辭典》，江蘇古籍出版社，2002 年版，第 800 頁。

2　史和等編：《中國近代報刊名錄》，福建人民出版社，1991 年版，第 71 頁。

3　戴季陶（1891～1949），初名良弼，後名傳賢，字季陶，筆名天仇。原籍浙江湖州，生於四川廣漢。

4　馬光仁主編：《上海新聞史（1850～1949）》，復旦大學出版社，1996 年版，第 391～392 頁。

5　方漢奇：《中國近代報刊史》，山西教育出版社，1991 年版，第 495 頁。

軍政府都督。在任期間，他又聯合陳其美、程德全等通電起義各省，商議成立聯合政府。1912 年 1 月中華民國臨時政府成立時，湯壽潛又被臨時大總統孫中山任命爲交通部長。

（四）《時報》由鼓吹「請願立憲」轉向贊成共和革命

1904 年日俄戰爭中，「兇橫強大」的沙皇俄國被「蕞爾島國」日本打敗的結果使國人驚愕無比。早在 1902 年就有人提及的「立憲救國」迅速成爲社會議論熱點，「立憲運動」由此興起。爲了宣傳「立憲救國」思潮，加強「立憲」輿論鼓吹，得到康梁支持的《時報》於 1904 年 6 月 12 日（清光緒三十四年四月二十九日）在上海外國公共租界創刊。創刊時掛日商招牌，由日本人宗方小太郎任名義發行人，羅孝高爲總主筆，擔任主編和編輯的還有羅普、馮挺之、陳景韓、雷奮、包天笑等。[1]實際負責人是狄楚青[2]。清政府搞預備立憲本意是安撫籠絡立憲派以穩定國內政治形勢，以便集中力量打擊革命黨。但出於清政府意料之外，自清廷宣布預備立憲後，立憲派逐步形成一個有一致目標，有相當組織，並與政府對立的全國性政治力量，且主要意圖是要削奪朝廷的大權。[3]清政府在對立憲派政治訴求採取拖延、敷衍等策略都未奏效後，公開以法律手段（1908 年 3 月先後頒行《集會結社律》和《大清報律》，1911年又修訂頒行《欽定報律》等）限制禁止立憲派的活動。這不但激怒了立憲派，更激怒了狄楚青主持並竭盡全力鼓吹立憲運動的《時報》，它在時評中公開質問清政府「言論、出版、集會，非立憲國所謂三自由乎！各國之立憲也，付三自由與民者，今中國之立憲，乃先收此三自由於民！」[4]但終是「秀才造反」，沒人理睬。

武昌首義爆發後，上海立憲派人士聚集在時報館的息樓和趙鳳昌住宅惜陰堂討論政治問題，態度發生明顯改變，由鼓吹立憲請願變成贊成革命，宣傳民主共和。[5]武昌起義後的第三天（10 月 13 日），《時報》刊載署名「孤憤」所撰社評《論政治思想與革命勢力消長之影響》，指出「今日革命風潮之所以

1　史和等編：《中國近代報刊名錄》，福建人民出版社，1991 年版，第 190 頁。

2　狄楚青（1873～1921），名葆賢，號平子，字楚青，別署平等閣主、慈石、平情居士，楚卿，狄平，稚、高平子、六根清淨人等，江蘇溧陽人。

3　李新主編：《中華民國史》第一卷（1894～1912）下，中華書局，2011 年版，第 499頁。

4　《時報》，光緒三十三年十一月二十二日。

5　廖大偉：《海上風雲：辛亥革命在上海》，上海人民出版社，2011 年版，第 47 頁。

遍於各省，實由政府腐敗有以致之也」[1]，認爲革命的發生是因爲清政府的腐敗造成的，以同情理解態度解釋發生的原因是革命黨人忍受不了清政府的腐敗才發動革命，而不再像以往那樣站在清朝統治者立場指責發動起義的革命黨人爲「亂黨」「土匪」。三天後（10月16日），《時報》又刊載「孤憤」所撰社評《哀哉，製造革命之政府》，時評指出「革命爲專制政治下之產兒」，「革命實由今日之政府造成之也」[2]。與此同時，《時報》還通過新聞報導等形式向上海市民介紹革命黨人治理下的武昌「警政修明，暴徒匿跡，閭閻安堵，市肆不驚」[3]的情況，以打消上海民眾對革命的疑慮和恐懼。由於《時報》此前是眾所周知的立憲派報紙，因此該報對革命動因及革命黨人治下武漢「警政修明，暴徒匿跡，閭閻安堵，市肆不驚」的宣傳介紹，比革命黨人所辦之《民立報》《神州日報》的報導宣傳更具有說服力和社會公信力。上海軍政府宣告成立的當天（1911年11月6日），《時報》取消了「大清宣統」的年號[4]，改用黃帝紀年和公曆紀年。

（五）《申報》從「不發妄語」轉爲公開贊成革命

《申報》是當時上海乃至全國都有很大影響的商業報紙。由英國商人安納斯脫・美查（Ernest　Major，1830～1908）1872年4月30日（清同治十一年三月二十三日）創刊於上海。起初雙日刊，第五號（1872年5月7日）起改爲日刊，星期天無報。1889年10月美查回國後，「美查股份有限公司」改由董事會管理，《申報》館產權進入華洋合股時期。1909年5月3日，《申報》董事長埃皮諾脫以75000元（銀元）和時任《申報》館會計（經理）的席子佩簽訂將《申報》業務全部移交席子佩管轄的合同。1910年2月28日刊登廣告稱「本館自宣統二年正月十八日（公元一九一〇年二月二十七日）起，由前董盤歸裕記自辦。」《申報》主權自此由華洋合股轉入國人自主時期[5]。席子佩[6]成爲《申報》實際主持人。由於《申報》是一份商業性報紙，「把報紙辦下

1　孤憤：《論政治思想與革命勢力消長之影響》，載《時報》1911年10月13日。

2　孤憤：《哀哉製造革命之政府》，載《時報》1911年10月16日。

3　庸：《憂亂危言》，載《時報》1911年10月20日。

4　馬光仁主編：《上海新聞史（1850～1949）》，復旦大學出版社，1996年版，第392頁。

5　徐載平、徐瑞芳編：《清末四十年申報史料》，新華出版社，1988年版，第8～21頁。

6　席子佩（？～1929），原名裕福，字子佩，江蘇青浦朱家角人，祖籍江蘇吳縣洞庭東山。

去」和「使辦報能獲利」是報館處理新聞與政治、報館與政府關係的基本出發點。所以長期以來《申報》基本遵循對社會政治經濟及軍事外交等「社會上尋常細故，亦不敢發一妄語、發一過量語」[1]即順和當道者的方針。爲此在「戊戌變法」失敗慈禧太后重新垂簾聽政後，《申報》曾刊出《康有爲大逆不道》、《再論康有爲大逆不道》等迎合當道者的時論。立憲運動興起時，《申報》先持「反對中國設議政院」的維護朝廷權威立場態度，但在清廷頒下「預備立憲」上諭後，於 1906 年 9 月匆匆聯合《滬報》、《中外日報》、《時報》、《南方日報》等報館舉行「慶祝立憲大會」，並在報紙上特闢立憲專欄[2]以長立憲運動之聲勢。1911 年 4 月，革命黨人的「黃花崗起義」失敗，《申報》以統治階級口吻刊載《粵督電奏革黨肇亂情形：總算是一場鬧劇》[3]、《廣州革命黨電光一瞥：來得快，去得快》[4]及《廣州革命黨心尙未死：安得一鼓而殲之》[5]等新聞，污蔑「何粵人之好亂也」[6]和讚揚清軍對革命黨人的鎮壓「匪亂殲盡，而閭閻不驚」[7]。有人認爲在《申報》史上，前四十年的言論中最不光彩的時期，一是戊戌維新時期，大罵康、梁輩爲「大逆不道」，二是爲黃花崗革命志士起義後的言論和標題。[8]

　　武昌首義爆發後的第二天，《申報》的「專電」欄以《武昌失守》爲題報導了革命黨人「十九日（農曆）即約同新軍倉猝起義，城中兵單遂失守」的消息，這應是對武昌發生反清武裝起義致使清軍在武昌「失守」這一新聞事件的中性報導。但《申報》對革命黨人武昌首義的態度很快發生轉變。10 月 13 日時評《武昌起義》中宣稱「武昌革命已成一發難收之勢，此其事是革命

1　張薀和：《五十年中之二十年》，載黃炎培編《最近五十年：申報館五十週年紀念》，申報館，1923。

2　徐載平、徐瑞芳編：《清末四十年申報史料》，新華出版社，1988 年版，第 164～170 頁。

3　《粵督電奏革黨肇亂情形（副題：總算是一場鬧劇）》，載《申報》「緊要新聞」欄，1911 年 4 月 30 日。

4　《廣州革命黨電光一瞥（副題：來得快，去得快）》，載《申報》「緊要新聞」欄，1911 年 5 月 1 日。

5　《廣州革命黨心尙未死（副題：安得一鼓而殲之）》，載《申報》「緊要新聞」欄，1911 年 5 月 2 日。

6　《申報》（時評）：《粵督電奏革黨肇亂情形：總算是一場鬧劇》，載《申報》，1911 年 4 月 30 日。

7　《申報》（時評），載《申報》，1911 年 5 月 1 日。

8　徐載平、徐瑞芳編：《清末四十年申報史料》，新華出版社，1988 年版，第 201 頁。

黨舉事以來最為成功之事」，還預言「武昌為中國之樞紐，武昌一失，即中國
之樞紐斷」，「粵、湘之事，必又連翩並起也。」[1] 對革命黨人武昌首義的態度
出現非常明顯的轉變，並對事態的發展完全取「樂觀其成」的積極心態。同
一天「專電」稱「革命軍今晨圍攻漢陽兵工廠」，「守廠士兵極對革命黨表同
情，故未甚抗拒」，「革命軍已到漢口，惟不仇外，不擾商務」，並且報導了革
命軍大統領黎元洪發布的「安民告示」五條。一方面是革命黨的軍隊圍攻漢
陽兵工廠獲勝，另一方面是報導從武昌到漢口的革命軍「不仇外，不擾商務」
的社會平和景象，還詳細報導了由湖北軍都督府都督黎元洪署名發布的「安
民告示」，對武昌首義後成立的鄂軍都督府治下的社會狀況作了全方位的報
導。10 月 26 日的《申報》一是刊出了《革軍臨時出發圖》的新聞照片，照片
上是一隊革命軍士兵攜帶槍炮，雄赳赳氣昂昂地前進，約占報紙的半版地位。
二是在「清談欄」中刊出《黃帝即位以來中國大事年表》和黃帝畫像。10 月
28 日，《申報》發表歡呼《革命大勢》的時論，稱「自武漢革命軍起事後，不
半月間已得湖北、湖南、江西、四川、陝西、雲南、貴州七省之地」，「是中
國十八行省者，無一不在革命之漩渦中也」[2]。在上海還未光復、皇帝還在北
京的情況下，這些言論和新聞照片對鼓舞上海乃至全國人民投身反清革命，
無疑具有直接的推動作用。從 1911 年 11 月 5 日起，《申報》把原來報紙頭版
的「宣統三年」改用「辛亥年」，標誌《申報》成為一份公開贊成革命的商業
性新聞報紙。當社會上還只是流傳袁世凱如反戈一擊可能當選民國總統的說
法時，《申報》就提醒人們提防袁世凱的陰謀，先後在「自由談」專欄發表了
《（袁世凱）八大罪惡》、《袁世凱的歷史》等文章，揭露他在歷次政治風雲中
翻手為雲、覆手為雨、兩面三刀的慣技，指出袁世凱「自始至終不過一反覆
小人，若舉為民國總統，則是以暴易暴」。11 月 27 日，漢陽被袁世凱部將馮
國璋的部隊佔領，《申報》次日即發表了從外報翻譯的這條新聞。新聞見報後
引得一些血氣方剛的青少年聚集在報館門前指責《申報》是「造謠惑眾」，並
揚言「砸報館」。報館派員向他們解釋雖然該條新聞譯自外報，但報館也收到
了武漢記者的新聞電訊，並且向大家出示電訊稿以表明所發新聞並非「造
謠」，更無意「惑眾」。後來又把發自武漢的漢陽失守的電訊稿製成銅版，附
登在報上，讀者的疑慮和誤解才完全消除。《申報》在辛亥革命之初對革命的

1　《申報》（時評）：《武昌起義》，載《申報》，1911 年 10 月 13 日。
2　《申報》（時評）：《革命大勢》，載《申報》，1911 年 10 月 28 日。

態度不夠明顯，覺悟是遲了一些，對這次風波中讀者之所以產生疑慮也有影響。但當革命到來之時，報紙還是積極支持革命。尤其在揭露袁世凱妄想保持和復辟帝制的圖謀，指出舉袁是「以暴易暴」是有遠見的。[1]

（六）熱衷保皇立憲的廣州《國事日報》向革命「投降」

廣東是資產階級維新派領袖康有為和梁啓超家鄉。廣州不但是他們維新保皇思想的發源地，更是維新（保皇）派的基本根據地，同時也是維新保皇新聞宣傳活動的重鎮。《國事日報》是立憲派在華南地區的重要喉舌，1906年9月18日（清光緒三十二年八月初一）創刊於廣州。主編黎硯彝，後相繼任主編的有李雍斯、伍博典和陳留倪等。發行所設在廣州十八甫西約門牌第6號。主辦人為著名保皇黨人徐勤[2]，是辛亥革命前廣東君主立憲派在廣州的喉舌。聲稱「不偏徇一黨之意見，非好為模棱，實鑒乎挾黨見以論國事，必將有辟於所親好，辟於所賤惡。」設有上諭、本館特電、電報、本省要聞、本省新聞、東京要聞、海外要聞、牌示、專件、轅報、副刊等欄目。1910年（宣統二年）編輯發行人改為李閎，印刷人為羅文。[3]廣東「共和獨立」前的《國事日報》在康、梁指揮下，熱衷保皇和立憲宣傳。清政府宣布「預備立憲」後，曾花大力氣組織「恭祝立憲大典」的活動，並在報上刊出《桂省恭祝立憲歌四章》，大唱「黃龍旗影浮」、「天子攬朝綱」，為已經搖搖欲墜卻企圖通過「預備立項」重整朝綱的清朝封建君主制大唱頌歌以穩定人心，意在延續清朝統治。1911年4月27日同盟會組織的黃花崗反清武裝起義因消息走漏失敗後，《國事日報》竟著論說「革命黨人擾亂治安」，指革命黨人攻打兩廣總督府是「不自量力」，「實不能容於立憲之世」[4]，與革命黨人勢不兩立的態度，對黃花崗起義失敗的幸災樂禍心態非常鮮明。

武昌辛亥首義成功後，反清起義浪潮以雷霆萬鈞之勢向全國擴展，很快波及廣州。革命黨人一面加緊部署發動各地民軍圍攻廣州，同時加緊策反清朝文武官員以減少革命力量的損失。當時尚在國外的孫中山也曾於10月20日親電兩廣總督張鳴岐勸降。立憲派人士和紳商團體為「圖謀公安」，「免喪亂痛苦」則暗地裏頻頻集會思謀對策。各團體代表11月9日在諮議局集會後議決重要事

1　宋軍：《申報的興衰》，上海社會科學院出版社，1996年版，第80頁。
2　徐勤（1873～1945），字君勉，號雪庵，廣東三水人。
3　史和等編：《中國近代報刊名錄》，福建人民出版社，1991年版，第221頁。
4　鄧毅、李祖勃編：《嶺南近代報刊史》，廣東人民出版社，1998年版，第332頁。

項十條，推舉著名革命黨人胡漢民爲廣東都督，並決議在胡漢民未到任前由蔣尊簋臨時代理。同日，代理都督蔣尊簋發布《安民告示》宣告「廣東全省本日已宣告獨立，改隸中華民國軍政府之下」[1]。資產階級革命勝利在廣州已成定局，保皇立憲成功希望的肥皂泡「砰」的爆裂了。爲在新的社會輿論環境裏生存下去，一直爲保皇立憲搖旗吶喊的《國事日報》立馬作出了一個「急轉彎」動作。在廣東代理都督蔣尊簋貼出《安民告示》宣布廣東全省「宣告獨立」的當天，此前還惡言攻擊革命黨人「擾亂治安」、「不自量」力的《國事日報》，戲劇性地宣布向革命投降：燃放串炮，懸掛「漢族光明」旗幟，並在報社門口兩側貼出對聯式的字招「廣東現已獨立，快看《國事報》投降」[2] 公開認輸。當然這種「認輸」和「投降」不是發自內心的，而是在政治形勢急劇變化大潮中的「自我保護」。《國事日報》「逼上梁山」轉向「順從」革命，說明大勢所趨，正如列寧所指出的「客觀情勢迫使他們站到革命的基地上，因爲他們沒有其他的立足之地」。時代潮流浩浩蕩蕩，順之者昌逆之者亡，倒退是沒有出路的。

（七）天津《大公報》從「同情革命」到「反對革命」

天津《大公報》1902 年 6 月 17 日（清光緒二十八年五月十二日）由天津紫竹林天主教總管柴田寵集資在天津創刊，滿族新聞人英斂之[3]應柴之邀主持《大公報》報館工作[4]，全權負責創辦《大公報》。英斂之以「忘己之爲大，無私之謂公」[5]的寓意爲報紙取名曰《大公報》。由於創辦者英斂之具有天主教徒和滿族人的特殊身份，辛亥首義前的《大公報》一方面在政治上屬意君主立憲，同時以「敢言」、「替勞苦大眾說話」和報風嚴肅、摒棄「猥邪瑣屑之事」受到讀者歡迎[6]。在開啓民智、轉移風俗；批評時政、發揮輿論監督職能；力倡新聞自由、反對嚴設報律；要求慈禧歸政、主張君主立憲；倡導白話文，開白話文運動先河及重視女性，傳播女學[7]等方面言論影響很大。辛亥首義後

---

1 沈曉敏、倪俊明：《喋血南國：辛亥革命在廣東》，廣東人民出版社，2011 年版，第 171～177 頁。

2 方漢奇：《中國近代報刊史》，山西教育出版社，1991 年版，第 628 頁。

3 英斂之（1867～1926），漢姓玉（郁），名英華，字斂之，號安蹇齋主、萬松野人，滿族正紅旗赫舍里氏，生於北京西郊溫泉。

4 馬藝等：《天津新聞史》，天津人民出版社，2015 年版，第 43 頁。

5 英斂之：《大公報序》，載《大公報》1902 年 6 月 17 日。

6 丁淦林、黃瑚等編：《中國新聞圖史》，南方日報出版社，2002 年版，第 35 頁。

7 馬藝等：《天津新聞史》，天津人民出版社，2015 年版，第 42～51 頁。

兩個多月間的《大公報》，對革命黨人的態度經歷了明顯而複雜的轉變。

辛亥首義前，《大公報》主人英斂之對國家體制的基本態度是主張效法英日、實現君主立憲，主張慈禧歸政於光緒皇帝。每逢光緒皇帝生日，《大公報》都大篇幅地刊登吉言予以慶賀。1905 年開始每年舉行一次「立憲」主題的紀念性徵文活動，積極進行「君主立憲」宣傳，贊成支持「君主立憲」的政治傾向十分明顯，並且一直延續到中華民國臨時政府成立後還在報紙上刊登「京城學界一分子」的「來稿」，說假如朝廷能「開誠布公，不忍人民塗炭，恐召外人干涉，下罪己詔，改建內閣，協定憲法，開除黨禁，停戰議和，凡人民奔走呼號數年而不得者，一日愈量以償」[1]，那麼革命黨人就應該「適可而止」。我們認為這似乎與英斂之的滿族後人血緣身份導致的氏族感情有較大關係（其夫人更是與清朝皇室關係密切，據說能進入後宮拜望慈禧太后）。武昌反清起義爆發後，當時天津仍在清朝政府統治下，但在起義後第三天（10 月 13 日），《大公報》就在時評中寫道「呼嗟革黨！呼嗟川民！何苦以滿腔勁血為肉食者陞官發財之資料乎？」[2]言下之意是冒死起義的革命黨人和四川保路運動中揭竿而起的民眾一樣，在忍受不了的壓迫下鋌而走險進行起義了。時評作者認為，起義被鎮壓後又會有一批靠鮮血染紅頂戴的肉食者們陞官發財了，那些起義者實際上是用自己的鮮血和屍身成為當官者向上爬的臺階。這段話中沒有表現《大公報》對革命黨人起義的責難，而是對冒死舉行反清起義的革命黨人和四川民眾的深深「同情」。次日，《大公報》又在時評中稱革命黨人在武昌進行起義「處心積慮，謀發難於斯邦也，必已匪伊朝夕。而於事前之布置，事後之繼續，亦必籌之已熟用」，並讚歎說「何其易也」[3]。言語中蘊含的情感已經遠遠超出「同情」，而是明顯暗含時評作者和報紙主人對革命黨人反清起義的讚揚情感。儘管預見到革命黨人起義會帶來社會秩序混亂和人員傷亡，但《大公報》時評一方面以「革黨」「根本未經繕備，未完，豈肯離開基礎」來安撫北方民眾的恐慌情緒，另一方面又用「推進一步言之，革黨萬一思逞於北方，亦思彼惡之專制政府而已，雖未必心口如一，然亦何致如盜賊之肆行掠殺乎？」[4]明言告訴北方民眾：革命黨人的槍口也好，刀鋒

1　京師學界一分子：《來稿》，載《大公報》1912 年 1 月 10 日。
2　《閒評一》，載《大公報》1911 年 10 月 13 日。
3　《言論·讀二十、二十一日上諭贅言》，載《大公報》1911 年 10 月 14 日。
4　《言論·為本埠人心慌亂正告大臣與居民》，載《大公報》1911 年 10 月 30 日。

也好，所指的對象都是「彼惡之專制政府」即北方民眾也抱有惡感的「專制政府」而不是普通民眾；雖然軍隊在戰爭期間的行為未必能像革命黨人在《安民告示》中所說的完全言行一致（心口如一），但有組織的「革黨」（民軍）肯定不至於像散兵遊勇的土匪強盜那樣「肆行掠殺」吧？儘管用的是疑問句，但表示的卻是革命軍不會「肆行掠殺」的明白意思。表現了《大公報》對革命黨人這次武裝起義基本性質的正確認識。[1]與此同時，《大公報》在「代論」、「言論」中指出武昌起義爆發及後續各省迅速響應是因為清朝政府已經「大失軍民之心」[2]和「政府的專制殘暴」[3]。儘管南下的北軍在 11 月 2 日攻佔了漢口，革命軍反攻漢口的作戰於 11 月 23 日失敗後又只好「撤回漢陽」[4]，但《大公報》11 月 23 日的「言論」仍然預見清王朝「大勢去者什九，存者什一。各省無可調之兵，無可籌之餉。大小臣工除一二有人望者外，皆不學無術，非臨戰而逃則殘民以逞」，革命黨人則是「大開招賢之館，高才卓犖之士，皆在其中」，並且比較兩者「革軍有後援，官軍無後援；革軍有接濟，官軍無接濟；舊政府之人才，不及革軍；舊政府之財力，不及革軍；舊政府之民心更不及革軍，揆只優勝劣敗之理，淘汰固不待言。」[5]一方面說明辛亥革命發生的根本原因是清政府「大失軍民之心」，另一方面則闡明了革命的必然性即「使無所感觸歷久相安於無事，誰肯棄財產、輕性命以蹈於危亡？」，對革命黨人的同情十分明顯。

江浙聯軍光復南京後，《大公報》對革命黨人的態度開始發生轉變。11月 24 日，首攻南京京失利後由上海同盟會中部總會調集的江浙聯軍共約 3萬人馬再次進攻南京。激戰近旬，於 12 月 2 日光復南京。南京光復後，清政府在全國只剩下北方的直隸、河南、山東和東北數省，革命軍已經形成了與清廷南北對峙的局面。[6]但就在革命軍攻佔南京戰役獲勝後，《大公報》言論傾向開始出現微妙變化，對革命黨人的同情漸少而批評指責日多。[7]革命軍攻佔南京第三天（12 月 5 日），《大公報》刊載「閒評」說「人皆謂此

1　馬藝等：《天津新聞史》，天津人民出版社，2015 年版，第 53 頁。

2　《代論·軍變民變之紛紛》，載《大公報》1911 年 10 月 19 日。

3　《言論·論排滿排汙之謬見》，載《大公報》1911 年 11 月 17 日。

4　吳劍傑：《武昌首義：辛亥革命在湖北》，湖北人民出版社，2011 年版，第 124～132頁。

5　《言論·論中國現在及將來之大勢》，載《大公報》1911 年 11 月 29 日.

6　劉小寧：《民國肇基：辛亥革命在江蘇》，江蘇人民出版社，2011 年版，第 107 頁。

7　馬藝等：《天津新聞史》，天津人民出版社，2015 年版，第 55 頁。

次革命，謀造中國之幸福，對朝廷而洩宿怨，吾謂此次革命，是斷送中國之前途，爲外人代除後患」，革命黨人「專以口舌上之虛榮鼓動青年弟子，利用其未定之血氣，驅而納諸硝煙炮爐之中」[1]，指責革命黨人鼓動青年學生當炮灰。第二天的「閒評」更是對在南京與革命軍對峙的清軍將領張勳讚賞有加，稱「當革軍未起事時，張勳在寧已久，何以南京之人民安堵如故，南京之市面繁盛如故，未聞遭此慘劇」，「若以人道主義而論張勳固殘酷，然革命軍糜千萬人之膏血換一空城亦覺於心太忍」。[2]12 月 6 日和 7 日，清廷發布將朝廷用人行政權交由袁世凱「負責」和「著袁世凱爲全權大臣」的懿旨。革命黨人（南方）和清政府代表（北方）開始「南北議和」。「議和」還沒開始，12 月 10 日《大公報》就在「言論」欄用「忠告」口吻警告革命黨人「如革命軍仍持種族主義不計大局，不顧民生，旁觀者固無所容其置喙。」[3]第二天「閒評」更直白威脅說革軍「以兵力佔據者不過江鄂兩省，其餘雖宣告獨立。然或主保守，或主觀望，其宗旨已不相同，況浙則分東西，粵則分南北。以一省而立兩大都督其勢已不能並立，就必成爲割據以行其吞併之謀。」言外之意是已經是宗旨不一、地分東西南北的「革軍」還是趁早「歸順」爲上策。《神州日報》刊出「臨時政府」組成人員名單後，《大公報》在「言論」欄發表《閒評》說「選舉一事必得國民之同意始可謂之共和，今國會未開，黨人先已擬定某爲總統某爲國務大臣。即將來投票公舉不過憑一二代表之私見以附和黨人，試問各省果肯公認乎？」[4]這已經不僅僅是質疑了，而是明顯含有鼓動各省不承認南京臨時政府的意味了。這還不夠，爲證明孫中山出任第一任臨時大總統不合情理，《大公報》進一步反問說「孫文黃興亦非具有特體，必欲舉爲大總統大元帥以臨我四萬萬同胞之上，又不知是何理由？」並用極含挑撥鼓動的意味反問說「此次革命發起者爲軍隊，響應者爲人民，並非孫黃能力乃倡議之。黎元洪、程德全被反瞠乎其後，更不知是何理由？」[5]從根本上否定了孫中山在資產階級民主革命中的領袖地位，完全抹殺孫中山組織革命團體、提出革命綱領、舉行武裝起義、制定《革命方略》等遠超其他資產階級革命黨人的重

1　《閒評一》，載《大公報》1911 年 12 月 5 日。
2　《閒評一》，載《大公報》1911 年 12 月 6 日。
3　《言論·對於革命軍之忠告》，載《大公報》1911 年 12 月 10 日。
4　《閒評一》，載《大公報》1911 年 12 月 13 日。
5　《大公報》（時評）：《閒評一》，載《大公報》1911 年 12 月 13 日。

要貢獻，把孫中山等說成是起義成功後回國搶奪勝利果實——殊不知，武昌起義組織的湖北軍政府是按照中國同盟會制定的《革命方略》原則所組建，發布的布告是以孫中山爲辛亥起義政治領袖作爲號召全國響應的「旗幟」，其他省的革命軍政府也大致如此。

　　1911 年 12 月 18 日，「南北議和」在上海正式開始。這一天的《大公報》就在「閒評」中質問「革命黨以皇帝爲紀元，以皇漢爲標識，其果黃帝之子乎？抑皇漢之孫乎？如謂黃帝之子孫則固儼然帝冑矣，如謂皇漢之子孫則儼然皇族矣，以此二字大書於民主國旗之上，得毋以子之矛陷子之盾乎？」該文首先把孫中山的「三民主義」完整革命綱領狹隘理解爲僅僅是「民族革命」，即推翻清朝皇帝，然後又用狹義民族革命目標取代包含「民主」、「民族」和「民生」完整內容的資產階級革命目標，進而得出孫中山等人是借民主的旗號來實現推翻滿族統治，最後「實現漢族人做皇帝」[1]的結論——這與孫中山一貫的政治態度及後來爲實現推翻清朝皇帝的革命目標主動辭去臨時大總統的行爲完全不相符。「南北議和」的一個重大分歧就是推翻清朝統治後國家是實行君主立憲還是民主共和政體，雙方處於相持狀態。此時的《大公報》又回到了武昌首義前的君主立憲立場，明確反對民主共和。南北議和第五天（12 月 22 日），《大公報》刊載《閒評》說「吾國革命黨人，既以共和號召同胞，雖欲改變方針，其勢已難反汗。然吾國臥榻之旁，久有他人酣睡，今當同室操戈之際，倘因擾其清夢，而登我臥榻之上，不知革命黨將以何法驅逐之。固吾今日政體，無論爲滿爲漢，總當以君主立憲爲前提，今因爭議君主民主問題，反使外人藉口調停，藉詞干涉」[2]。清楚表達了《大公報》對國家政體的態度即「總當以君主立憲爲前提」，要求革命黨「改變（民主共和）方針」，順從北方派「實行君主立憲」，否則就會導致外國列強藉此理由出面干涉。爲否定革命的合法性和正當性，《大公報》在後來的《閒評》中把民軍和朝廷並列進行冷嘲熱諷，說「政府以鼓吹民主，仇視報館；民軍亦以鼓吹民主，仇視報館，是謂同一專制也；政府以愛國公債，強迫親貴，民軍以愛國軍餉，強迫商民，是謂同一手段；政府以停戰期內，違約進兵，民軍亦以停戰期間，違約進兵，是謂同一計劃；政府欲以君主政體，運動外人承認，民軍亦以民主政體，運動外人承認，是謂同一心理。嗚呼！政府乎，民軍乎，現象如此，

1　馬藝等：《天津新聞史》，天津人民出版社，2015 年版，第 57 頁。
2　《大公報》（時評）：《閒評一》，載《大公報》1911 年 12 月 22 日。

其將爲一丘之貉。」[1]把革命黨和清政府並稱爲「一丘之貉」，站到革命黨人的對立面。

英斂之和《大公報》對革命黨人立場和態度的轉折有其深刻的歷史內因和社會外因。英斂之和《大公報》之所以積極主張「君主立憲」是清醒認識到「君主立憲」比封建君主專制先進，並較封建君主專制利於國家和民族發展。只因清政府是把「君主立憲」作爲延緩封建君主專制統治崩潰手段，並沒打算眞正實行「君主立憲」，使得英斂之等君主立憲派既很失望，也很無奈，漸生對清朝專制統治的不滿、失望乃至怨恨。辛亥首義後成立的以革命黨人爲領導和主體、聯合立憲派和部分具有自由傾向的地主反滿派的資產階級革命政權[2]，實際上具有聯合政府性質。立憲派因已對清朝封建專制統治集團假「立憲」徹底失望，所以希望借助革命黨力量推翻清朝專制統治，實行他們「君主立憲」政治理想，因而對革命黨人的反清武裝起義持同情、讚揚態度。但革命軍在攻佔南京戰役中傷亡很大，尤其傷亡的大部分是熱血青年，立憲派看到了革命流血的殘酷性，同時也爲正處在可爲國家民族發展出力的年輕人喪命戰場心痛和遺憾，由此對革命黨人及革命方式產生質疑，加之良莠混雜的「民軍」又出現一些不當舉動，所以《大公報》就在言論中對革命黨人表現出懷疑，最後似乎還是覺得「君主立憲」符合其原先口味，所以就又回到原先「君主立憲」的立場。但歷史已經無法倒退，不但是革命黨人不願走「君主立憲」道路使已推翻的清帝「復活」，就連袁世凱也只得公開承認「共和爲最良國體，世界之公認，今由弊政一躍躋之」，「亦民國無窮之幸福」，並表示「永不使君主政體再行於中國。」[3]英斂之的天主教徒和滿族身份及他所代表的立憲派對時局變化的無奈，既是導致《大公報》對革命黨人態度轉變的重要原因，可能也是導致英斂之在清帝宣布退位後隨之選擇「退隱」的重要原因。儘管《大公報》對革命黨人的態度發生明顯的變化，但「該報始終沒有詆毀革命之意圖，即使是針對革命期間造成的各種破壞的報導上，該報也都是從戰爭危害社會民生的角度進行的。」[4]

---

1 《大公報》（時評）：《閒評一》，載《大公報》1911 年 12 月 28 日。

2 邱遠猷、張希坡：《中華民國開國法制史》，首都師範大學出版社，1997 年版，第 326 頁。

3 袁世凱：《電告南京政府清帝辭位》，載《臨時政府公報》（第 15 號《附錄電報》）1912 年 2 月 14 日。

4 方漢奇等：《〈大公報〉百年史》，中國人民大學出版社，2004 年版，第 75 頁。

第二節　民國南京臨時政府時期的新聞報刊業

　　1912 年元旦，中華民國臨時大總統孫文在南京就職。改元、易服，使用陽曆。中國歷史上 3000 年的帝王專制和最後 268 年的滿族入主（中原），同時結束。中華民國也就正式誕生了。[1]隨著中華民國的誕生，中華民國新聞業在經歷起源、孕育、發展等階段後正式誕生，中國新聞史正式進入了「中華民國時期」。

一、政府創辦的機關報刊

　　民國南京臨時政府的成立和運行標誌著中國新聞史正式進入了「中華民國時期」。中華民國的政府機關報也同樣進入了「中華民國時期」。儘管民國南京臨時政府運行時間只有短短數月，但客觀上已經初步形成了這一階段政府機關報體系。這個體系主要包括中央政府機關報和地方政府機關報兩個不同層次。

（一）民國南京臨時政府機關報《臨時政府公報》

　　孫中山宣誓就任臨時大總統後，迅即進行遴選政府骨幹、組建政府機關、制頒內外政策、爭取各國承認等緊迫的工作。但在頭緒繁多的重要工作中，孫中山領導下的總統府仍然在較短時間就創辦了臨時政府機關報《臨時政府公報》。

1、《臨時政府公報》的基本情況

　　1912 年 1 月 29 日，中華民國臨時政府機關報《臨時政府公報》在民國南京臨時政府首都南京創刊。日出一冊，逢星期一休息，如遇國家紀念日政府停止辦公亦休刊一日。該報由但燾任局長的臨時政府總統府公報局編纂，總統府印鑄局工廠印刷。公報局設在大總統府內。總發行所設在南京花牌樓太平街四號。本埠分售處設在南京中華報社、南京中正街升平橋易安精舍。外埠經售處有上海的民立報、大共和報、時報、申報、新聞報、天鐸報、時事新報、啟民愛國報、神州報、中外日報；廣州的中國日報；天津的民意報；舊金山的大同報、中西報和少年報以及檀香山的自由新報等。[2]

　　《臨時政府公報》公開申明「以宣布法令、發表中央及各地政事為主旨」，「政府對於各地所發令示或宣布法律，凡載登本報者公文未到，以本報到後為有效」，「暫定門類六，曰令示、曰電報、曰法制、曰紀事、曰抄譯外報、

1　唐德剛：《從晚清到民國》，中國文史出版社，2015 年版，第 389 頁。
2　《本報白》，載《臨時政府公報》（第 9 號），1912 年 2 月 6 日出版。

日雜報」。具體而言「令示」包括教令、部令、各部指示訓令、各官署告示、南京府令、警察廳令等；「電報」包括各地發給南京臨時政府的電報和南京臨時政府發出的電報）；「法制」包括法律、官制及辦事規則、各局所章程、其他各項訂定章程等）；「紀事」包括職員任免遷轉、中央雜紀、各地雜紀；「抄譯外報」（從中外報紙中摘抄新聞）；「雜報」包括總統府謁見人名單、海陸軍行動統計報告、氣象報告、各官署廣告、祝詞、頌詞等[1]。

2、臨時政府對《臨時政府公報》的建設和管理

孫中山十分重視《臨時政府公報》，爲保證《臨時政府公報》的有序編纂出版，臨時政府進行了充分的機構、人員和制度準備。

（1）編撰機構建設

臨時政府專門成立了公報局。南京臨時政府成立不久，即設立公報局，並制定《公報局官職令草案》。明確規定「公報局直隸於臨時大總統，掌管編纂臨時政府公報及縉紳錄，並印刷發行事務」。[2]爲保證《臨時政府公報》的正常印刷出版，臨時政府在「印鑄局」掌管事項中特別寫上「刊行公報」這一職責。臨時政府參議院 1912 年 4 月 4 日通過的《印鑄局官制》（9 條）中規定「印鑄局直隸於國務總理，掌管製造官用文書、票券、勳章、徽章、印信、關防、圖記及其他物品，並刊行（臨時政府）公報及職員錄等事務」[3]。

（2）調配管理人員

臨時政府規定「公報局直隸於大總統」，也就是說公報局局長直接聽命於大總統，「公報局置局長 1 人（特任），綜理局務監督所屬各職員。」1912 年 2 月 29 日，大總統孫中山發布委任官報局職員名單，其中局長爲但燾（簡任），編纂員爲張翼軫、饒如焚（皆薦任）。[4]要特別說明的是，被孫中山「簡任」爲公報局局長的但燾，當時位處「總統府秘書處」下設「民事組」三位秘書之一，且排名第一[5]。由於但燾一方面任總統府秘書，直接接觸到上至大總統下

---

1 《本報暫定則例》，載《臨時政府公報》（第 1 號），1912 年 1 月 29 日出版

2 《官報局官職令草案》，載上海《民立報》1912 年 2 月 2 日。

3 《印鑄局官制》，載《參議會議決案彙編》甲部一冊，北京大學出版社複印本，1989 年版，第 75～76 頁。

4 《大總統委任公報局職員名單》，載《臨時政府公報》（第 25 號），1912 年 2 月 29 日出版。

5 《總統府秘書人員表》中載「民事組　但燾、彭素民、廖言」。載上海《時報》，1912 年 1 月 22 日。

至各部總長的臨時政府高層領導，同時擔任公報局局長，直接管理《臨時政府公報》的編纂出版發行，即受大總統委託負責掌管具有臨時政府對外新聞發布和宣傳「喉舌」的《臨時政府公報》的編纂、出版和發行。這種人事安排對於提高《臨時政府公報》內容的及時性和權威性具有直接的作用。

（3）加強規章制度建設

為了保證《臨時政府公報》的正常編撰出版以便在臨時政府的各項工作中發揮輿論引導、形象塑造和政策宣示作用，臨時政府除了制定頒行以《公報局官制》等具有法律效力的制度，還制定公布了保證《臨時政府公報》正常運行的一系列工作制度。1912 年 1 月 29 日出版的《臨時政府公報》第 1 號上就刊載了《公報暫定門類》和《本報暫定則例》，明確規定了《臨時政府公報》的性質、主旨、內容範圍、出版週期、生效時間和官署購閱義務等事項。為了保證《臨時政府公報》能夠及時宣傳報導臨時政府的運行進展，臨時大總統府公報局還以「告白」的形式，責成「各省官廳」把「所有暫行條例、命令及職員之任免、遷轉等項」和「其他地方自治團體辦理公共事業」之「經過及其成績」「隨時抄送公報局」[1]，以便及時向社會各界宣傳推廣，營造輿論氛圍。

（4）大力推廣公報傳播

為了督促各官署履行訂閱公報的職責，孫中山親自發布「大總統令」責成各部及衛戍總督及各都督訂閱公報。令稱「中華民國大總統令：臨時政府成立，政事上一種公布性質宜有獨立機關經營以收其效，則發行公報是也。東西洋各國莫不有之。此經委令創設，經始出版。應令各行政機關咸有購閱該報之義務，除將暫定則例登載該報一律照辦外，為此令該部都督衛戍總督知照，並通飭所屬一體遵照，此令。」[2] 為進一步擴大發行和推進公報訂閱工作，公報局自 1912 年 2 月 25 日起在《臨時政府公報》「雜報」類同時登載三件「臨時政府公報局告白」。其二是公布販賣公報辦法。即「可將領報份數及販賣區域、本人姓名、年齡、職業、住所及販賣章程呈送本局核定，並須酌交保證金」；其三是公布本報訂閱辦法。即「須將報費逕寄總統府內

1　《臨時政府公報局告白一》，載《臨時政府公報》（第 22 號），1912 年 2 月 25 日出版。

2　《大總統令各部及衛戍總督暨各都督》，載《臨時政府公報》（第 4 號），1912 年 2 月 1 日出版。

臨時政府公報局，由本局摯取收條，即飭發行所照寄。空函定報概不答覆。」[1]為推進公報的廣泛訂購和流傳，公報局於 1912 年 3 月 12 日向各部、各都督發出《公報局咨各部、各都督飭屬購閱公報並派員專理文》[2]，進一步強化了發行的制度建設。有大總統孫中山的高度重視——為公報局選擇但燾為局長、以「大總統令」形式推進公報訂閱，以及臨時政府從機構、人員和制度等方面的保證，《臨時政府公報》得以正常編纂出版發行，在政府北遷之前很好地發揮了「喉舌」的功能。

3、《臨時政府公報》的主要功能和歷史地位

《臨時政府公報》是中國資產階級革命黨人在孫中山領導下取得辛亥革命勝利後，模仿美、法等國資產階級共和政體成立中華民國臨時政府後創辦的中央政府機關報，在當時發揮了重要的現實功能，因而具有重要的歷史地位。

（1）《臨時政府公報》的主要功能

《臨時政府公報》在中華民國臨時政府時期發揮了重要的現實功能：首先是向社會昭示民國南京臨時政府的內外方針，通過「將政府的一切法律法令及時予以發布」即及時公開發表，讓社會各界瞭解認識推翻「大清帝國」後成立的「中華民國」的「所以然」和「之所以然」，在社會生活公共空間塑造「民主共和」的「中華民國臨時政府」形象。其次是通過「將政府各部門之間的行文」及時在公報上刊載，一是增加了政府各部門主要政務活動的透明度，讓社會各界瞭解政府部門正在努力地解決目前遇到的困難，及時溝通了政府部門與之間的聯繫，提高辦事效率；二是通過把「各方來電和各界呈文與政府批覆」及時刊載，加強了中央與地方政府以及政府與各界人民的聯繫，使臨時政府的方針政策通過對具體事件（如「民國暫行報律」事件、「姚榮澤案件」、「漢冶萍借款事件」等）的處理（方法、立場、做法、結果等），宣傳臨時政府的內外政策，塑造臨時政府的社會形象。對後人而言，《臨時政府公報》的編纂和印行使大量的珍貴歷史文獻得以妥善保存和流傳，為後人研究民國南京臨時政府時期的政治、軍事、外交、內政、教育等方面的歷史事實、經驗教訓和內在規律，提供了極其珍貴的歷史素材。

---

1 《臨時政府公報局告白一》、《臨時政府公報局告白二》、《臨時政府公報局告白三》。《臨時政府公報》（第 22 號），1912 年 2 月 25 日出版。這三件「告白」連續在《臨時政府公報》上登載。

2 《公報局咨各部、各都督飭屬購閱公報並派員專理文》，載載《臨時政府公報》（第 36 號），1912 年 3 月 12 日出版。

（2）《臨時政府公報》的歷史地位

首先是中國歷史上第一份由資產階級共和國中央政府（主要標誌之一是民選總統爲國家形象最高代表）創辦發行且面向全社會的政府機關報，而不是如前朝清政府（以世襲的皇帝爲國家最高形象）出版發行的以報導朝政新聞爲主要功能的政府出版物。其次是《臨時政府公報》的「公報」含義，清楚地向社會昭示臨時政府的執政宗旨是以「公」爲旨歸，《臨時政府公報》爲公共利益服務、向全社會公開臨時政府及其政府部門的政務政策、每一個公民都可以平等獲知政府有關信息；而晚清時期出版的《北洋官報》、《政治官報》及《內閣官報》即使僅僅從名稱定位就可看出是由「官府」編輯出版、從「官府利益」出發、以「官員」爲主要對象，兩者相比差距明顯。《臨時政府公報》開了中國歷史上資產階級共和國政府（「中華民國」歷屆政府）機關報以「公報」爲稱謂的先河，同時也成爲「中華人民共和國」中央政府出版物的重要參照。遺憾的是該公報所刊載的許多法律法令（電報除外）都未注明原件制定、通過和發布的時間，這使當時及後人判斷各項文件的公布時間，增加了相當的困難。甚至許多文獻已經無法查到其正式公布的時間，這不能不說是一件歷史性的憾事。[1]儘管如此，中國歷史上第一個仿照美、法等主要西方國家資產階級共和政體建立的中央政府——中華民國臨時政府機關報《臨時政府公報》的編纂出版發行和流傳，不僅在中華民國新聞史上具有劃時代的意義，而且在中國近代史及中國新聞史料學的研究中都具有無可替代的重要意義。

（二）民國南京臨時政府時期的地方政府機關報

民國南京臨時政府時期的政府新聞業，除了由設在南京的臨時政府總統府公報局編纂印行的中央政府機關報《臨時政府公報》外，也包含各省（地區）在宣布獨立（脫離清政府）後成立的軍政府所創辦出版的地方政府機關報。

1、民國南京臨時政府時期繼續出版的地方軍政府機關報

在武昌首義勝利引領下，相鄰各省先後宣佈「光復」或「獨立」、成立「中華民國 XX 省軍政府」或「都督府」後創辦了一批省級地方軍政府（都督府）機關報，其中大部分在民國南京臨時政府時期都繼續出版。在當時有較大影響的有：

---

1 邱遠猷、張希坡：《中華民國開國法制史》，首都師範大學出版社，1997 年版，第 390～391 頁。

中華民國湖北軍政府軍務部負責創辦於湖北武昌的《中華民國公報》，
1911 年 10 月 16 日創刊後由曾參加武昌首義的革命黨人張樾主編。自《公報》
創辦，至一九一二年二月十八日張樾辭職，歷時四個月，爲該報的革命時期。
[1]張樾辭職後由蔡良村接手主編，到一九一三年八月十六日在《中華民國公報》
上發表《蔡以貞啓事》稱「不吝即於是日脫離本報關係」，「嗣後筆政概不負
責」。[2]

　　湖南光復後在長沙成立湖南軍政府後，1911 年 10 月 23 日在長沙接收原
湖南巡撫端方所辦《長沙日報》的機器設備創辦了同名的軍政府機關報《長
沙日報》，該報在革命黨人文斐、傅熊湘主持下堅持同盟會的革命方針，「南
北和談」前後在專論、時論及短評欄目中發表了不少抨擊袁世凱竊國罪行的
言論，直到 1913 年「宋案」後才被奉袁世凱命率北洋軍到湖南鎮壓討袁軍並
任湖南都督兼民政長的湯薌銘「以兵力解散」。

　　1911 年 12 月 12 日創辦的四川大漢軍政府機關報《四川軍政府官報》，在
民國南京臨時政府時期仍在出版，大約到 1912 年 3 月 2 日才停刊[3]。又如四川
獨立後成立的大漢四川軍政府機關報《四川獨立新報》，該報 1911 年 12 月 28
日創刊，該報主要內容是刊載向軍政府的施政綱領、制頒的法令法規以及政
府施政的有關「布告」等「官方新聞。據文獻記載，該報在 1912 年 3 月 24
日、25 日出版的報紙上刊載了曾因「反對儒教及家族制度」被學界稱爲「隻
手打到孔家店」的著名文人吳虞的詩作[4]，可見該報在民國南京臨時政府時期
仍在出版。

　　浙江軍政府主辦的機關報《漢民日報》創刊於 1911 年 11 月 8 日。創刊
後堅定代表革命派利益，全力爲建立和鞏固民主共和政體吶喊。著名新聞人
邵飄萍的新聞生涯即從主持該報筆政開始。在反對袁世凱假共和、眞專制的
鬥爭中旗幟鮮明，1913 年 6 月 2 日被杭州當局以「庇護亂黨」的罪名勒令停
版。

1　劉望齡：《中華民國公報》（介紹），載《辛亥革命時期期刊介紹》（第 4 集），人民
　　出版社，1982 年版，第 157 頁。
2　《蔡以貞啓事》，載《中華民國公報》，1913 年 8 月 16 日。轉引自劉望齡《中華民
　　國公報》（介紹）。
3　王綠萍編：《四川報刊五十年集成（1897～1949）》，四川大學出版社，2011 年版，
　　第 34 頁。
4　王綠萍編：《四川報刊五十年集成（1897～1949）》，四川大學出版社，2011 年版，
　　第 35 頁。

2、民國南京臨時政府時期新創刊的地方政府機關報

除上述在民國南京臨時政府成立前就已經創刊，並在民國南京臨時政府時期繼續出版的各地軍政府（都督府）機關報外，民國南京臨時政府時期也有新的地方性政府機關報創刊。有較大影響的如：重慶蜀軍政府正式機關報《國民報》。1912 年 1 月，原《廣益叢報》編輯應重慶軍政府之聘接辦原蜀軍政府的臨時機關報《皇漢大事記》，並將之改辦爲重慶蜀軍政府的正式機關報《國民報》。由周文欽（家楨）、燕子（梓）才任總編輯，溫少鶴任主筆。報館原設重慶府署內，後遷校場口演武廳舊巴縣汎署內[1]。除星期天外，每日出報兩大張，設有論說、要電、紀事、時評、專件、選錄、譯叢、文苑、告白等欄目。每日發行 3000 份左右。1913 年「宋案」發生後，該報發表大量的聲討袁世凱竊國和時任四川都督胡景伊與袁世凱同流合污行徑的內容。袁世凱得勢後，於同年 9 月底被四川當局查封，總編輯周文欽與燕梓才（燕翼）也被當局以「文字誹謗罪」入獄[2]。

浙江軍政府機關報《浙江軍政府公報》日報，1912 年 1 月創刊於浙江杭州。馬敘倫[3]擔任經理、杭辛齋任總纂、邵飄萍[4]任編輯。浙江省長公署公報處出版發行。1912 年 5 月 1 日改名爲《浙江公報》，至 1924 年 12 月出報 4526 期，[5]等等。

二、政黨創辦的新聞報刊

吾國古無所謂政黨也，披覽史乘，只有朋黨之可稽。[6]由於對「朋黨」的傳統偏見和朝廷爲維護「皇權神授」絕對權威，對任何與「孤家寡人」立場觀點相悖的言論和行爲都以「大不敬」罪之，所以中國政治人物直到晚清時期都不敢用「黨」作爲政治團體名稱。無論是孫中山組織的「興中會」和「同盟會」，還是康有爲組織的「強學會」、「保國會」及「保皇會」，

---

1 史和等編：《中國近代報刊名錄》，福建人民出版社，1991 年版，第 219 頁。

2 王綠萍編：《四川報刊五十年集成（1897～1949）》，四川大學出版社，2011 年版，第 33 頁。

3 馬敘倫（1885～1970），字彝初，更字夷初，號石翁，寒香，晚號石屋老人。浙江杭縣（今餘杭）人。

4 邵飄萍（1884～1926），名振青，筆名萍、青萍、阿平，浙江金華人。

5 張夢新等：《杭州新聞史》，中國社會科學出版社，2011 年版，第 65 頁。

6 謝彬：《民國政黨史》（與戴天仇等撰《政黨與民初政治》合刊），中華書局，2007 年版，第 8 頁。

或是江亢虎組織的「社會主義同志會」等，都稱「會」而不稱「黨」。辛亥
革命建立的中華民國摧毀了封建君主專制的「黨禁」，在民國南京臨時政府
成立後，種種政團相繼產生，綜其數目，殆達三百有餘，是為民國初期政
黨林立時代。[1]為了宣傳各自政治主張，擴大在國家政治生活中的話語權，
各政黨和團體紛紛創辦機關報紙，成為民國南京臨時政府時期新聞業的一
個亮點。

（一）中國同盟會及其機關報刊

1911 年 12 月 29 日，各省代表會在南京召開正式選舉臨時大總統會，孫
中山以 17 省代表投票得 16 票當選。1912 年 1 月 1 日晚 10 時在南京舉行就職
典禮。中國歷史正式進入「中華民國時期」。

1、民國南京臨時政府時期的中國同盟會

鑒於當時現實，革命派為藉重立憲派和舊官僚的社會影響及經濟力量以
穩定時局，不但選舉舊官僚黎元洪擔任副總統，還安排一些舊官僚和立憲派
人士出任政府「總長」。由於孫中山和中國同盟會在推翻清朝專制統治的長期
奮鬥和革命黨人在各省「光復」或「獨立」中的巨大作用，中國同盟會實際
成為民國南京臨時政府主體和主導力量。臨時大總統孫中山（同盟會總理），
陸軍總長黃興（同盟會協理）、外交總長王寵惠（同盟會會員）、教育總長蔡
元培（同盟會會員），總統府秘書長胡漢民（同盟會會員）。儘管內務總長程
德全、實業總長張謇、財政總長陳錦濤、司法總長伍廷芳、交通總長湯壽潛
等不是同盟會員，但孫中山採納黃興「部長取名、次長取實」的原則，任命
一批留學外國、年輕有為的同盟會員如蔣作賓、呂志伊、景耀月、馬君武、
王洪猷、居正、于右任等出任各部次長。《中華民國臨時政府中央行政各部及
其權限》規定「次長輔佐部長，整理部務，監督各局職員。」[2]由於程德全、
張謇、陳錦濤、伍廷芳和湯壽潛等五位「總長」因各種原因沒有到職，實際
就是由同盟會的「次長」依法代理總長出席國務會議，發號施令，處理政務。
副總統黎元洪之上有同盟會孫中山任大總統，陸軍、外交和教育三部總長為
同盟會會員，內務、實業、財政、司法、交通等部由同盟會「次長」執掌日
常運行，所以孫中山及中國同盟會實際上掌握了臨時政府實權。

1　張玉發：《民國初年的政黨》，嶽麓書社，2004 年版，第 32～33 頁。
2　《中華民國臨時政府中央各部及其權限》，載《臨時政府公報》（第 3 號），1912 年
　　1 月 31 日出版。

2、民國南京臨時政府時期繼續出版的同盟會系統報紙

民國南京臨時政府成立後，不少在臨時政府成立前就由同盟會成員創辦的報刊繼續出版，並由地下或半地下狀態轉爲公開的同盟會機關報；有些報刊因其激烈反清革命言論的巨大影響，儘管同盟會沒有確定爲機關報，但社會上仍視爲同盟會報紙。這些在臨時政府時期繼續出版的同盟會報刊主要有：

《民立報》，于右任創辦並親任社長。1910 年 10 月 11 日創辦於上海。因創辦人是著名革命黨人于右任及他此前創辦《神州日報》、《民呼日報》、《民吁日報》及《民立報》激烈反清革命宣傳社會影響等原因，《民立報》在民國南京臨時政府成立後仍被各界認爲是同盟會總機關報。民國南京臨時政府成立後，社長于右任出任交通部次長，景耀月出任教育部次長，呂志伊出任司法部次長，宋教仁出任法制局局長、朱少屏出任總統府秘書，陳其美出任滬軍都督，報社經費主要資助人沈縵雲出任滬軍都督府財政總長[1]。因于右任出任臨時政府交通部次長，而交通總長湯壽潛因曾有屠殺革命黨人劣跡「力辭交通（總長），遠走南洋」[2]沒有到任，于右任在「次長」之位全權代理總長職責而無暇顧及報館事務，報紙實際由剛從英國留學歸國的章士釗（行嚴）具體負責報紙的編輯工作。這一階段的《民立報》的新聞和言論基調和同盟會政治主張基本一致。1912 年 5 月初，于右任委託剛卸任安徽鐵血軍司令的范鴻仙「主持社中一切」[3]。

《天鐸報》，1910 年 3 月 11 日創刊，創辦人爲後任南京臨時政府交通總長的湯壽潛。總主筆已由戴季陶改爲李懷霜[4]，協助他擔任編輯工作的有柳亞子、陳布雷、鄒亞雲等。[5]該報堅定維護同盟會的政治路線和立場，堅決支持孫中山的「北伐」主張，反對南北議和，反對裁撤南方民軍，擁護中華民國定都南京的主張，支持孫中山領導的南京臨時政府，反對向袁世凱妥協。陳布雷在民國南京臨時政府成立前就以在《天鐸報》上發表《談鄂》十篇而聞名於世，這一時期繼續發表時評支持和聲援孫中山。柳亞子用「青兒」筆名

---

1 方漢奇：《中國近代報刊史》，山西教育出版社，1984 年版，第 689 頁。
2 徐友鵬編：《袁大總統公牘彙編》（下冊　函牘），上海廣益書局，1912 年版，第 1 頁。
3 范鴻仙：《范鴻仙啓事》，載《民立報》1912 年 5 月 10 日。
4 李懷霜（1874～1950），原名葭榮，後改名懷霜，字蒹浦，又字懷江，號裝愁庵，廣東信宜人。
5 方漢奇：《中國近代報刊史》，山西教育出版社，1984 年版，第 692 頁。

發表系列評論，堅決反對南北議和，堅決反對孫中山讓位於袁世凱的主張，堅決反對撤銷南京留守府，態度堅決，立場鮮明，筆鋒尖銳，膾炙人口。

《國風日報》，1911 年 2 月 8 日創刊於北京，社長白逾恒和實際主持人景定成均是同盟會會員。「創刊不久即被控為革命黨人機關，後因證據不足了事。迨至袁世凱充任清廷內閣總理大臣後命其親信外城警廳廳丞吳鐩孫將該報封禁。」[1]辛亥武裝起義勝利、民國南京臨時政府成立及清帝退位後的 1912 年 2 月恢復出版，繼續堅持同盟會政治綱領的宣傳，擁護孫中山及南京臨時政府，是同盟會在北方地區的重要新聞媒體。

《國光新聞》日出一張，1911 年 8 月 9 日創刊於北京，編輯及發行人主要有田桐、景定成。該報同時是同盟會在北京的重要活動據點。同盟會京津保支部軍事部長彭家珍 1912 年 1 月 26 日謀刺宗社黨首領良弼後，報紙被清廷地方當局查封。同年 2 月清朝皇帝退位後恢復出版，在繼續宣傳同盟會政治綱領的同時，報導當時全國的革命形勢和南京臨時政府的方針政策，是同盟會在北方地區的重要輿論陣地。

《大江報》，創刊於 1911 年 1 月 3 日在原《大江白話報》基礎上改名創辦於漢口。因 1911 年 7 月 26 和 28 日先後刊載《大亂者，救中國之藥石也》和《亡中國者，和平也》兩篇時評，被鄂督瑞澂以「宗旨不純、立意囂張」、「淆亂政體、擾害治安」之名飭令江漢關道於該年 8 月 1 日查封並宣布「永禁發行」後停刊。民國南京臨時政府成立後，該報於 1912 年 3 月在漢口後花樓街復刊。

《民主報》，1910 年秋創刊於上海。宋教仁主編，于右任、陳其美等參與編務。孫中山 1911 年底回國後該報表示歡迎，並在孫中山與各省代表會晤時採納馬君武建議，著論「喚起民眾」，「二次革命」爆發後被淞滬警察廳查封。[2]

《大陸報》（英文），1911 年 8 月 24 日在上海試刊，同年 8 月 29 日正式出版。美國人密勒、克勞、弗里許等組成中國國家報業公司共同籌辦。[3]民國南京臨時政府成立後，報紙在與孫中山具有良好個人關係並同情中國資產階級民主革命的首席主筆密勒主持下，繼續以「客觀」、「中立」的姿態向海外

1　史和等編：《中國近代報刊名錄》，福建人民出版社，1991 年版，第 216 頁。
2　史和等編：《中國近代報刊名錄》，福建人民出版社，1991 年版，第 137 頁。
3　史和等編：《中國近代報刊名錄》，福建人民出版社，1991 年版，第 380 頁。

主要是西方資本主義國家如美國各界宣傳民國南京臨時政府的內外政策，以爭取世界各國的理解、同情和支持。

《太平洋報》，1912 年 4 月 1 日由上海軍政府都督陳其美資助創刊於上海。姚雨平任社長，經理朱少屏，總編輯葉楚傖。社址設在望平街黃字 7 號。該報聲稱「以喚起國人對於太平洋之自覺心，謀吾國在太平洋卓越位置之鞏固為宗旨」[1]設有社說、國際專電、國內專電、譯電、世界要聞、各省要聞、本埠新聞及英文論說（主要刊載英文的新聞和論說）等欄目。6 月 1 日起增刊畫報一張，隨報附送。出版了大約半年，因經費困難而自動停刊。[2]

《民權報》，1912 年 3 月 28 日創刊於上海，由同盟會的別支自由黨人謝樹華發起籌備，向滬軍都督府註冊經滬軍都督陳其美批准後出版。開辦費十萬元由黃興從陸軍部撥出。周潔任社長兼發行人，戴天仇（季陶）任總編輯。社說撰述與編輯有牛霹生、劉民畏、尹仲才、陳匪石、江季子、何海鳴、戴伯韜、羅端甫、徐天嘯、茹春圃等。創刊宗旨是促袁世凱南下就職、主張政黨內閣制，擁護臨時憲法，反對北洋軍閥。[3]

全國主要省區都有同盟會系統的新聞報紙出版。如天津有《民意報》，創刊 1911 年 12 月 20 日，京津同盟會機關報，京津同盟會副會長李石曾等主持，民國南京臨時政府成立後繼續出版；長沙有《長沙日報》，原屬湖南巡撫官署官報。長沙光復後因革命黨人對委任辦報的顏昌嶢不滿，不久改為文斐主持，傅熊湘任總編；廣州有《中原報》，1911 年 9 月 9 日創刊，編輯兼發行人為郭唯滅，主筆有郭唯滅、盧岳生、楊計白、李經生。創刊後僅兩天就被地方當局勒令停刊。廣州光復後恢復出版。《平民日報》，1910 年 10 月 31 日創刊於廣州。發行人兼編輯人署名「馮光裕」，印刷人陳贊平。主筆有盧博浪、李孟哲、鄧慕韓等人。1911 年春停刊。廣州光復後恢復出版，總編輯鄧警亞。《中國日報》，盧信主持，李民贍主編。該報系中國同盟會南方支部的機關報，原在香港出版，光復後遷廣州繼續出版。因由軍政府提供津貼，每日行銷上萬份，是廣州當時最大的報紙。成都有《大漢國民報》，1911 年 12 月 17 日創刊於成都。由李澄波、汪象蔬、謝翼謀等人集資創辦，宗旨是「發揚民氣，擁

1　《太平洋報出版預告》，載上海《申報》，1912 年 3 月 9 日。

2　馬光仁主編：《上海新聞史（1850～1949）》，復旦大學出版社，1996 年版，第 400 頁。

3　馬光仁主編：《上海新聞史（1850～1949）》，復旦大學出版社，1996 年版，第 399 頁。

護共和」。民國南京臨時政府成立後，1912 年 2 月 27 日改名爲《中華國民報》繼續出版。後與樊孔周的《四川公報》合併，取名《國民公報》，1912 年 4 月 22 日在成都出版第一號[1]。除上述報紙外，其他中小城市也有不少同盟會成員或同情、支持同盟會革命人士在辛亥起義或南京臨時政府成立前就創辦的新聞報紙，在南京臨時政府時期或繼續出版，或恢復出版，共同特點是擁護辛亥革命，擁護民主共和、支持南京臨時政府，一起形成了同盟會系統的新聞媒介群體，在民國南京臨時政府時期發揮了主流輿論的宣傳引導功能。

3、民國南京臨時政府時期新創辦的同盟會系統報紙

民國臨時南京政府成立後新創刊同盟會報紙的報紙總的來說不多，可能與這一階段革命黨人的人力物力側重於軍事鬥爭和政府建設，以及在各地以革命黨人爲主導的新政府中爲保證政府正常運行牽涉的時間、精力較多，所以相對來說對新聞報紙的投入就相對減少。但儘管這樣，還是有一些新的新聞報紙創辦。主要有：上海有《中華民報》日報，1912 年 3 月 15 日創刊於江蘇南京。創辦人爲黃興、胡漢民、蔡元培等；武漢的《民心報》，1912 年 2 月 15 日創刊，武昌原文學社一派創辦，該報發刊期間的言論擁護同盟會和南京臨時政府[2]；《春秋報》，1912 年 3 月創刊於武昌，社址在武昌三道街，由胡玉珍主辦，范希仁、王纘承等編輯，被認爲是「同盟會之機關」；廣州有《民生報》，廣州光復後創辦，由陳德芸、陳仲偉主持。[3]《中國日報》，同盟會機關報。1912 年初從香港遷至廣州出版。社址設在廣州第八甫。仍由盧信任發行人，李民瞻任總編輯，潘慧籌、陳春生爲主筆；安徽有《安徽船》日報，1912 年 2 月創刊於安徽安慶。係安徽獨立後省革命政權的喉舌，宣揚革命，提倡共和，對革命陣營中的蠹蟲也敢於指斥。[4]創辦兼主持人爲同盟會員韓衍（耆伯），編輯包道平等。同年春因韓衍被刺身死後停刊。福建有《共和》報，1912 年 1 月在福州創刊。報社設在福州南臺梅塢。週六刊，週日無報。日出對開一張。李慕犧主編。屬於同盟會系統的報紙；四川有《中華報》，1912 年 1 月

1　王綠萍編：《四川報刊五十年集成（1897～1949）》，四川大學出版社，2011 年版，第 34，41 頁。

2　唐惠虎、朱英主編：《武漢近代新聞史》（上卷），武漢出版社，2012 年版，第 244 頁。

3　方漢奇主編：《中國新聞事業通史》（第 1 卷），中國人民大學出版社，1996 年版，第 1027 頁。

4　史和等編：《中國近代報刊名錄》，福建人民出版社，1991 年版，第 175 頁。

創刊於重慶。社址設在重慶陝西街。屬於同盟會系統的報紙。1913 年停刊；還有一些地方的同盟會組織或個人在民國南京臨時政府時期也創辦過一些新聞報紙。由於南京臨時政府實際存在僅三個月，國內政局出現劇烈動盪和變化，這些報紙或遭摧殘或轉向，影響多不大。

由於民國南京臨時政府和各地軍政府的成立和運行，一大批進行革命宣傳的同盟會成員脫離新聞界進入政府，同盟會系統在新聞界的力量有所減弱。所以這一時期同盟會系統新創辦的新聞報紙不多。在新聞界活躍的主要是在民國前創辦的同盟會報紙。由於同盟會在民國南京臨時政府中的執政黨地位，一些立憲派報紙改換門庭投向同盟會，但並未真正轉到革命立場，因此在一些同盟會報紙言論中出現主張混亂、立場搖擺的現象，使得同盟會報紙戰鬥力和向心力有所下降。

（二）立憲派團體及其機關報刊

立憲派是出現於清政府宣布「預備立憲」後，以促進預備立憲為政治目標的政治力量。為了推動清政府「立憲」，主張「立憲」的人士在日本東京和上海等地成立了以促進和推動朝廷立憲為宗旨的政治團體，俗稱立憲派團體。

1、民國南京臨時政府時期的立憲派團體

在眾多立憲派團體中，曾產生較大社會影響的有預備立憲公會、政聞社和憲政講習會等。其中梁啓超等 1907 年 10 月在日本東京成立的政聞社於 1908 年 8 月 13 日被清廷查禁；楊度等 1907 年夏在日本成立的憲政講習會（後易名憲政公會，熊範輿任會長）則因楊、熊 1911 年 9 月前後進入政界，組織渙散，中止活動[1]。只有預備立憲公會在民國南京臨時政府時期仍在活動。

1906 年 12 月 16 日，鄭孝胥、張謇等人在上海成立預備立憲公會。會長鄭孝胥，副會長張謇、湯壽潛；會董有張元濟、沈同芳、李鍾珏等 18 人；駐辦員孟昭常，編輯員有秦瑞玠、湯一鶚等 5 人，書記屠紹屏，會計柏治華。公會事務所設在上海靜安寺路 54 號。之所以成立「預備立憲公會」，是因為鄭孝胥、張謇等人「奉（仿行憲政）上諭」後「伏念立憲之恩命必出自宮廷，立憲之實力必望之政府，立憲之智識必責之人民。人民之智識，何由而進，則非得士農工商四民之中，撮集幾許有智識之民，以發奮為學合群進化之旨，為之提倡」，「爰將此意，轉相傳播，聞者感奮，爭願為中國立憲國民之前導，

1　張憲文等主編：《中華民國史大辭典》，江蘇古籍出版社，2002 年版，第 1436 頁。

因即名斯會曰預備立憲公會。」[1]該會的活動包括出版書刊，宣傳憲政知識；
開辦法政講習所，培養憲政人才；編纂商法，促成政府頒布商法；推動地方
自治與籌辦諮議局及積極參與推動國會請願運動等。1911 年 2 月張謇被選爲
會長。武昌起義爆發後停止促進預備立憲的活動，但組織尚存。1912 年 3 月
2 日與章炳麟、程德全的「中華民國聯合會」合併成統一黨後停止活動。

2、民國南京臨時政府時期的立憲派報刊

預備立憲公會成立後，爲宣傳和普及立憲知識和造成立憲的社會輿論，
一直積極籌辦機關報刊。由於建立全國性組織尤其是建立各省支部費時較
多，一些省會支部直到 1907 年底才陸續出臺。預備立憲公會機關報也延至一
年多後才創刊。

《預備立憲公會報》，1908 年 2 月 29 日（光緒三十四年正月二十八日）
在上海創辦出版。預備立憲公會會董兼駐辦員孟昭常擔任主編。該刊爲半月
刊，有光紙鉛印。所載分撰述、編譯、紀事、附錄，每冊約 20 頁。1910 年 1
月停刊，共出刊物兩卷 46 期。[2]1912 年 2 月預備立憲公會決定在北京增設事
務所，並把會報遷北京出版。

《國民公報》，1910 年 8 月 24 日創刊於北京。名譽社長孫伯蘭。文實權
任社長。徐佛蘇、藍公武主編。黃興之等任編輯。每日出報兩大張。用文言
文撰稿。社址設在北京宣武門外後鐵廠。[3]該報「以促成實施憲政、速開國會
爲宗旨」。執筆人除徐、藍外，還有梁啓超和黃遠生（黃遠生主辦的《三日刊》
也隨該報附送[4]），民國南京臨時政府成立後繼續出版，成爲民主黨在北京地區
的重要言論機關。[5]1919 年遭軍閥封禁。

《憲報》日刊，約創刊於 1911 年 1 月左右。《預備立憲公會報》於 1910
年 1 月在上海停刊後，該報主編孟昭常（1909 年在第三次常會上和張謇一起
被選爲副會長）1910 年 4 月 29 日（宣統二年四月初一）在北京創刊以宣傳

1　清民政部檔案：《鄭孝胥張謇等爲在上海設預備立憲公會致民政部稟》（光緒三十三
　年九月初十日，公元 1907 年 10 月 16 日）。載《中華民國史檔案資料彙編》第一、
　二輯，鳳凰出版社，1991 年版，第 100 頁。
2　史和等編：《中國近代報刊名錄》，福建人民出版社，1991 年版，第 297 頁。
3　史和等編：《中國近代報刊名錄》，福建人民出版社，1991 年版，第 273 頁。
4　方漢奇：《中國近代報刊史》，山西教育出版社，1981（1991 年第 4 次印刷），第 698
　頁。
5　方漢奇主編：《中國新聞事業通史》（第 1 卷），中國人民大學出版社，1996 年版，
　第 1030 頁。

立憲主張的《憲志日刊》。在孟昭常主持下《憲志日刊》了出版大約 8 個月後於 1911 年 1 月左右停刊。不久，孟昭常等人又在《憲志日刊》基礎上創辦了《憲報》日刊。《憲報》日刊，由南洋公學保送到日本學習政法並學成回國後在上海《時報》任本埠新聞版主筆的[1]雷奮擔任社長。日出一大張，用五號字印刷，以文言文撰稿。報紙編輯多數是咨政議員。聲稱「以促進憲政爲宗旨」。報館設在北京宣武門外達智橋。1912 年 2 月清帝宣布退位後自行停刊。[2]

至於梁啓超在日本東京創刊的《政論》、楊度在日本東京創刊的《中國新報》、張君勱等在上海創辦的《憲政雜誌》及梁啓超遙控的《國風報》等，儘管在當時有些影響，但均已在辛亥首義前停刊，故不再贅言。

（三）中華民國聯合會（統一黨）及其機關報

中華民國聯合會是由自稱「有學問的革命家」章炳麟聯絡程德全、張謇等立憲派人士在民國南京臨時政府成立後於 1912 年 1 月 3 日在上海組織的政治團體，是武昌起義後最早出現的與中國同盟會相對抗的政團；該會機關報《大共和日報》也是最早由原同盟會員創辦但與同盟會總理孫中山及其擔任臨時大總統的民國南京臨時政府公開對抗的政黨新聞報紙。

章炳麟 1904 年（光緒三十年）11 月 20 日和蔡元培、陶成章等在上海發起成立光復會（會長蔡元培）。1905 年光復會與興中會、華興會聯合成立中國同盟會（總理孫中山）。章炳麟因上海「蘇報案」被上海公共租界當局判刑坐牢，1906 年 6 月出獄時，即被蔡元培、于右任、柳亞子、劉光漢等人和同盟會東京總部代表龔練百、仇式匡、鄧家彥迎到中國公學休息，同盟會代表邀請他即赴東京，和孫中山共同致力於革命事業。章炳麟經橫濱到達東京後，7 月 7 日即由孫毓筠作介紹人，由孫中山主盟加入同盟會。旋被同盟會總部委任爲同盟會機關報《民報》編輯人和發行人，自《民報》第六期起擔任主編。1906 年 7 月到 1907 年初，他先後在《民報》上發表了《無神論》、《革命之道德》、《建立宗教論》及《箴新黨論》等文章，和孫中山、黃興一道制定了《革命方略》，和孫中山、黃興的關係是融洽的。但不久因所謂孫中山接受日方饋贈離開日本且沒按要求留下更多經費辦《民報》，章炳麟「氣憤地取下了掛在

---

1 馬光仁主編：《上海新聞史（1850～1949）》，復旦大學出版社，1996 年版，第 302 頁。

2 史和等編：《中國近代報刊名錄》，福建人民出版社，1991 年版，第 273 頁。

民報社裏的孫中山照片，張繼等人則提議改選黃興爲同盟會總理以取代孫中山的領袖地位」，使同盟會領導層的團結協調受到了嚴重的傷害。[1]1907 年 12 月以「腦病乞休」。接著又因被日本當局封禁的《民報》遷出日本及如何復刊等事發生矛盾，章炳麟派的李燮和等人 1909 年 8 月向同盟會總部提出一份《宣布孫文南洋一部之罪狀致同盟會總會書》（又稱《七省同盟會員意見書》，俗稱「孫文罪狀」），要求罷免孫中山同盟會總理職務，被主持同盟會工作的黃興拒絕。章炳麟刊發《僞〈民報〉檢舉狀》一文，配合攻擊孫中山。香港《中國日報》發表《爲章炳麟叛黨事答覆投書諸君》一文（新加坡《中興報》1909 年 11 月 30 日轉載）使同盟會內部分歧公開化。1910 年 2 月和陶成章重建光復會並出任會長，成員大多是對孫中山不滿的原同盟會會員，公開與同盟會分道揚鑣。上海光復後，11 月 15 日章炳麟回到上海，自認爲在《民報》時期爲宣傳反清革命有功，所主編《民報》時期「是時東京人材最盛，滿洲人留學者至匿姓名不敢言。國內學子以得《民報》爲幸，師禁之，轉益珍重，化及全城，江湖耆帥皆願爲先驅。」[2]1912 年 1 月 1 日（元旦）晚上 10 點孫中山宣誓就任臨時大總統。第二天即向各省代表談話會提出國務員（當時沒設政府總理，只是提名政府各部總長）的 9 人名單，由黃興提交各省代表會議審議。孫中山提出的名單中擬由章炳麟任教育總長，但在各省代表會議審議時，代表們對宋教仁擬任內務總長、王寵惠擬任外交總長、章炳麟擬任教育總長多不同意，並主張伍廷芳改任外交總長。次日（1 月 3 日），各省代表會正式討論孫中山提請會議決定的各部總長名單，孫中山起初提名章炳麟擔任教育總長的方案被會議否決，改由蔡元培擔任教育總長。章炳麟對此極爲不滿，當天宣布脫離同盟會，與程德全、張謇等人正式成立「中華民國聯合會」。[3]並創辦機關報《大共和日報》。

　　《大共和日報》係中華民國聯合會機關報，1912 年 1 月 4 日創刊於上海。報館社址在上海老旗昌路 247 號。創辦人兼社長章太炎（炳麟）。經理杜傑風、總編輯馬敍倫、編輯汪東。該報日出對開兩大張 8 版。一般情況下，該報第

1　姜義華：《章炳麟評傳》，《中國思想家評傳叢書》，南京大學出版社，2002 年版，第 58～67 頁。

2　章炳麟：《太炎先生自訂年譜》，載文明國編《章太炎自述》，人民日報出版社，2012 年版，第 12 頁。

3　邱遠猷、張希坡：《中華民國開國法制史》，首都師範大學出版社，1997 年版，第 320 頁。

一版爲廣告（如《慧星報》的出版廣告《彗星出現》[1]），第二版爲「社論」、「譯論」、「海外通函」、「參議院紀事」，第三版爲「專電」和「時評一」，第四版、第五版爲廣告，第六版爲「西報譯電」、「緊要紀聞」；第七版爲「地方紀聞」和「時評二」，第八版爲「上海紀聞」。儘管報紙設有總編輯一職，但在創刊初期由章炳麟直接操控著報紙言論。因此該報政治立場與孫中山領導的中國同盟會及民國南京臨時政府明顯對立，對孫中山、黃興及南京臨時政府持很不友好甚至惡意攻擊的態度，給同盟會及孫中山任臨時大總統的民國南京臨時政府造成很大壓力。章炳麟在該報先後發表了 22 篇文章，屢屢以「革命名宿」的身份「言舊官僚和立憲黨人所不敢言」。該報創刊首日，就在所載《大共和日報發刊詞》中公開稱「民主立憲、君主立憲、君主專制，此爲政體高下之分，而非政事美惡之別。專制非無良規，共和非無秕政。」[2]其意思就是清朝封建君主專制時代有「良規」，孫中山領導的南京臨時政府有「秕政」，以「革命名宿」的特殊社會身份散佈「專制」有「良規」、「共和」有「秕政」的荒謬言論，公開否定孫中山任臨時大總統的民國南京臨時政府的進步性和革命性。[3]對孫中山領導的民國南京政府頒行一系列具有資產階級共和和性質的法令法規，則宣稱「中國本因舊之國，非新闢之國，其良法美俗，應保存者，則留存之，不能事事更張」，公開反對孫中山頒布的一系列資產階級性質的進步政策[4]並且聲稱「不辱鰥寡，不畏彊禦」，極力反對他所謂的同盟會的「一黨專政」，處處攻擊孫中山、黃興和臨時政府，吹捧袁世凱、黎元洪和張謇等立憲黨人，在社會上產生了很不好的影響[5]。

　　1912 年 2 月 1 日，章炳麟從上海致電湖北都督府，主張以袁世凱爲臨時大總統，並謂中央政府宜仍在舊都北京。這兩個主張恰與黎元洪相符合，因而黎覆他一電，請其到武昌一談。章太炎到鄂之後，住在都督府中，每天高談闊論，無非是反對約法，反對南京政府一切設施。[6]1912 年 3 月 2 日章炳麟等人的「中華民國聯合會」和張謇等人的「預備立憲公會」合併組成統一黨，

1　《彗星出現》，載《大共和日報》，1912 年 11 月 5 日（第一版）。
2　章太炎：《大共和日報發刊詞》，載《大共和日報》（上海），1912 年 1 月 4 日出版。
3　方漢奇主編：《中國新聞事業通史》（第 1 卷），中國人民大學出版社，1996 年版，第 1029 頁。
4　張憲文等主編：《中華民國史大辭典》，江蘇古籍出版社，2002 年版，第 280 頁。
5　方漢奇主編：《中國新聞事業通史》（第 1 卷），中國人民大學出版社，1996 年版，第 1029 頁。
6　蔡寄鷗：《鄂州血史》，知識產權出版社，2013 年版，第 190 頁。

是中國近代第一個以「黨」相稱的政治團體。據章自述「余適與清故兩廣總督岑春煊雲階遇。雲階言，在清宜死社稷，在南宜北伐，無議和理，余頗是之。然以南府昏繆，自翦羽翼，不任變伐；假手袁氏，勢自然也，故持論頗同精衛。」[1]因「張謇諸人領袖之預備立憲公會，以於改革事業終始旁觀，毫未贊助，無從取得民國政治之發言權，正深引爲遺憾，及睹中華民國聯合會，對同盟會滿帶嫉視色彩，又以兩會均以江、浙爲中心，地理關係亦極密切，乃由雙方自動，併合而組統一黨。其宗旨爲鞏固全國之統一，建設中央政府，促進共和政治。」統一黨設理事章炳麟、程德全、張謇、熊希齡等 5 人，參事（評議員）有唐文治、湯壽潛、蔣尊簋、唐紹儀、湯化龍、溫宗堯等 17 人，幹事有黃雲鵬、孟森、康寶忠、劉瑩澤、林長民等 13 人。統一黨「既以反對中國同盟會爲職志，故於袁氏所爲，皆極力贊助，滿口謳歌，蓋同盟會之政敵，而袁氏與（統一）黨之中堅也」[2]，成爲中國同盟會及民國南京臨時政府的主要反對力量。

　　1912 年 3 月 2 日，中華民國聯合會和預備立憲公會合併成立統一黨，《大共和日報》成爲統一黨機關報。至於統一黨 1912 年 5 月 9 日和民社、國民協進會、國民共進會、民國公會、國民黨等聯合組成共和黨，《大共和日報》再成爲該黨機關報時，已不在民國南京臨時政府時期了。

（四）民社及其機關報

　　1912 年 1 月 3 日，各省代表會通過孫中山和黃興商議後所提新的國務員 9 人名單；選舉黎元洪爲副總統。1 月 8 日，黎元洪副總統在武昌宣誓就職。[3]

（1）民社之由來

　　1912 年 1 月 16 日，由黎元洪出面，聯絡王正廷、藍天蔚、孫武等 24 人發起成立「擁黎元洪爲中心之政團民社」。主要骨幹由藍天蔚、孫武、張振武、張伯烈、劉成禺、寧調元、饒漢祥諸人。[4]事務所設上海江西路 A 字 54 號。

1　章炳麟：《太炎先生自訂年譜》，載文明國編《章太炎自述》，人民日報出版社，2012年版，第 19 頁。

2　謝彬：《民國政黨史》（與戴天仇等撰《政黨與民初政治》合刊），中華書局，2007年版，第 41 頁。

3　邱遠猷、張希坡：《中華民國開國法制史》，首都師範大學出版社，1997 年版，第319～321 頁。

4　謝彬：《民國政黨史》（與戴天仇等撰《政黨與民初政治》合刊），中華書局，2007年版，第 42 頁。

推吳稚暉為總幹事，何雯為秘書。黎元洪擔任理事長。據說各省設支部 10 多個。黨員達萬餘。該團體「以盧梭《民約論》為根本主義，其目的在圖共和政體健全之發達」，《民社緣起》及《民社規約》聲稱「援盧梭人民社會之旨」，並提出主要政治綱領為：對統一共和政治持進步主義，以謀國利民福；制訂政綱，提倡軍國民教育；採用保護貿易政策；擴張海陸軍備；主張鐵路國有。在南北之爭中持「反孫倒黃」和「捧黎擁袁」立場，反對孫中山和黃興等同盟會領袖主導的民國南京臨時政府，吹捧黎元洪在辛亥革命成功中的「功勳」，鼓動武昌和南京分裂；擁護並支持袁世凱實行南北政權統一。1912 年 2 月創辦《民生日報》作為機關報。

（2）民社之機關報

儘管黎元洪是軍人行武出身，但實際上非常瞭解新聞報紙在引導輿論和塑造形象方面的作用。因此在當上民國南京臨時政府臨時副總統後迅速就籌劃成立具有湖北地方色彩的政治團體民社，並在一個月後創辦了機關報《民生日報》。

《民生日報》，1912 年 2 月 20 日創刊。是以黎元洪、孫武為核心的帶有湖北地方色彩的政治團體民社的言論機關。日出兩大張。自稱「以民社之宗旨為宗旨」，報館社址設在江西路四明銀行隔壁。由曾在漢口《大江報》上發表著名時評《大亂者救中國之藥石也》的黃侃擔任該報總編輯。協助黃侃擔任報紙編輯工作的有劉仲蓮、汪旭初等人。主筆寧調元、汪瘦岑。[1]該報標榜「進步主義」，極力為湖北集團的利益鼓吹，反對臨時約法，反對臨時參議院，處處和同盟會作對。民社併入共和黨後，轉為共和黨機關報，旋停。[2]

《強國公報》日報，1912 年 3 月 10 日創刊於湖北武漢。報社設在漢口白布街篤安里。經理謝澍滋，主編何何山，主筆鳳竹蓀、高籌觀。編撰胡瞿園、貢少芹、梅小舟、錢樾蓀等。所刊評論及副刊文字貶抑孫、黃，吹捧袁、黎和孫武，被認為是黎元洪、孫武一派的言論機關。

（五）其他政黨團體及其機關報

民國南京臨時政府宣布廢除清朝「黨禁」，短時間內出現一大批政黨團體。這些政黨團體都努力創辦各自機關報，以爭取政治生活中的話語權。如：

---

1 方漢奇主編：《中國新聞事業通史》（第 1 卷），中國人民大學出版社，1996 年版，第 1030 頁。
2 方漢奇：《中國近代報刊史》，山西教育出版社，1984 年版，第 700 頁。

中國社會黨機關報的《人報》，1912 年 1 月 20 日創刊於南京；中華民國工黨的機關報的《覺民報》，1912 年 1 月 21 日創刊於上海，該報宣稱「以開通民智，提倡實業為宗旨」，出版 2 個月後停刊；中國社會黨機關報《社會日報》，1912 年 2 月 1 日在上海創刊，「以鼓吹社會主義」為宗旨。共和黨機關報《群報》，1912 年 2 月 18 日創刊於湖北武昌，社址設在武昌曇華林。創辦人汪噦鸞、何輯五、謝少卿、楊剛安等。馬效田任社長，貢少芹、李繼贋等任編輯。以「扶植民權、恢張群治，化除界域，促進共和」為宗旨，言論上擁袁擁黎；共和黨系統的《政論日報》，1912 年 1 月創刊於四川重慶。社址在重慶大陽溝。1916 年 4 月停刊；統一黨系統的《益報》，1912 年創刊於四川重慶；統一黨機關報《公論日報》，1912 年 2 月 25 日創刊於四川成都。先後擔任編輯記者的有孫少荊、劉師培、吳虞、饒伯康、謝无量、潘立三、祝芑懷、張夢餘等。後改為共和黨機關報；中國社會黨四川支部與漢流社合辦的機關報《國是報》，1912 年 3 月 6 日在四川重慶創刊。社長唐廉江，副社長藍炳臣、程月階；共和黨系統的機關報《政進報》，(日報)，1912 年 3 月 27 日創刊於四川成都。發行人倪公偉、王少鳳，主筆吳虞。編輯部在成都青石橋；演進黨機關報《演進報》日報，1912 年 3 月 31 日創刊於四川成都。社址在四川成都總府街 108 號；國民共濟會機關報《國民共濟報》，1912 年 3 月 4 日創刊於四川重慶[1]等等。

　　從辛亥起義爆發至民國南京臨時政府成立這一階段，袁世凱的關注點先是如何脅迫清朝皇帝退位以換取南方各省代表會議「如袁世凱反正，當公舉為臨時大總統」[2]決議許諾的「大總統」位置；在清帝退位後又忙於和南方革命黨人討價還價政府總理和部門「總長」權力爭奪，幾乎無暇顧及諸如成立政黨團體和創辦機關報此類「非緊急必要」事務。因此在 1912 年 4 月 1 日孫中山臨時大總統解職前，還沒有發現袁世凱成立政治團體，更沒有創辦團體機關報，主要是出錢收買報刊為自己鼓吹。連一些著名報人也接受津貼，拿人錢財，替人說話，受人物議[3]，是袁政府時期公開的秘密。

1　王綠萍編：《四川報刊五十年集成（1897～1949）》，四川大學出版社，2011 年版，第 41 頁。

2　李新主編：《中華民國史》第一卷（1894～1912）下，中華書局，2011 年版，第 771 頁。

3　王潤澤：《北洋政府時期的新聞業及其現代化（1916～1928）》，中國人民大學出版社，2010 年版，第 268 頁。

三、民營資本新創辦的新聞報刊

民國南京臨時政府實行以「新聞自由」與「言論自由」爲主要內容和特徵的「自由新聞體制」，新聞業迎來了迅速發展的良好環境。除政黨報刊紛紛創辦並大顯身手、原有商業新聞報紙繼續出版外，又出現了一批新的非官非黨（俗稱民營）新聞報紙，一派生氣勃勃景象。這些民營新聞報紙情況複雜：有的並非眞的完全沒有政治傾向，只是不明白表示；有的言論傾向明顯但與特定政黨沒有組織隸屬關係，也有的不同階段政治傾向性完全不同。現擇要介紹[1]如下：

（一）蘇魯浙皖贛閩滬地區創辦的民營新聞報刊

民國南京臨時政府時期，上海、江蘇、浙江和安徽地區新創辦的新聞報紙主要有：《東甌日報》1912 年元旦創刊於浙江溫州，是溫州歷史上第一家大型綜合性日報。創辦人陳懷、孫詒棫。經理林立夫。編輯周予由、林佛倫。社址在溫州模範小學內[2]；《越鐸日報》1912 年 1 月 3 日創刊於浙江紹興。紹興越社創辦。編輯和經理先後有陳去病、宋子佩、張越民、王鐸中、陳子英、馬可興、孫德卿等。以「抒自由之言論，盡個人之天權，促共和之進行，尺政治之得失，發社會之蒙復，振勇毅之精神，灌輸眞知，表揚萬物」爲宗旨。1927 年 3 月停刊；《中華報》1912 年 1 月 15 日在南京創刊；《新浙江潮》1912 年 1 月 15 日在浙江杭州創刊，經理兼主筆王犖。日出一張半，一張爲新聞，半張爲副刊《銀濤雪浪》。擁護孫中山；《共和寧報》1912 年 1 月在南京創刊，創辦人爲何錫康等；《禾報》1912 年 1 月創刊浙江嘉興，日刊。嘉興地區最早的報紙；《共和急進報》日報，1912 年 1 月創刊於安徽安慶；《興漢日報》1912 年 2 月 2 日創刊於江蘇鎮江；《民信報》1912 年 2 月 6 日創刊於江蘇蘇州；《民聲報》1912 年 2 月 7 日在原《江淮報》基礎上更名創刊於江蘇揚州；《天聲日報》1912 年創刊於浙江紹興。社址設在紹興城局弄護國寺。係民辦報紙；《越社叢刊》1912 年 2 月創刊於浙江紹興，係魯迅主編的第一種刊物[3]；《東方日報》1912 年 3 月 20 日創刊於上海；《通報》1912 年 3 月創刊於江蘇南通；《農友會報》1912 年 3 月創刊於浙江杭州。浙江農友會事務所主辦，沈望農、周

1　主要根據方漢奇主編：《中國新聞事業編年史》第 602～622 頁內容。其他來源信息另外標明。
2　王文科、張扣林主編：《浙江新聞史》，浙江大學出版社，2010 年版，第 66 頁。
3　王文科、張扣林主編：《浙江新聞史》，浙江大學出版社，2010 年版，第 67 頁。

又山主編；《新浙江潮》日報，1912 年初創刊於浙江杭州。總編輯王盧球，言論上支持孫中山的革命綱領。

（二）豫湘鄂地區創辦的民營新聞報刊

民國南京臨時政府時期，在河南、湖南和湖北地區創刊的非黨新聞報紙主要有：《漢口民國日報》1912 年 1 月 7 日在漢口創刊，社長黃言九，主筆趙光弼，蔡寄鷗、張諧英等，記者有楊端六、曾毅、周鯁生、皮宗石、溫楚珩等。1913 年 6 月因支持武裝反袁被查封；《豫省簡報》1912 年 1 月在河南開封創刊，日刊；《湘漢新聞》1912 年 1 月創刊於湖南長沙，主辦人孫冀豫，編輯徐石襌、黃讕父、陶曾祐等。出版後不久改名爲《天聲報》；《民心報》日報，1912 年 2 月 15 日創刊於湖北武昌。社址在武昌斗極營。蔣翊武主辦並自任社長，楊王鵬、趙光弼、畢襄武、蔡寄鷗、方覺慧、吳月波、高仲和等任編輯。「以隨時進化、確定民國前提爲宗旨」，擁護同盟會和南京臨時政府，反對民社及黎元洪控制下的湖北軍政府；《演說報》日報，1912 年 2 月創刊於湖南長沙。湖南都督府演說總科發行。主持人何勁爲演說總科科長。總編輯盛範五。1914 年改名爲《通俗教育報》出版；《大江報》1912 年 3 月在湖北漢口恢復出版，社址設在漢口後花街，凌大同、何海鳴等編輯；《大同報》1912 年 3 月創刊於湖北武漢。

（三）川滇黔藏地區創辦的民營新聞報刊

民國南京臨時政府時期，在四川、雲南、貴州、西藏等省區新創刊的新聞報紙主要有：《西成報》1912 年 1 月 27 日創刊於四川成都。由黃體珊、嚴繩武、嚴雨樓、邢雨蒼等集資創辦。編輯黃體珊、吳虞。發行所設在成都商業場 71 號；《中華民國報》1912 年 2 月 27 日由《大漢國民報》改名後創刊於四川成都。主編爲汪象蕘；《通俗週報》1912 年 2 月創刊於四川成都。社長陳國福，編輯張子瀟，經理宋騤，發行人游澍。社址設在成都白絲街[1]；《社會新聞》1912 年 3 月 4 日前創刊於四川重慶。曾於同年 3 月 4 日發起組織重慶報界聯合自治會；《四川都督府政報》日報，逢一無報。總發行所在成都東玉龍街四川印書局內。1912 年 3 月由《四川軍政府官報》改辦後創刊；《天民報》週報，1912 年 3 月創刊於四川重慶；《進化白話報》1912 年 3 月創刊於四川

---

1 王綠萍編：《四川報刊五十年集成（1897～1949）》，四川大學出版社，2011 年版，第 37 頁。

成都，由四川著名立憲黨人羅綸創辦，社址設在少城關帝廟。社長王章祐，編輯人王奎光，經理人安永祥；《民視報》創刊號時間不詳。吳虞 1912 年 3 月 30 日的日記中有「早飯後，過政進社攜《民視報》，歸閱之」，可見該報當時已在成都出版[1]

（四）京津冀晉蒙地區創辦的民營新聞報刊

民國南京臨時政府時期，北京、天津、河北、山西和內蒙古地區新創辦的非黨新聞報紙主要有：《商業日報》創刊於 1912 年 1 月 10 日，經理尹厚田。自稱日銷 8700 份；《彙報》1912 年 1 月 24 日創刊於北京，三日刊。社址在北京琉璃廠宣元閣，文摘性刊物；《益世主日報》1912 年 2 月 18 日創刊於天津。創辦人為劉豁軒。社址設在舊意租界大馬路；《國風報》1912 年 2 月恢復出版；《新民報》1912 年 2 月由《京師公報》改名後創刊於北京。

（五）粵桂閩地區新創刊的民營新聞報刊

民國南京臨時政府時期，廣東、廣西、福建等省區新創辦的新聞報紙主要有：《廣西公報》週刊，1912 年 1 月創刊於廣西南寧；《廣西公報》1912 年 2 月創刊於廣西桂林。係廣西都督府機關報。編輯所設在都督府內；《高州民國日報》1912 年 3 月 1 日創刊於廣東高要；《新會醒報》日報，1912 年春在廣東新會創刊。社址設在新會府前街倫氏養德祠。創辦人何琴樵、施見三；《獨立日報》1912 年春在廣西桂林創辦，係同盟會成員創辦，姓名不詳。出版 2 年後停刊。

（六）遼吉黑地區創辦的民營新聞報刊

民國南京臨時政府時期，在遼寧、吉林和黑龍江地區新創刊的新聞報紙主要有：《風俗改良報》1912 年 1 月初創刊於吉林，報館設在吉林省城通天街路北；《黑龍江時報》日報，1912 年 2 月 25 日創刊於黑龍江齊齊哈爾。總經理王潤，總編輯施治乾。

（七）陝甘寧青疆地區創辦的民營新聞報刊

民國南京臨時政府時期，在陝西、甘肅、寧夏、青海和新疆等省區新創刊的新聞報紙主要有：《秦風日報》1912 年 1 月創刊於陝西西安；《河東日報》1912 年 1 月在山西運城創刊。薛篤弼任社長。年內停刊；《新報》1912 年 2

---

1 王綠萍編：《四川報刊五十年集成（1897～1949）》，四川大學出版社，2011 年版，第 41 頁。

月 22 日創刊於新疆伊犁。用漢維兩種文字發行。是伊犁起義後成立的革命政權機關新伊大都督府的機關報。1913 年 10 月之後改名爲《伊江報》[1]。

四、民國南京臨時政府時期的新聞輿論博弈

儘管民國南京臨時政府時期僅有三個月左右，但在這短短三個月裏，自秦始皇建立封建君主專制制度歷經二千多年而隨著清帝退位成了歷史；1912 年元旦成立的中華民國臨時政府標誌中國進入以「共和」爲特徵的國家政體階段。臨時政府參議院 1912 年 4 月 1 日通過袁世凱提名唐紹儀兼任交通總長的決議和袁世凱發布「任命各部總長」的「臨時大總統令」，標誌著袁世凱已實際控制「統一政府」[2]。章太炎中華民國聯合會的建立標誌著同盟會的公開分裂；各式各樣政黨雨後春筍的出現，標誌著中國政治開始進入政黨政治狀態。

（一）民國南京臨時政府時期的新聞輿論博弈及結果

紛繁複雜的政治和權力糾葛，使得政黨報壇在南京臨時政府時期出現了多次輿論浪潮。新聞界關於南北和議、民國政體、民國定都和「民國暫行報律」等問題的言論在一個階段都成爲當時輿論熱點。參加博弈的主要是持不同政治立場的黨派報紙，那些有影響的商業性大報尤其如上海的《申報》和《新聞報》、天津的《大公報》等，則往往自覺或不自覺「選邊站」，成爲某一政黨（團體）報團的編外成員。但這些輿論博弈的時間都沒有持續很久：「南北議和」之爭以袁世凱「承認共和」和「清廷退位」而停息；「民國政體」之爭隨著袁世凱承認「共和」並接任「第二任臨時大總統」而結束；「民國定都」的爭論則隨著袁世凱在北京就職臨時大總統自然息聲；歷時數天的「民國暫行報律風波」雖然在新聞界聲勢浩大，但隨著孫中山命令撤銷內務部頒行的「民國暫行報律」也就迅速平息了。

（二）民國南京臨時政府時期輿論博弈中主動位置的轉移

從這些輿論浪潮的發生、演進以及博弈的結果認識，本階段的輿論博弈隨著政治力量重心的傾斜，輿論博弈的主動位置也在隨之變化。開始時的「南北議和」和「政體之爭」中，孫中山等資產階級革命黨人及以革命黨人爲主

1　白潤生主編：《中國少數民族新聞傳播史》，民族出版社，2008 年版，第 41 頁。
2　袁世凱：《任命各部總長令稿》（1912 年 4 月 1 日，北洋政府檔案），載《中華民國史檔案資料彙編》第二輯，鳳凰出版社，1991 年版，第 133 頁。

導的民國南京臨時政府還處於主動地位──迫使袁世凱公開承認「共和」和
「清帝退位」；但隨著袁世凱被南京臨時參議院舉爲臨時大總統後，輿論博弈
的天平就明顯地向袁世凱所代表的北方勢力傾斜。因此無論是「定都」還是
「民國報律」之爭，孫中山等革命黨人一方面由於內部力量的分化和內訌，
另一方面也似乎是囿於對有點脫離中國實際的「民主共和」理想主義的追求，
反而導致束縛了自己的思想和手腳，所以在輿論博弈中基本上處於守勢狀
態，最後實際上都是以孫中山及民國南京臨時政府的退讓而平息。如在「暫
行報律」事件中，上海報界俱進會電文中所說「是欲襲清廷之故智，鉗制輿
論」，顯然是言過其實。章太炎的文章意氣用事，想借機反對孫中山和臨時政
府，更是錯誤。也有人是從「絕對新聞自由」的觀點出發，反對任何報律。
這表現出當時資產階級新聞思想還很幼稚，不懂得那種「自由」的實質和危
害。這樣他們就迫使臨時政府不得不放棄對新聞事業的管理和約束，這就爲
敵人利用報刊破壞革命提供了方便。[1]鑒於新聞史學界、政治及法學界對這些
輿論博弈事件的產生原因、演變過程和結果利弊等都已有很多研究，事實和
結論已經基本明確，學界也基本上達成共識。故餘言不贅。

1　丁淦林主編：《中國新聞事業史》（修訂版），高等教育出版社，2007 年版，第 105
　　頁。